古典詩歌研究彙刊

第十輯

龔鵬程 主編

第 9 冊

二安詞之花意象比較研究

林欣怡 著

國家圖書館出版品預行編目資料

二安詞之花意象比較研究／林欣怡 著 — 初版 — 新北市：花
木蘭文化出版社，2011〔民 100〕
目 4+196 面；17x24 公分
（古典詩歌研究彙刊 第十輯；第 9 冊）
ISBN 978-986-254-581-2（精裝）
1.（宋）辛棄疾 2.（宋）李清照 3. 宋詞 4. 詞論
820.91 100015351

ISBN-978-986-254-581-2

9 789862 545812

古典詩歌研究彙刊
第 十 輯 第 九 冊   ISBN：978-986-254-581-2

二安詞之花意象比較研究

作 者	林欣怡
主 編	龔鵬程
總 編 輯	杜潔祥
出 版	花木蘭文化出版社
發 行 所	花木蘭文化出版社
發 行 人	高小娟
聯 絡 地 址	新北市永和區中正路五九五號七樓
	電話：02-2923-1455／傳眞：02-2923-1452
網 址	http://www.huamulan.tw 信箱 sut81518@gmail.com
印 刷	普羅文化出版廣告事業
初 版	2011 年 9 月
定 價	第十輯 20 冊（精裝）新台幣 28,000 元

二安詞之花意象比較研究

林欣怡 著

作者簡介

林欣怡，1978 年生於台中，國立師範大學國文系畢業，國立彰化師範大學國語文教學研究所碩士，現任職於台中市立居仁國中。曾獲台中市中學教師組作文第五名、即席演說第一名，並指導學生參加即席演說、作文、命題演說、閩南語演說、閩南語朗讀、相聲比賽、辯論比賽等皆獲佳績。著有《基測作文寶典》、《基測複習百分百》、《基測百分百複習講義》、《基測百分百複習週記》、《基測百分百 EZ 複習講義》。喜好閱讀、電影、旅行，希望能將足跡踏遍世界。

提　　要

　　本論文以二安詞為研究範疇，使用歷史批評法、歸納法及意象學、綜合分析法等，透過對詞作文本的統計分析，探索二安詞中花意象表現的情感及藝術手法。在章節安排上，本論文共分為六章，章節安排略敘如下：

　　第一章為緒論，說明研究二安詞中花意象比較的動機與目的、研究方法、研究範圍、「意象」釋義，最後說明論文的章節安排，共五節。以呈現本論文研究的架構。

　　第二章為李清照與辛棄疾之生平及時代背景比較，就兩人的家世、經歷、性格及時代背景，做研究及比較，藉以分析兩人作品的特色及情感發抒的背景。

　　第三章為二安詞之主要花意象比較，將出現在兩人作品中的花意象做一探討。兩人在花卉種類的選擇、偏重選擇的花意象、所要描寫陳述的意涵有何異同。

　　第四章為花意象表達之情感比較。意象所要表達的「意」，透過不同的「象」有不同的呈現。易安曾經享有婚後的甜蜜歡愉，又歷經南遷，國破家亡的痛苦，藉由詞中的花，寄託了歡快情懷、傷春惜時、別離相思等。而稼軒則是遭國難流離之痛，壯志未酬，未盡其才，也藉著詞中的花意象，自陳理想，表達了身世之感、憤世嘲政、思國懷鄉等。兩人在情感上有何異同，將在此章中加以探討。

　　第五章則為表現手法比較。外在形式的技巧，是引領人體會作者情感的媒介。本章比較兩人在表現背景、花狀花香、敷色摹寫、描摹角度、語言風格上，是如何剪裁與營造，藉以明白二安詞的藝術風格與地位。

　　第六章為結論，綜合以上各章論述，以說明本論文的研究所得。

誌　謝

　　四年，好漫長又好短暫的一段時光，回想當年懵懵懂懂地回頭再來當學生，在工作與學業中兩頭忙碌，曾經灰心過、曾經懷疑過，曾經不斷自責為何要跳入這個「火坑」，在完成論文的這一刻，終於可以從層層懷疑中掙脫出來，完成這個連自己也曾認為不可能的夢想。

　　回想從小到大一路走來，一直幸運地有許多貴人和恩師，在詞學上，大學時代得到許俊雅老師的指導，大四時也曾經擔任過台灣大學林玫儀教授的研究助理，而到了彰師大重拾書本時，第一個想要作的研究還是詞學方面的研究。在碩二時就莽撞地找黃文吉老師擔任論文指導老師，老師幫我把粗淺的初步構想逐漸轉化成可以進一步研究的題目，到了三年級上黃老師的課，老師更是常常利用上課的時間幫筆者收集了許多相關的資料，讓其他同學羨慕不已。在撰寫論文之時受到黃老師的多方提點，使得筆者對於版本的取捨、大綱的訂定、寫作的格式、引用要點以及寫作論文諸多需注意的事項有較完整的概念。感謝黃老師，是老師的寬厚與包容，才能讓這本論文順利完成。

　　而在論文初試時，黃老師邀請了與此論題相關的專家，其中包括校內的林逢源老師及校外的鄭靖時老師，他們知無不言，能將多年的研究經驗傳授給後學，讓筆者在撰寫後文時，脈絡更加清晰。而在複試時，遠從成大而來的王偉勇教授更是給予筆者許多鼓勵，林逢源老

師也細心地點出論文缺漏之處，這對於本論文的順利進展助益極大，在此深表感謝。

　　進行研究的過程裡，還要謝謝許多相關領域的前輩，讓我們能夠在檢索資料上更加快速方便，更要謝謝四年同窗共硯的同學，課堂上彼此激盪出的火花，是在工作與學業之中辛苦掙扎下，照亮並溫暖彼此的力量。尤其是論文寫作過程中，幾度想放棄，幸虧有凱弘、俐如、巧妮、美鳳、俐菁等人的加油打氣，你們也是催生出這本論文不可或缺的力量。

　　最後要感謝身邊的同事們時時關心鼓勵，感謝親愛的家人們，在寫作論文的過程裡最大的包容和關懷，幸福的家，是我不斷往前衝的支持和動力。謝謝維仁和他的家人，給予我許多的陪伴和最大的空間。謝謝上帝讓我在研究中認識了李清照和辛棄疾，謝謝上帝讓我在生命中擁有這麼多人的愛和照顧。三十而立，新的開始，再度謝謝所有生命的軌跡，讓我有更大的力量，在人世間大步前進！

第一章　緒　論

第一節　研究動機與目的

　　中國文學史上，「詞」用前所未有的獨特體裁及表現形式，開創了文學的新頁。「詞」豐富多樣的意象經營、情感抒發的範圍廣闊，使得詞境沉鬱婉曲，含蓄內斂，也反映了作者的人格與時代，呈現了文學藝術的獨特與優美。

　　詞的發展過程中，又依情感的抒發形式，而有婉約及豪放兩派，箇中翹楚則爲李清照與辛棄疾。如清王士禎《花草蒙拾》曰：「張南湖〔註1〕論詞派有二：一曰婉約，一曰豪放。僕謂婉約以易安爲宗，豪放惟幼安稱首，皆吾濟南人，難乎爲繼矣。」〔註2〕沈曾植《菌閣瑣談》也贊同說：「漁洋稱易安、幼安爲濟南二安，難乎爲繼；易安爲婉約主，幼安爲豪放主，此論非明代諸公所及。」〔註3〕二人合稱「二安」，是宋詞中的雙璧，易安遭逢國破家亡，而幼安則是遭遇鼎

〔註1〕　〔明〕張綖《詩餘圖譜·凡例》附識：「詞體大略有二：一體婉約，一體豪放。婉約者欲其詞調蘊藉，豪放者欲其氣象恢宏。然亦存乎其人。如秦少遊之作，多是婉約，蘇子瞻之作，多是豪放。大約詞體以婉約爲正。」（北京：北京圖書館藏明萬曆二十七年謝天瑞刻本）。

〔註2〕　〔清〕王士禎：《花草蒙拾》，《詞話叢編》（台北：新文豐出版公司，1988年），冊1，頁685。

〔註3〕　〔清〕沈曾植：《菌閣瑣談》，同前註，冊4，頁3608。

革南遷，未盡其才，兩人都將心中情思，藉外物的描寫寄託在創作中，使得詞作意象鮮明，情感眞摯；直至後世，仍深深感動人心。

花卉隨處可見，隨著季節更迭而變化。色彩豐富、意象鮮明，文人詠花、藉花抒懷、使得文學中的花卉有濃厚的文化意涵及藝術價值。宋《陳輔之詩話》曾指出：「詩家之工，全在體物賦情，情之所屬惟色，色之所比惟花。」〔註4〕花爲詞人抒發或體現情感的最佳物色，花以濃豔的色彩、多變的姿態呈現，因此成爲人們矚目的焦點；然而花隨著四季綻放、凋零，也牽動著人們歡喜或嘆惋的情緒，而成爲襯托其心中情感之物。

文人自古就有藉著外在花木感發情志的傳統，像是《詩經·桃夭》中「桃之夭夭，灼灼其華；之子于歸，宜其室家。」〔註5〕以桃花來比喻女子；屈原在《楚辭》中更建立了「香草美人」的傳統，王逸《楚辭章句》序文云：「善鳥香草，以配忠貞；惡禽臭物，以比讒佞；靈修美人，以媲於君；宓妃佚女，以譬賢臣；虬龍鸞鳳，以託君子；飄風雲霓，以爲小人。」〔註6〕鍾嶸《詩品》云：「氣之動物，物之感人，故搖蕩性情，形諸歌詠。」〔註7〕託物言志成爲詩歌傳統的表現形式。

宋詞中運用外在景物表達內心感觸的作品十分常見，詠花的作品更是數量豐富。據以往學者統計，從《全宋詞》所錄觀之，宋代詠花詞近千首，其中詠梅四百四十餘首，詠荷（蓮）八十餘首，詠牡丹六十餘首，詠海棠六十餘首……，宋代詠花詞數量之豐已遠超越唐代詠花詩。〔註8〕

〔註4〕郭紹虞：《宋詩話輯佚》（台北：華正書局，1981年），卷上，頁292。

〔註5〕〔宋〕朱熹：《詩經集註》（台北：群玉堂出版事業公司，1991年10月），頁4。

〔註6〕〔漢〕王逸：《楚辭章句》（台北：臺灣商務印書館，1985年12月《景印文淵閣四庫全書》本），頁1062~3。

〔註7〕〔梁〕鍾嶸：《詩品》（台北：臺灣商務印書館，1985年12月），頁1478~190。

〔註8〕馬寶蓮：《兩宋詠物詞研究》（台北：國立師範大學國文研究所碩士論文，1983年），頁195~196。

　　筆者搜尋《全宋詞字頻表》，〔註9〕這是由南京師範大學開發的《全宋詞計算機索引》，本表按字頻高低排列，其中「花」字出現頻率共 11443 次，僅次於「人」字 13247 次、「風」字 12880 次，排名第三。可見宋人非常關心「花」事。

　　根據檢索，李清照詞 57 首中，〔註10〕詞文中出現「梅」意象即有 17 筆，「菊」意象有 5 筆，「桂」意象有 3 筆，另外還有不專指種類的「花」，及銀杏、海棠、梨花、荷花、酴醾等。而檢索辛棄疾詞 629 首中，〔註11〕詞文中出現「梅」意象有 66 首，「桂」意象有 26 首，「菊」意象有 51 首，「牡丹」意象有 14 首，所吟詠到的花卉有十餘種之多，單純詠物最多的是梅花、牡丹和桂花。其中詠梅 16 首，詠牡丹 10 首，詠桂花 8 首。可見「花」在二安詞中出現的頻率。

　　從《全宋詞字頻表》看，李清照詞 52 首，〔註12〕詞文共有 3032 個字，實用約 914 個漢字，「花」字出現 35 次，排名第三。「香」字出現 26 次，排名第六。「梅」字出現 15 次，排名第二十。辛棄疾詞 629 首，詞文共有 44337 個字，「花」字出現 279 次，排名第七，「香」字出現 117 次，排名第七十二，「梅」字出現 71 次。如能對二安詞中的花意象加以探討，必能更加了解作品的內涵及作者的情感、藝術手法。

　　易安及幼安有大量詠花詞，藉花寄託個人情感，筆者於是興起研

〔註9〕 這是由南京師範大學開發的《全宋詞計算機索引》，按照唐圭璋編《全宋詞》（北京：中華書局，1997 年改版）編製，共搜集宋詞 21085 首，詞文共 1417695 個字。網址：http://202.119.104.80/Scxxk/Qsc/Zp_全宋詞.htm

〔註10〕 王學初校注：《李清照集校注》（台北：里仁書局，1982 年 5 月），五十七闋詞載於卷一。

〔註11〕 以鄧廣銘箋注：《稼軒詞編年箋注》（台北：華正書局，2003 年 9 月二版一刷）爲本。

〔註12〕 本索引按照唐圭璋先生編《全宋詞》（北京：中華書局，1997 年改版）編制，與本論文採用的王學初《李清照集校注》版本不同，故所收錄詞作數目不同。

究與整理兩人在詞中花意象的表現及其異同之處。本論文期盼藉由此探討：一是探討花意象在詞中的主題與作用；再者是體味各種花卉所呈現的不同意象和象徵，感受詞中的情意；三是析論易安與幼安在文學藝術上的形式技巧、表現手法。希望透過以上的分析和探討能對二安詞有更深一層的認識和領悟。

第二節　研究方法及「意象」釋義

一、研究方法

　　本論文主要研究方式是先從作家生平背景著手，分別對作者的家世、經歷、性格、時代背景等，作全盤省察，再配合其作品來評論。讓我們在研究二安詞的花意象時，能了解花卉在詞中所扮演的角色，所要寄託的情感。其次由作者的文學作品本身的形式、內容表現方式，以呈現二安詞花意象的藝術特色。

　　本論文論述內容包含易安詞及稼軒詞，而且不只要理解詞作，更要探討其中花意象及比較，因此在研究方法上，由以下幾方面著手：

　　（一）歷史研究法：張健《文學概論》云：「歷史批評法，此法大致又可分為兩類，一類是對作者的時代背景、出身、經歷、個性等先做全盤省察，再配合他的作品來評論。一類是綜觀時代變遷，以此討論其對作者風格之影響。」〔註13〕所以要先探求李清照與辛棄疾兩人生平，再加以研究花意象所指涉的內涵和情感。

　　（二）歸納法及意象學：將二安詞中出現的花意象作分類歸納，並依各類花意象的出現次數按多寡順序排列。探究各類花意象之源流及發展，並探討此意象在各詞中的作用和意涵。再從意象學的角度切入：作品的意象透過文字的組織、結構來表現，運用了適切的辭彙、修辭及完整的布局，皆能增進作品的感染力，體悟作者的形象思維，

〔註13〕張健：《文學概論》（台北：五南圖書出版公司，1992 年 8 月初版九刷），頁 274。

以及作品所呈現的主題意象。因此，本文的撰寫將借重歸納整理及意象學的方法，發掘潛在於二安詞中花意象之內在意涵。

（三）綜合分析法：在探討二安詞的作品過程中，從內容及形式兩方面加以評述，間用統計方法，或採用比較、綜合、歸納、演繹等方法，瞭解作品特徵、以及詞人創作的心路歷程，深入理解作品的特色，最後從意象的表現手法切入，瞭解其藝術特色，瞭解李清照和辛棄疾在題材的選擇、意象的配合等手法。

藉由上述的方法，綜合探討，以凸顯作品的特色，並運用交叉探索以求能深入理解其文學內涵，將易安詞及稼軒詞所蘊含的風貌及豐富內涵呈現出來。

二、「意象」釋義

「意象」一詞形成前，「意」與「象」是分別使用的。《說文解字》：「象，南越大獸，長鼻牙，三年一乳，象耳牙四足之形。」〔註14〕象的本義是「陸上的大獸」，在經過詞義引伸和詞性轉換後，其文化內涵逐漸擴充，使「象」成為文化信息的符號載體。《左傳・僖公十五年》：「龜，象也。」〔註15〕《周易・繫辭》則曰：「易者，象也。」〔註16〕

中國古代對意象的意涵最早出現在《周易・繫辭》：

子曰：「聖人立象以盡意，設卦以盡情偽，繫辭焉以盡言，變而通之以盡利，鼓之舞之以盡神。」〔註17〕

而在《周易・繫辭》中，提到的取象原則是：

古者庖犧氏之王天下也，仰則觀象於天，俯則觀法於地，

〔註14〕〔漢〕許慎：《說文解字》（台北：書銘出版社，1994 年 10 月第 7 版），頁 464。

〔註15〕《十三經注疏・左傳》（台北：藝文印書館，1997 年 8 月初版六刷），頁 230。

〔註16〕《十三經注疏・周易》（台北：藝文印書館，1997 年 8 月初版六刷），頁 168。

〔註17〕同前註，頁 157～158。

觀鳥獸之文與地之宜，近取諸身，遠取諸物，於是始作八卦，以通神明之德，以類萬物之情。〔註18〕

「意」是聖人主觀的思想，而「象」是外界客觀的形象，「意」是抽象幽微的，語言文字並無法將其全部表達，而「象」卻是具體的、顯露的，「立象以盡意」就是說明聖人設立卦象，又加以文辭說明，以充份表達其意。

而王弼《周易略例‧明象》對意象進一步說明：

夫象者，出意者也；言者，明象者也。盡意莫若象，盡象莫若言。言生於象，故可尋言以觀象；象生於意，故可尋象以觀意。意以象盡，象以言著。〔註19〕

「意」是主觀思維，「象」是客觀形象，用「言」來加以解釋「象」，聖人從「主觀情意」到「客觀形象」而用「語言文字」來進行表達，但我們如要推究聖人之意，則要層層逆推。陳望衡《中國古典美學史》如此解釋這段話：

王弼將「言」、「象」、「意」排了一次序，認為「言」生於「象」、「象」生於「意」。所以，尋言是為了觀象，觀象是為了得意。言一象一意，這是一個系列，前者均是後者的工具，後者均為前者的目的。〔註20〕

在文學理論中，明確提出「意象」，並標舉成美學概念的，要算是劉勰，他在《文心雕龍‧神思》說：

是以陶鈞文思，貴在虛靜，疏瀹五藏，澡雪精神，積學以儲寶，酌理以富才，研閱以窮照，馴致以懌辭，然後使玄解之宰，尋聲律而定墨；獨照之匠，窺意象而運斤；此蓋馭文之首術，謀篇之大端。〔註21〕

〔註18〕同注 16，頁 166。

〔註19〕〔魏〕王弼：《周易略例》，《易經集成》（台北：成文出版社，1976年），頁 149。

〔註20〕陳望衡：《中國古典美學史》（長沙：湖南教育出版社，1998 年），頁 207。

〔註21〕〔梁〕劉勰著，范文瀾註：《文心雕龍》（香港：商務印書館，1960年 6 月第一版），卷 6〈神思〉第二十六，頁 493。

　　劉勰對意象在藝術構思中的重要作用、意象的創造，以及意象的美學內涵，作了可貴的探討。對意象的創造，是心物交融的結果，在情感的孕育與傳達中創造出來的。而所謂的意象，即「意之象」或「意中之象」，是作家在構思中通過種種感受在內心所形成的形象，藉以表達內在的意念，使「意象」不再是理性的哲理思考，而是屬於文藝的審美情感，正式成為文學藝術的範疇。

　　此後歷代文學理論家亦多所說明「意象」為詩歌中重要的構成要素，並以創作主體是否能夠創造「意象」來評論詩歌的高下，如唐‧司空圖《二十四詩品‧縝密》云：「是有真跡，如不可知。意象欲生，造化已奇。」〔註22〕明‧胡應麟《詩藪‧內編》云：「古詩之妙，專求意象。」〔註23〕「意象」一詞在古代詩論界被廣泛使用。

　　到近代，文學理論家均對「意象」深入探討，並予以闡釋。王夢鷗在《中國文學理論與實踐》中提到用以表現心意的東西稱之為「記號」或「符號」，而「意象」乃透過記號作用，始成為語言藝術。他解釋「意象」說：

> 一般心理學者常用這個名詞來指稱人們過去的感覺或已被知解的經驗在心裡再現或記起的「心靈現象」。這現象不定是「歷歷如繪」的圖形，也不定是「如聞其聲」的聲音，……簡括來說，它卻有點像佛書所講，由六「根」造成的六「境」。其中有嗅覺的味覺的觸覺的以及潛意識的，動或靜的種種意象。〔註24〕

在這裡提出「意象」不等同於「物象」，在意象產生的過程中，感官與心理是具有作用力的。而袁行霈在〈中國古典詩歌的意象〉中提到對於意象的說明，他認為：

〔註22〕〔清〕何文煥：《歷代詩話》（台北：藝文印書館，1974 年 4 月三版），頁 25。

〔註23〕〔明〕胡應麟：《詩藪》（台北：廣文書局，1973 年 9 月初版），頁 26。

〔註24〕王夢鷗：《中國文學理論與實踐》（台北：時報文化出版公司，1995 年 11 月初版），頁 164。

意象是融入了主觀情意的客觀物象，或者是借助客觀物象
表現出來的主觀情意。〔註25〕

這正與黃永武的主張互相呼應：

所謂的『意象』是作者的意識與外界的物象相交會，經過
觀察、審思與美的釀造，成為有意境的景象。然後透過文
字，利用視覺意象或其他感官意象的傳達，將完美的意境
與物象清晰地重現出來，讓讀者如同親見親受一般，這種
寫作的技巧，稱之為意象的浮現。〔註26〕

兩人都認為意識與物象的交會，而藉由文字傳達出來，此稱為「意
象」。而陳植鍔在《詩歌意象論》說明「意象」的內涵：

就詩人的藝術思維來說，象，即客觀物象，包括自然界以
及人身以外的其他社會關係的客體，是思維的材料；意，
即作者主觀方面的思想、觀念、意識，是思維的內容。……
一正如語言的最小獨立單位是語詞，所謂意象，也就是詩
歌藝術最小的能夠獨立運用的基本單位。〔註27〕

意象是古典詩歌的基本元素，更是詩歌的靈魂。意與象交會，往往是
詩歌作品產生感人力量的泉源。本篇要探討的對象為二安詞裡的花意
象，乃是藉由易安詞與稼軒詞裡的花去了解作者的情感，及他們有意
為之的意境。

第三節　選材原則

　　本論文研究範圍為李清照及辛棄疾的詞。李清照的作品，在宋時
已經刊行問世。最早見於晁公武《郡齋讀書志》卷四別集類《李易安
集》十二卷，屬於全集性質。此外，宋代的傳刻本，有陳振孫《直齋

〔註25〕袁行霈：《中國詩歌藝術研究》（台北：五南圖書出版公司，1989年
5月台灣初版），頁61。

〔註26〕黃永武：《中國詩學‧設計篇》（台北：巨流圖書公司，1999年6月
初版十三刷），頁3。

〔註27〕陳植鍔：《詩歌意象論》（北京：中國社會科學出版社，1990年3月
第1版），頁12～17。

書錄解題》卷二十一歌詞類中載錄的《漱玉詞》一卷及《別本》五卷。
又《宋史·藝文志》集類別集中著錄《易安居士文集》七卷及《易安
詞》六卷。明人陳第所編的《世善堂藏書目錄》也還著錄有《李易安
集》十二卷。可惜，李清照的作品自宋以來開始亡佚，上述版本都已
不傳，零篇斷章，散見於各書。故現在所能看到的本子，皆爲輯佚之
作，現存的資料，主要有南宋曾慥所編《樂府雅詞》中的《李易安詞》，
存詞二十三闋；明末毛晉汲古閣刊刻的《漱玉詞》僅存十七闋；晚清
王鵬運《四印齋所刻詞》收錄五十闋；近人趙萬里輯《漱玉詞》一卷，
共收六十闋（十七闋作爲附錄），此外，唐圭璋之《全宋詞》也有收
錄五十二闋。大陸中華書局上海編輯所於 1962 年編定的《李清照集》
收錄詞作七十八闋（三十五闋列爲存疑詞）、詩十五首、文三篇，還
有〈打馬圖經〉並賦、序幾篇。王學初（王仲聞）《李清照集校注》
對李清照所遺留的詞、詩、文等，搜羅完整，並附有〈李清照事迹編
年〉，是本論文依據的版本。〔註 28〕

　　辛棄疾詞的刊本，可分爲兩個系統：一是四卷本，其總名爲《稼
軒詞》，而分甲乙丙丁四集。今可見者有汲古閣影宋鈔本，吳訥《唐宋
名賢百家詞》本，汲古閣刊《宋六十名家詞本》。一是十二卷本，名曰
《稼軒長短句》，今可得見者有元代大德己亥廣信書院刊本，明代王詔
校刊、李濂批點本，清末王氏四印齋刻本。本論文採用鄧廣銘《稼軒詞
編年箋注》爲文本根據，〔註 29〕鄧廣銘《箋注》本是依據以上各本，彙
合比勘，益以法式善辛啓泰所輯《辛詞補遺》及自《永樂大典》、《清波

〔註 28〕本論文中易安詞皆根據王學初校注：《李清照集校注》（台北：里仁
　　　　書局，1982 年 5 月）。
〔註 29〕本文引用稼軒詞以鄧廣銘：《稼軒詞編年箋注》（台北：華正書局，
　　　　2003 年 9 月二版一刷）爲本。鄧先生對於稼軒生平行實的資料，搜
　　　　羅極爲繁實，不僅查閱有關宋元史籍、文集、志乘、筆記，更輾轉
　　　　訪求辛氏宗譜，詳考稼軒履歷、交遊；且將詞中所引用的故實典故、
　　　　成語等一一作注，不僅便於後學研讀，於考訂、箋證、注釋上，可
　　　　謂高水準學術篇章。〈增訂三版題記〉，對此書和稼軒年譜的增補訂
　　　　正，有詳細考述。

別志》、《草堂詩餘》等書中輯得之諸首，共有六百二十九闋詞。

本論文在眾多詞作中，選材原則如下：

（一）詞題（序）出現各種花卉，以詠花為主的作品。如李清照〈臨江仙〉（梅）、辛棄疾〈清平樂〉（賦木樨詞），均是。

（二）雖詞調下沒有標示題目，但通篇詠花，如李清照〈鷓鴣天〉（暗淡輕黃體性柔）所詠之花也值得探討。

（三）詞調下沒有標示題目，主要內容也非詠花，但詞句中出現花卉的字詞，如：李清照〈浣溪沙〉出現「梨花欲謝恐難禁」、辛棄疾〈千秋歲〉中出現「梅花得似人難老」，此類詞句之中其花卉意象也值得探討。但某些詞雖有「花」字，卻和花卉義無涉者，則不列入討論範圍。

第四節　研究概況

民國以來，兩岸對李清照詞集的整理與研究相當受到重視，有關李清照詞集的整理計有：

邵夢蘭注	《李清照詞》	台北：廣文書局，1979 年
何廣棪校箋	《李易安集繫年校箋》	台北：里仁書局，1980 年
黃墨谷輯注	《重輯李清照集》	濟南：齊魯書社，1981 年
王學初校注	《李清照集校注》	台北：里仁書局，1982 年
藍天等評釋	《李清照集詩詞評釋》	廣州：廣東人民出版社，1983 年
王延梯注	《漱玉集注》	濟南：山東文藝出版社，1984 年
侯健、呂智敏注	《李清照集詩詞評注》	太原：山西人民出版社，1985 年
徐北文主編	《李清照全集評注》	濟南：濟南出版社，1990 年
曹樹銘校釋	《李清照集詩詞文存》	台北：台灣商務印書館，1992 年
劉瑜編	《李清照全詞》	濟南：山東友誼出版社，1998 年
張顯成等編注	《李清照朱淑眞詩詞合注》	成都：巴蜀書社，1999 年
王步高、劉林輯校匯評	《李清照全集》	珠海：珠海出版社，2002 年
徐培均箋注	《李清照集箋注》	上海：上海古籍出版社，2002 年
陳祖美編纂	《李清照詞新釋輯評》	北京：中國書店，2003 年

有關李清照研究的專書及論文集，計有：

存萃學社編	《李清照研究資料彙編》	香港：崇文書店，1974 年
何廣棪著	《李清照研究》	台北：九思出版社，1977 年
濟南市社會科學研究所編	《李清照研究論文集》	北京：中華書店，1984 年
褚斌杰等編	《李清照資料彙編》	北京：中華書局，1984 年
平慧善著	《李清照及其作品》	長春：時代文藝出版社，1985 年
濟南市社會科學研究所編	《李清照研究論文選》	上海：上海古籍出版社，1986 年
王璠著	《李清照研究叢稿》	呼和浩特：內蒙古人民出版社，1987 年
劉瑞蓮著	《李清照新論》	太原：山西人民出版社，1990 年
何廣棪著	《李清照改嫁問題資料彙編》	台北：九思出版社，1990 年
孫崇恩、傅淑芳主編	《李清照研究論文集》	濟南：齊魯書社，1991 年
中國李清照辛棄疾學會、濟南二安紀念館籌備處編	《李清照辛棄疾研究論文集》	濟南：山東大學出版社，1997 年
劉乃昌主編	《李清照志》	濟南：山東人民出版社，1999 年

另外，以李清照詞為研究對象的學位論文也相當可觀，計有：

金容春	《李清照詞之研究》	東海碩論，1986 年
吳平盛	《李清照詞及其修辭技巧研究》	文化碩論，2001 年
楊健	《李清照詞英譯研究》	廣西碩論，2001 年
郭錦蓉	《易安詞中的愁》	南華碩論，2002 年
郭曉菁	《南渡詞人李清照——其詞作與詞學主張研究》	清大碩論，2002 年
王沛	《論李清照詞個性心理的複雜性》	陝西師大碩論，2002 年
楊靜宜	《性別與書寫——以周邦彥與李清照詞為例》	彰師大碩論，2003 年
張麗	《李清照和秦觀詞差異性比較研究》	遼寧師大碩論，2003 年
陳怡君	《李清照性格思想及生活情趣探究》	彰師大碩論，2004 年

曾文琪	《易安詞前後期詞彙句法特點研究》	中山碩論，2005 年
程汶宣	《李清照詞篇章意象析論》	台師大碩論，2005 年
張美智	《漱玉詞藝術探究》	玄奘碩論，2005 年
林增文	《李清照詩詞中的譬喻運作：認知角度的探討》	東海碩論，2005 年
王朝霞	《論李清照詞與中學生文學素質的提升》	華中師大碩論，2006 年
龐雪	《李清照詞學接受轉折期的批評與辨析》	東北師大碩論，2006 年
藍海龍	《李清照與徐燦比較研究》	內蒙古大學碩論，2006 年
付美華	《論李清照的「小歌詞」》	山東師大碩論，2007 年
谷英姿	《論李清照創作中的女性本體意識》	東北師大碩論，2007 年
于麗新	《李清照朱淑真詩詞意象比較》	東北師大碩論，2007 年
王慧英	《尋求確定女性文學身份的孤獨獵人》	河南大學碩論，2007 年
洪秀薈	《隔世重洋的叛逆女性解構》	福建師大碩論，2007 年
侯霞	《愛米麗‧狄金森與李清照詩歌比較》	中國海大碩論，2007 年

　　辛稼軒是南宋詞壇大家，於詞學史上有重要地位。民國以來相關論著甚多，已有相當豐碩的研究成果。凡是稼軒之傳記、身世、年譜；詞集之校注、選本、集評與專門議題的探討等，數量極為繁多。〔註30〕

　　有關稼軒詞集的整理，計有：

梁啓勳疏證	《稼軒詞疏證》	台北：廣文書局，1977 年
鄧廣銘箋注	《稼軒詞編年箋注》	上海：古典文學出版社，1957 年 上海：上海古籍出版社，1978 年 台北：華正書局，1980 年
徐漢明編	《辛棄疾全集》	成都：四川文藝出版社，1994 年
林淑華編著	《辛棄疾詞索引及校勘》	北京：北京圖書館出版社，1998 年

　　有關稼軒研究的專書及論文集，計有：

〔註30〕有關稼軒詞的研究概況，可參考：楊燕：〈建國以來辛棄疾研究述評〉（《文史哲》1987 年第 6 期）、崔海正《宋詞研究述略》中〈辛棄疾詞研究掃描〉（台北：洪葉文化事業公司，1999 年 3 月初版，頁 141～163。）、李菁〈辛棄疾研究綜述〉（《宋代文學研究年鑑》（1997～1999），武漢：武漢出版社）、陳鑫〈辛棄疾研究綜述〉（《宋代文學研究年鑑》（2000～2001），武漢：武漢出版社，2001 年）等論文。

梁啓超著	《辛稼軒先生年譜》	台灣：中華書局，1960 年
鄭騫著	《辛稼軒先生年譜》	台北：華世書局，1977 年
劉乃昌著	《辛棄疾論叢》	濟南：山東人民出版社，1979 年
辛啓泰編	《辛稼軒年譜》	上海：上海古籍出版社，1979 年
陳滿銘著	《稼軒詞研究》	台北：文津出版社，1980 年
蔡義江等編	《辛棄疾年譜》	濟南：齊魯書社，1987 年
鄭臨川著	《稼軒詞縱橫談》	成都：巴蜀書社，1987 年
陳滿銘著	《蘇辛詞比較研究》	台北：文津出版社，1989 年
劉揚忠著	《辛棄疾詞心探微》	濟南：齊魯書社，1990 年
孫崇恩等主編	《辛棄疾研究論文集》	北京：中國文聯出版公司，1993 年
李卓藩著	《稼軒詞探賾》	台北：天工書局，1999 年
陳滿銘著	《蘇辛詞論稿》	台北：文津出版社，2003 年 8 月
辛更儒編	《辛棄疾資料彙編》	北京：中華書局，2005 年

　　王兆鵬指出就辛棄疾的研究而言，「版本、品評、研究、歷代詞選、當代詞選等項平均名次，佔宋人第一位者」，[註31] 並以此評定稼軒之成就。稼軒詞相關的主題也是詞學研究的大宗。以兩岸學位論文為例，近年來就稼軒詞中的主題、意象或風格研究者，計有：

柯翠芬	《稼軒詞研究》	東海碩論，1982 年
林承坯	《稼軒詞之內容及其藝術成就》	台師大碩論，1986 年
林承坯	《辛稼軒詠物詞研究》	台師大博論，1993 年
郭靜慧	《辛稼軒山水田園詞研究》	台師大碩論，1998 年
段致平	《稼軒詞用典研究》	台師大碩論，1999 年
王翠芳	《辛稼軒豪放詞風之美學研究》	高師大博論，2001 年

[註31] 參見王兆鵬、劉尊明〈歷史的選擇——宋代詞人歷史定位的定量分析〉，收於《文學遺產》1995 年第四期（1995 年 4 月），頁 50。另王兆鵬、劉學、傅正剛〈1997～1999 年宋代文學研究論著及作者隊伍的定量分析〉（《中國古代、近代文學研究》2003 年第一期，頁 107）分析：1997～1999 年詞學研究的格局中，有關蘇軾、李清照、辛棄疾的研究成果量，與 1992 年以前的 80 年間的詞學研究格局相近。

康亞偉	《建功立業平生夢，金戈鐵馬壯士悲——辛棄疾其人其詞的幾點再認識》	內蒙古大學碩論，2003 年
嚴婉月	《稼軒詞的風格與寫作手法之研究》	彰師大碩論，2003 年
王穎	《辛棄疾田園隱逸情懷探析》	安徽大學碩論，2004 年
梁詠嫦	《辛棄疾田園詞研究》	暨南大學碩論，2004 年
周春豔	《論辛棄疾詞為兩宋第一及辛詞作為審美理想對於詞體的意義》	山東師大碩論，2004 年
林鶴音	《稼軒詞中人物意象之研究》	成大碩論，2005 年
蔡向榮	《我見青山多嫵媚》	華中師大碩論，2006 年
李潔	《論辛棄疾其人其詞的矛盾特色及其對文學成就的影響》	內蒙古大學碩論，2007 年
李茁	《「驀然回首，那人卻在燈火闌珊處」》	安徽大學碩論，2007 年
陳惠慈	《稼軒詞山水意象研究》	成大碩論，2008 年

　　這些研究或能彰顯易安與幼安各自在題材內容展現的特色，有助於窺探其精神全貌；或者探其源流、研究其異同，以深入其藝術淵源；或剖析其寫作手法與風格美學，可呈顯其藝術特點與獨創性。

　　以二安為研究主題的期刊論文也有多篇，如下：

黃世民	〈易安、稼軒詞花卉意象比較〉	廣西教育學院學報，2002 年 6 期
劉喻	〈略論稼軒詞對「易安體」表現手法的繼承與發展〉	安順師專學報第 4 卷，2002 年 6 月 2 期
康麗雲	〈李清照與辛棄疾詞體文學比較〉	宜春學院學報（社會科學）第 27 卷，2005 年 6 月 3 期
徐培均	〈讀稼軒詞與漱玉詞〉	北京大學學報（哲學社會科學版）第 42 卷，2005 年 7 月 4 期
黃芸珠	〈李清照詞與辛棄疾詞之比較〉	陝西師範大學繼續教育學報（西安）第 22 卷增刊，2005 年 11 月
濮宏	〈賞宋詞中的情與景　感作者的心與志——讀李清照辛棄疾詞有感〉	遼寧行政學院學報第 8 卷，2006 年 11 期

　　另外，以李清照詠花詞為研究主題的期刊論文也有多篇，如下：

顧之京	〈從「煞拍」論李清照的詠梅詞〉	河北大學學報，1986 年 2 期，頁 99
張文生	〈李清照的詠梅詞的思想與藝術〉	錦州師院學報，1987 年 2 期，頁 106～111
張文生	〈李清照的詠花詞〉	阜新師專學報，1988 年 1 期
夏青	〈此花不與群花比，自是花中第一流——淺談李清照詠花詞的獨特風格〉	曲靖師專學報，1988 年 1 期，頁 50～53
張忠綱、張欣	〈論李清照詞中花之意象〉	山東師大學報，1991 年 5 期，頁 74－78
蘇涵	〈人格象喻與命運變奏的詠嘆——論李清照寫花詞〉	山西師大學報，1992 年 2 期，頁 44～48
褚兆麟	〈論李清照與花及酒的關係〉	社會科學家，1992 年 1 期，頁 46～50
岳毅平	〈李清照詞中的「花」意象〉	安徽教育學院學報，1997 年 2 期
成明明	〈從詠花詞看李清照創作的憂鬱特性〉	甘肅教育學院學報（社會科學版），1999 年 1 期
岳毅平	〈李清照詞中的「花」意象〉	淮南師範學院學報，1999 年 2 期
張彩霞、宋世勇	〈論李清照花意象〉	惠州學院學報，2002 年 4 期
胡春玲、王妍	〈李清照詠花詞情感探微〉	北方論叢，2003 年 3 期
周生杰	〈此花不與群花比——試論李清照的詠梅詞〉	欽州師範高等專科學校學報，2003 年 1 期
何紅梅	〈意濃韻勝——試析李清照之詠花詞〉	現代語文（理論研究版），2004 年 2 期
田恩銘	〈花：李清照自我定位的意象分析〉	湖北師範學院學報（哲學社會科學版），2005 年 2 期
許金華	〈試論李清照詞「花」的人生象徵意義〉	東岳論叢，2005 年 4 期
高磊	〈論李清照的詠花詞〉	江西教育學院學報，2005 年 3 期
張煒	〈博雅玄遠　自成玉璧——關於李清照詞作花姿意象的卓異別趣〉	唐山學院學報，2005 年 3 期

李先秀	〈李清照詠花詞特色之分析〉	襄樊職業技術學院學報，2005年5期
李平	〈「不知蘊藉幾多香，但見包藏無限意」——李清照詞中「花」意象的解讀〉	陝西師範大學繼續教育學報，2005年1期
呂佳	〈此花不與群花比，自是花中第一流——從《漱玉詞》中的梅、菊、桂情結品讀李清照的人生與心靈〉	牡丹江師範學院學報（哲學社會科學版），2005年3期
楊多梅	〈花：李清照自我情感的外在表徵〉	學術交流，2006年3期
崔麗萍	〈「憔悴損」指花還是指人——李清照〈聲聲慢〉詞個句質疑〉	現代語文（教學研究版），2006年3期
王媛媛	〈試論李清照詞中「惜花人」形象〉	黑龍江教育學院學報，2006年4期
羅娟	〈此花不與群花比——淺析李清照詞中的孤獨意識〉	閱讀與鑑賞（教研版），2006年10期
呂維洪	〈愁——李清照詠花詞的情感視點〉	曲靖師範學院學報，2006年5期
喬雪	〈花語詞心——李清照詞中的花〉	語文學刊，2006年18期
張紋華、林偉	〈論李清照詞的花意象——從唐宋文人審美、女性情感審視李清照詞的花意象〉	語文學刊，2006年24期
王玲玲	〈從幾首賞花詞看李清照的生活際遇〉	中國校外教育（理論），2007年2期
魏秀萍	〈格高韻遠寄花魂——試論李清照詞中的梅花意象〉	遼寧教育行政學院學報，2007年5期
宮紅英	〈百花叢中最鮮豔——談李清照的幾首詠花詞〉	邯鄲學院學報，2007年2期
夏彩玲	〈「花」意象與女詞人李清照的寫意人生〉	職業圈，2007年5期
夏彩玲	〈自是花中第一流——「花」意象與女詞人李清照的寫意人生〉	延河文學月刊，2007年9期
郭慧英	〈論李清照詠花詞中的女性意識〉	船山學刊，2007年3期

以辛棄疾詠花詞為研究主題的期刊論文，計有：

馬赫	〈淺議稼軒詠花詞的成就〉	湘潭大學學報，1986 年 1 期，頁 66～70
鄭魁英	〈辛棄疾的詠花詞〉	文學遺產，1996 年 3 期
滕春紅	〈辛棄疾、姜夔詠花詞比較〉	唐都學刊，2001 年 3 期
杜松柏	〈淺論辛棄疾詠花詞的寫作藝術〉	廣西社會科學，2005 年 9 期
郝秀榮	〈論辛棄疾詞中的梅意象〉	語文學刊，2006 年 16 期

由此看來，以二安詞爲研究範疇，並加以比較的研究仍有限，是以筆者選擇此題目作爲研究主題，希望可以藉由對二安的花意象的探討與比較，進一步瞭解易安詞與稼軒詞之風格異同。

第五節　章節安排

本論文以二安詞爲研究範疇，透過對詞作文本的統計分析，探索二安詞中花意象表現的情感及藝術手法。在章節安排上，本論文共分爲六章，章節安排略敘如下：

第一章爲緒論，說明研究二安詞中花意象比較的動機與目的、研究方法、研究範圍、「意象」釋義，最後說明論文的章節安排，共五節。以呈現本論文研究的架構。

第二章爲李清照與辛棄疾之生平及時代背景比較，就兩人的家世、經歷、性格及時代背景，做研究及比較，藉以分析兩人作品的特色及情感發抒的背景。

第三章爲二安詞之主要花意象比較，將出現在兩人作品中的花意象做一探討。兩人在花卉種類的選擇、偏重選擇的花意象、所要描寫陳述的意涵有何異同。

第四章爲花意象表達之情感比較。意象所要表達的「意」，透過不同的「象」有不同的呈現。易安曾經享有婚後的甜蜜歡愉，又歷經南遷，國破家亡的痛苦，藉由詞中的花，寄託了歡快情懷、傷春惜時、別離相思等。而稼軒則是遭國難流離之痛，壯志未酬，未盡其才，也藉著詞中的花意象，自陳理想，表達了身世之感、憤世嘲政、思國懷

鄉等。兩人在情感上有何異同，將在此章中加以探討。

　　第五章則爲表現手法比較。外在形式的技巧，是引領人體會作者情感的媒介。本章比較兩人在表現背景、花狀花香、敷色摹寫、描摹角度、語言風格上，是如何剪裁與營造，藉以明白二安詞的藝術風格與地位。

　　第六章爲結論，綜合以上各章論述，以說明本論文的研究所得。

第二章　李清照與辛棄疾之生平及時代背景比較

第一節　家　世

一、李清照的家世

　　李清照，號易安居士，齊州章丘（今屬山東濟南）人。「易安」二字取義於陶潛〈歸去來辭〉的「審容膝之易安」。生於宋神宗元豐七年（1084），約卒於孝宗紹興二十五年（1155），年約七十二。[註1]李清照誕生在豪門望族，父親李格非，字文叔，熙寧九年（1076）登進士第，官至禮部員外郎，是馳名的學者和文學家，《宋史》將他載於〈文苑傳〉中，點明李格非博學多才，嘗著《洛陽名園記》，曾「以文章受知於蘇軾」。[註2]李格非因此和廖正一（明略）、李禧（膚仲）、

[註1] 生卒年的界定，黃盛璋先生根據李清照在〈金石錄後序〉的敘述並考訂〈金石錄後序〉的寫作年代，詳細指出其他說法之瑕疵加以辨證，將生年定於宋神宗元豐七年（1084），卒年定於紹興二十五年（1155）左右。詳細之考訂過程見黃盛璋〈李清照事跡考辨〉，中華書局上海編輯所編：《李清照集》（台北：純真出版社，1982 年 3 月），頁 167～222。

[註2] 〔元〕脫脫：《宋史》（台北：鼎文書局，1983 年 11 月），卷 203，

董榮（武子）三人，被當時人稱爲「後四學士」。

除了博學多才外，李格非也是個廉潔奉公的人。《宋史·李格非傳》說他當鄆州（今山東東平）教授時，「郡守以其貧，欲使兼他官，謝不可。」〔註3〕父母的品行對於子女具有許多影響，所以李清照後來也能著〈詞論〉大膽而中肯的評說前輩。李清照的性格及成就奠定在父親的身教、言教以及對李清照開放的教育態度。

李清照的母親王氏，系出名門，《宋史·李格非傳》云：「妻王氏，拱辰孫女，亦善文。」〔註4〕宋代莊綽《雞肋編》卷中云：「岐國公王珪，元豐中爲宰相。父準、祖贄、曾祖景圖皆登進士第。漢國公準子四房，孫壻九人：余中、馬玿、李格非、閭邱籲、鄭居中、許光疑、張燾、高旦、鄧洵仁皆登科。鄧、鄭、許相代爲翰林學士。曾孫壻秦檜、孟忠厚同時拜相開府。」〔註5〕依《雞肋編》之說，則清照之母，爲王準之孫女，非王拱辰孫女，與《宋史》異。王學初認爲：「莊綽與清照同時，且所云秦檜與孟忠厚爲僚壻，與史實合，疑莊綽所言爲是。」〔註6〕因時代接近，在此取莊綽、王學初之說。母親王氏在這樣的書香門第中成長受薰陶，也成爲一個「善文而工詞翰」，以文采風流有名於時的才女。

李清照的生長環境，是她詞作發展的良好基礎，也是她能以詞名家的主要原因，她自小在這有著極度文化素養的書香門第裡，大量閱讀了前人的詩詞，熟讀經史百家，受到了文學藝術的薰陶，雖家境並不富裕，但精神生活是十分富足的，使得她在少女時代便有了驚人的詩作。

頁 13121。

〔註3〕 同前註。

〔註4〕 同註2，頁 13122。

〔註5〕 〔宋〕莊綽：《雞肋編》（北京：中華書局，1983 年《歷代史料筆記叢刊·唐宋史料筆記叢刊》本）卷中，頁 48。

〔註6〕 王學初校注：《李清照集校注》（台北：里仁書局，1982 年 5 月），頁 210。

二、辛棄疾的家世

辛棄疾原字坦夫，後改字幼安，中年後別號稼軒居士。歷城（今山東濟南）人。生於宋高宗紹興十年（1140），辛啓泰編《辛稼軒年譜》稱：「先生生於是年五月十一日卯時」。〔註7〕卒於寧宗開禧三年（1207），享年六十八。

辛棄疾生於官宦世家，祖父贊，曾爲亳州譙縣（今安徽亳縣）令，知開封府。他的父親文郁，贈中散大夫。父早逝，跟隨祖父辛贊一同生活。金人南侵時辛贊因家室所累，未能南遷，曾任官於金。辛棄疾於少年時代隨祖父在任所讀書，並受業於亳州著名的學者劉瞻（字嵒老）。〔註8〕

劉瞻擅長詩詞，曾任金史館編修，名氣很大，門生眾多，其中最優秀的有辛棄疾和党懷英。〔註9〕兩人因爲才華相當，並稱爲「辛党」。後來，党懷英在金朝顯貴，而辛棄疾卻走上了堅決抗金的道路。

辛棄疾出生時，他的家鄉山東歷城（今山東濟南）就已經淪陷在金兵手中。生長於烽火之中，胡人鐵騎踏破中原，人民顛沛流離的慘狀、忍辱偷生的恥辱，深深烙印在他幼小的心靈中。每逢閒暇時刻，祖父辛贊便會帶著孫子「登高望遠，指畫山河」，〔註10〕培養著孫子的抗金志向，因此辛棄疾從小就在心裡種下了與金朝不共戴天的仇

〔註7〕 鄧廣銘箋注：《稼軒詞編年箋注·辛稼軒年譜》（台北：華正書局，1993 年），頁 645。

〔註8〕 〔元〕脫脫：《宋史·稼軒傳》中謂：「少師蔡伯堅，與党懷英同學，號辛、党。」同註2，卷401，頁 12161。〔金〕元好問《中州集》卷三，〈承旨党公小傳〉：「公諱懷英，字世傑。……少穎悟，日授千餘言，師亳社劉嵒老，濟南辛幼安其同舍生也。」（台北：台灣商務印書館，1985 年《景印文淵閣四庫全書》本），卷3，頁 1365-87。年譜認爲元遺山以詩存史，時代亦去稼軒最近，其說自最爲可據。本論文採年譜之說。

〔註9〕 〔金〕元好問編《中州集》卷二〈劉內翰瞻小傳〉：「瞻字嵒老，亳州人。天德三年南榜登科，大定初召爲史館編修，卒官。党承旨世傑、酈著作元輿……皆嘗從之學。」同前註，頁 1365-54。

〔註10〕 同註7，頁 635。

恨，立下恢復中原、報國雪恥的志向。

此外，辛棄疾在十五及十八歲時，曾兩度跟隨祖父赴燕山，他在〈美芹十論〉中說：「大父臣贊……嘗令臣兩隨計吏抵燕山，諦觀形勢，謀未及遂，大父臣贊下世。」〔註11〕

棄疾赴燕山，一則是爲科舉應試，二則是觀察燕山形勢。他在十四歲曾領鄉薦。次年，赴燕京應試。據《金史‧選舉志》，金主亮正隆元年（1156），命以五經三史正文內出題，始定爲三年一舉，〔註12〕則棄疾第二次赴燕山，是應禮部省試。

辛棄疾爲了實行自己抗金復國的抱負，少年時不僅發憤讀書以增長知識，而且他更刻苦習武以鍛鍊身體，使自己年紀輕輕就成了一個有勇有謀、文武雙全的人，渴望能報效國家，雪恥復國。

三、家世比較

易安與稼軒出身相近，都是宦門子弟而位列於士大夫階層。易安父親李格非爲學者、文學家，母親也是名門之後，「亦善文」，因此清照雖爲女子，但父母並未依照傳統的方式限制女兒，反而是開放地給予女兒飽讀詩書的機會，而且由於書香門第，也提供清照一個自由學習的環境，但又不像教育兒子，是有意致仕而學習，因此清照可以沒有範圍、沒有拘束地博覽群書，縱觀古今，非刻意以應試爲讀書的理由和目的，因此，這樣的學習可以給予清照良好的文學基礎。除了言教之外，李格非也以自己的品德教育女兒。他是個奉公守法的人，曾因家貧而有兼職的機會，他斷然謝絕。不汲汲於富貴的態度，也影響著清照的思想，清照所嚮往的理想品格，便是高潔不屈。

而稼軒則由祖父辛贊撫養，辛贊曾因家世原因，任職於金，所以從稼軒幼時，辛贊便不斷灌輸稼軒強烈的抗金思想，從小就立定了要

〔註11〕同註7，頁635。
〔註12〕〔元〕脫脫：《金史》（台北：鼎文書局，1983年11月），卷51，頁1135。

雪恥復國的大願。祖父也讓稼軒向當時有名的學者劉瞻學習，奠定他學習的基礎。在辛贊和辛棄疾的想法中，學而優則仕，進而能夠掌握權力，實現理想，因此棄疾從小所學不僅為了增長知識，也同時刻苦習武，鍛鍊身體。對於辛棄疾而言，人生真正重要的目標，不在成為一位學者、一名詞人，而是能夠憑一己之力，報效國家。

　　易安與稼軒都在良好的環境下成長，雖然不同的家世背景影響下，詞中展現了不同的人生思維與態度，追求不同的人生目標與理想；但是他們在家庭中所學習到的愛國情操、良好品德、積極不屈的態度，都在詞中有所表現。

第二節　經　歷

一、李清照的經歷

　　少女時代的李清照生活在齊州章丘（今屬山東濟南）。她是一個性格活潑開朗、熱愛生活的女子；她不像一般的大家閨秀把自己的生活圈侷限在閨房繡樓中，常常走出重門深院，投入大自然的懷抱中，她醉心於遊賞，寄情於山水。

　　大約哲宗元符元年末（1098）或二年初，也就是在李清照十五歲前後，父親專程接她至汴京（今開封），這個時期的她留下了不少知名的作品，如：〈如夢令〉（昨夜雨疏風驟）、〈如夢令〉（常記溪亭日暮）、〈怨王孫〉（湖上風來波浩渺）、〈浣溪沙〉（淡蕩春光寒食天）等。女詞人對大自然的熱情歌頌，是與她對生活所持的態度分不開的。

　　李清照雖身為大家閨秀，生活志趣卻不在聲色犬馬，生活理想更不在養尊處優，她潛心創作，鑽研學術，把詩詞創作看作是自己決心奉獻的重要職志。王灼《碧雞漫志》云：「易安自少年便有詩名，才力華贍，逼近前輩，若本朝婦人，當推文采第一。」〔註13〕

〔註13〕〔宋〕王灼：《碧雞漫志》，《詞話叢編》（台北：新文豐出版公司，1988年），冊1，頁89。

　　徽宗建中元年（1101），李清照十八歲，和當時二十一歲的太學生趙明誠（1081～1129）結婚。趙明誠，字德父（或作德甫），密州諸城（今山東諸城）人，生於神宗元豐四年（1081），好文學，自幼酷愛金石書畫，是北宋繼歐陽脩之後傑出的金石學家。明誠爲季子，上面還有兩位兄長。父親爲趙挺之（1040～1107），字正夫，進士上第，位至尚書右僕射，《宋史》有傳。〔註14〕母親郭氏，秦國太夫人。趙李兩家，門戶相當，趙李兩人才學和興趣也大致相同，喜愛收藏古物，一開始因爲缺錢，甚至不惜典當衣服去買碑文。〔註15〕雖然物質環境並不充裕，但兩人過著神仙眷侶般的生活。

　　可惜的是好景不常，李清照出嫁後的第二年，也就是徽宗崇寧元年（1102）七月，其父被列入元祐黨籍，共十七人，不得在京城任職，李格非名在第五，遂被降爲京東提刑。九月，徽宗親書元祐黨人名單，刻石端禮門，共一二一人，李格非在餘官第二十六人，罷其提點京東刑獄。而同年六月，趙挺之除尚書右丞，八月除尚書左丞。李清照曾上詩公公趙挺之營救其父，不過，李格非最後還是丟了官也離開了汴京。又次年（1103），趙明誠在父親薦引下，開始出任公職，兩人有時必須分隔兩地。

　　徽宗大觀元年（1107）三月，趙挺之卒於京師，而卒後三日趙家就被蔡京（1047～1126）誣陷。也因爲這個緣故，趙明誠和李清照回到了趙家在青州（今山東歷城縣治）的故第——「歸來堂」。在〈金石錄後序〉內，她敘述夫婦倆的生活說：

> 後二年，出仕宦，便有飯蔬衣練，窮遐方絕域，盡天下古文奇字之志。……未見之書，遂力傳寫浸覺有味，不能自已。後或見古今名人書畫代奇器，亦復脫衣市易。……連守兩郡，竭其俸入，以事鉛槧。每獲一書，即同共勘校、

〔註14〕同注2，卷351，〈趙挺之傳〉，頁11093～11094。
〔註15〕李清照〈金石錄後序〉：「每朔望謁告，出，質衣，取半千錢，步入相國寺，市碑文果實。歸，相對展玩咀嚼，自謂葛天氏之民也。」，引自《李清照集校注》，頁177。

　　整集籤題。得書、畫、彝、鼎，亦摩玩舒卷，指摘疵病，
　　夜盡一燭爲率。……餘性偶強記，每飯罷，坐歸來堂烹茶，
　　指堆積書史，言某事在某書、某卷、第幾葉、第幾行，以
　　中否角勝負，爲飲茶先後。中即舉杯大笑，至茶傾覆懷中，
　　反不得飲而起，甘心老是鄉矣。〔註16〕

他們的生活，不是一般人所能有的，他們把時間和金錢全部貢獻在藝
術工作上。從徽宗大觀二年（1108）至徽宗宣和三年（1121），兩人
在青州居住十數年，〔註17〕趙明誠在徽宗宣和三年（1121）奉命出守
萊州（今山東掖縣），〔註18〕清照與明誠同行前往，在萊州仍然繼續
致力於《金石錄》的整理工作。〔註19〕之後，明誠可能於宣和七年
（1125）調守淄州（今山東淄川縣治）。〔註20〕趙明誠再度出仕後，
李清照有時也得暫時和趙明誠小別，所以一些詞作也表現了和丈夫分

〔註16〕同前註，頁 177～178。
〔註17〕李清照在〈金石錄後序〉中言：「後屏居鄉里十年，仰取俯拾，衣食
　　　　有餘。」同註 15，頁 177～178。這裡的十年是行文的約數，起迄年
　　　　代爲徽宗大觀二年（1108）至徽宗宣和三年（1121）。
〔註18〕《李清照集校注》中〈感懷〉詩序：「宣和辛丑（1121）八月十日到
　　　　萊，獨坐一室，平生所見，皆不在目前。」同註 15，頁 131。
〔註19〕許多學者認爲李清照一開始未隨趙明誠前往，主要是受其〈蝶戀
　　　　花〉末句「好把音書憑過雁，東萊不似蓬萊遠」的影響，引自《李
　　　　清照集校注》，頁 27～28。這樣的誤解是因爲將此詞視爲李清照寄趙
　　　　明誠之書，但後來有資料顯示這篇詞作是李清照「晚止昌樂館寄姊
　　　　妹」的留別作品。黃盛璋也提出資料，認爲清照應該是隨明誠赴萊
　　　　州任，詳細可見〈李清照事跡考辨〉，中華書局上海編輯所編：《李
　　　　清照集》（台北：純眞出版社，1982 年 3 月），頁 167～222。筆者同
　　　　意這個說法，因爲從〈感懷〉一詩之序來看：「宣和辛丑八月十日到
　　　　萊，獨坐一室，平生所見，皆不在目前。」實在不像趙明誠已經先
　　　　到一陣子並安頓好一切的情形。引自《李清照集校注》，頁 131。
〔註20〕黃盛璋：〈趙明誠、李清照夫婦年譜〉其中提到：《宋會要稿·選舉》
　　　　卷 33：「（宣和七年）十二月二日詔，朝散郎權發遣淄州趙明誠職事
　　　　修舉，可特除直祕閣。」又指出宋代制度，州守任期僅爲三年，假
　　　　令明誠宣和三年守青州，則宣和六年當滿，調守淄州。或即在宣和
　　　　七年初，詔稱「權發遣淄州趙明誠」，亦可證明趙明誠調守淄州，必
　　　　距此時不遠。見於繆香珍著《李清照與朱淑眞評傳》（台北：台灣商
　　　　務印書館，1989 年）附錄，頁 123～173。

隔兩地的相思之情。

欽宗靖康二年（1127）三月，趙明誠因為奔母喪而南下，李清照起初並未隨同前往，留在北方整理文物。四月，金人擄走徽、欽二帝及后妃等北行，史稱「靖康之難」。五月，高宗即位於南京應天府，改元建炎，宋室正式南渡。八月，任用趙明誠為江寧（今南京）知府。到了該年的十二月，青州就陷入金人手裡，趙明誠「歸來堂」中的古物就隨著房舍在戰亂中化為灰燼。李清照在傷心失望之餘，從北方輾轉南逃，終於在建炎二年（1128）到了建康（今南京）與丈夫會合。

李清照在建康住了一年左右，到了建炎三年（1129）二月，建康城中發生了禦營統制官王亦所發動的一起兵變，即將改任湖州（今浙江湖州市）知府的趙明誠沒有組織抗擊，反而和通判毋邱絳、觀察推官湯允恭趁著半夜縋城逃走。後來毋、湯兩人都受了處分，趙明誠也因為失職而被罷官。〔註21〕三月，他帶著李清照離開建康，預備到贛水流域找一個安全的地方定居。五月，高宗駐驆建康，遣使向金朝求和，但遭到拒絕。同時，高宗又下旨任命趙明誠為湖州知府，並要求他到建康「過闕上殿」。由於趙明誠此時已身在池陽（今安徽省貴池縣），只好草草安排讓李清照暫時住下，自己動身前往建康。但是趙明誠到了建康不久即染上瘧疾，由於沒有妥善的醫治，病情很快就惡化，等李清照得知消息趕往建康時，趙明誠已經病入膏肓，最後在八月十八日與世長辭。〔註22〕

趙明誠的去世，對李清照來說無疑是個沉痛的打擊，沒有趙明誠和她一起分擔生活的難處，她接下來必須一個人承受「國破」、「家亡」的雙重痛苦。因此，過沒多久，她就生了一場大病。金人隨時會南下，朝廷忙著作逃亡的準備，李清照偏偏病重不太能行走，剛好趙明誠的妹

〔註21〕〔宋〕李心傳《建炎以來繫年要錄》（台北：文海出版社，1968 年《宋史資料萃編》第二輯），頁 28～37。

〔註22〕〈金石錄後序〉對趙明誠去世經過有詳細敘述。見《李清照集校注》，頁 180。

婿當時正任兵部侍郎，準備和高宗同行前往洪州（今江西省南昌市），於是李清照就將趙明誠先前從北方帶下來的收藏託付給他帶去。可惜的是，金人在十一月即攻陷洪州，這些東西當然也在戰亂中散失了。

　　建康也在洪州被攻陷後不久淪陷，城陷之前，李清照本來打算作第二次逃難，沿江北上，但後來改變主意，前去投靠任敕局刪定官的弟弟李远。其實，李清照會投靠弟弟，追隨「行在」，還有另一個更主要的原因，在〈金石錄後序〉中也有詳細提到：

> 先侯疾亟時，有張飛卿學士，攜玉壺過，視侯，便攜去，其實珉也。不知何人傳道，遂妄言有頒金之語。或傳亦有密論列者。余大惶怖，不敢言，遂盡將家中所有銅器等物，欲走外庭投進。到越，已移幸四明。不敢留家中，並寫本書寄剡。後官軍收叛卒，取去，聞盡入故李將軍家。所謂歸然獨存者，無慮十去五六矣。〔註23〕

接下來李清照避亂奔走的路線，完全是追蹤高宗，一方面正是為了表明心跡；另一方面也由於金兵窮追而來，弟弟李远又和高宗同行，眼前跟隨行在是最安全的避亂路線。這段時間高宗真是倉皇逃命，李清照隨之跋山涉水，建炎四年（1130）正月，一路追到章安（今浙江臨海東南）才跟上御舟。

　　經過幾個月的逃亡，李清照與趙明誠幾十年來累積的收藏，被拋棄的、被送走的、被盜去的不知有多少，最後，她只剩下留在身邊最重要的幾件。到了杭州，總算局勢比較穩定，在那兒定居下來。自趙明誠逝世後，李清照獨自度過了約三年的寡居生活，接著在她四十九歲那年，即紹興二年（1132）的夏天，改嫁張汝舟。可惜的是，張汝舟其實是看上李清照僅存的古董，等她嫁過去後，即開始對她肆意凌辱，最後逼得李清照得藉著訴訟解除夫妻關係，還因此「居囹圄者九日」。〔註24〕後人對於李清照改嫁一事多加辯誣，以各種理由來討論

〔註23〕李清照：〈金石錄後序〉，見《李清照集校注》，頁181。
〔註24〕李清照：〈投翰林學士綦崇禮啟〉自敘改嫁和訴訟之事，見《李清照集校注》，頁168。

改嫁的不可能，然而，記載李清照改嫁的記錄頗多，有的甚至還作於清照生前，加上極大部分屬於史類、金石、學術著作等資料，並非僅見於野史小說筆記。由於材料可信度極高，因此，筆者採用李清照曾再適張汝舟的說法。

紹興四年（1134）秋，金人再度南侵，這年李清照已寫完〈金石錄後序〉，因此這段第三次避難的生活主要記載在她的〈打馬圖序〉：

> 今年（1134）冬十月朔，聞淮上警報。江、浙之人，自東走西，自南走北，居山林者謀入城市，居城市者謀入山林，旁午絡繹，莫卜所之。易安居士亦自臨安泝流，涉嚴灘之險，抵金華，卜居陳氏第。乍釋舟楫而見軒窗，意頗適然。
> 〔註25〕

李清照在金華避亂至紹興五年（1135）五月以後，接著又回到杭州。晚年定居在杭州這段時間，宋室最後在秦檜（？～1155）大力主和的情況下，於紹興十五年（1145）簽訂了屈辱的「紹興和議」，對金稱臣納貢，以淮水為界，失去了北方大片的國土，也確定了南宋偏安江南的局面。接下來的這段時間，李清照主要就是以文學作品來抒發她的家國之痛。

二、辛棄疾的經歷

辛棄疾一生沉浮動盪，命運多舛。自幼喪父，故土淪落的他在極端自律內省中成長，文武全才，少年老成。二十一歲辛棄疾回到老家歷城（今山東濟南），聚眾二千餘人，投入耿京領導的農民起義隊伍，在軍中任書記，協助耿京指揮二十多萬人馬，奮勇抗金。後發生了義端和尚事件，〔註26〕使得耿京賞識辛棄疾的勇氣和才幹，派他南下臨

〔註25〕李清照：〈打馬圖序〉，見《李清照集校注》，頁160。
〔註26〕《宋史‧辛棄疾傳》：「義端者，喜談兵，棄疾間與之遊。及在京軍中，義端亦聚眾千餘，說下之，使隸京。義端一夕竊印以逃，京大怒，欲殺棄疾。棄疾曰：『勾我三日期，不獲，就死未晚。』揣僧必以虛實奔告金帥，急追獲之。義端曰：『我識君真相，乃青兕也，力能殺人，幸勿殺我。』棄疾斬其首歸報，京益壯之。」同註2，頁12161。

安（今浙江杭州）與南宋聯絡，以便和朝廷正規軍配合，共同抵抗金兵。怎知在辛棄疾完成任務北歸的半途上得到叛徒張安國殺死耿京，投降金軍的消息。於是率兵五十名直搗金兵五萬人的濟州（今山東茌平西南）大營，生擒張安國，義正辭嚴的說動上萬士兵反正，押解張安國回到建康，交給南宋朝廷處決。辛棄疾是年二十三，〔註27〕此一壯舉震驚宋、金兩朝，轟動一時。「壯聲英概，儒士為之興起，聖天子一見三嘆息。」〔註28〕從此，辛棄疾便留在南宋，沒有回過山東。

　　然而南歸之後的辛棄疾卻沒有被重用，朝廷只是給了他些無關緊要的職務，雖然如此，辛棄疾卻沒有放棄抗金復國的信念。他懷著一顆赤子之心，不管位卑言微，向皇帝呈上了著名的〈美芹十論〉、〈九議〉等奏疏，具體分析當時的政治軍事形勢，對誇大金兵力量、鼓吹妥協投降的人，作了有力的駁斥；對世事局勢進行嚴謹的剖析，提出收復失地、統一中國的具體策略，並闡述了內修德政、廣開言路等治國安民之道，要求加強作戰準備，鼓勵士氣，以恢復中原。此舉展現了辛棄疾非凡的政治眼光和軍事才能，同時也表現了他論文筆法的高超。

　　宋孝宗即位後，任辛棄疾為潭州（今湖南長沙）知州兼安撫使，讓他鎮壓當地盜賊。辛棄疾首先上疏朝廷反映民間疾苦：

> 田野之民，郡以聚斂害之，縣以科率害之，吏以乞取害之，豪民以兼並害之，盜賊以剽奪害之，民不為盜，去將安之？夫民為國本，而貪吏迫使為盜，今年剿除，明年划蕩，譬之木焉，日刻月削，不損則折。欲望陛下深思致盜之由，講求弭盜之術，無徒恃平盜之兵。〔註29〕

〔註27〕《宋史・辛棄疾傳》：「會張安國、邵進已殺京降金，棄疾還至海州，與眾謀曰：『我緣主帥來歸朝，不期事變，何以復命？』乃約統制王世隆及忠義人馬全福等徑趨金營，安國方與金將酣飲，即眾中縛之以歸，金將追之不及。獻俘行在，斬安國於市。仍授前官，改差江陰僉判。棄疾時年二十三。」同註2，頁12161。

〔註28〕洪邁：〈稼軒記〉，見辛更儒編：《辛棄疾資料彙編》（北京：中華書局，2005年），頁4。

〔註29〕同註27，頁12163。

這個箚子獲得宋孝宗詔獎。辛棄疾接著奏請創建湖南飛虎軍，打算以此作為抗金力量，得到朝廷允許。居民參軍踴躍，紛紛主動資助，盜賊不解自散，迅速成立了二千步兵、五百騎兵的飛虎軍隊伍。這支隊伍在抗擊金軍中立下赫赫戰功，四十餘年猶為勁旅。

辛棄疾才幹出眾，但他剛正不阿，多次拒絕權臣韓侂胄請寫作文，不與黑暗勢力同流合污，受到權臣排擠而遭貶，但他仍繼續寫文宣傳抗金主張。他很佩服弘揚德政的理學家朱熹，朱熹體恤百姓，支持抗金，後因抨擊韓侂胄而被罷官，其理學亦被誣陷為「偽學」。朱熹死後，朝廷嚴令禁止其朋友、門人到考亭會葬，辛棄疾義無反顧，不怕株連，親去祭奠並作祭文：「所不朽者、垂萬世名。孰謂公死，凜凜猶生！」〔註30〕他用杜甫的詩稱頌朱熹「爾曹身與名俱滅，不廢江河萬古流」，表現出他在是非面前的明確選擇和做人原則。

辛棄疾歷任湖北、湖南、江西安撫使，在政治軍事上都能採取積極的措施，以利國便民，使得朝廷當權者疑忌他；另一方面也因為辛棄疾是積極的主戰派，主和派官僚早已把他當做眼中釘、肉中刺，他所提出的抗金建議，均未被採納，並遭到主和派的打擊，便以「用錢如泥沙，殺人如草芥」〔註31〕的罪名將他去職為民。而辛棄疾也瀟灑離去，不戀眷官位，從四十三歲起閒居江西信州上饒、鉛山一帶。在閒居帶湖和瓢泉時，辛棄疾雖然投閒置散，然而宦海的浮沉，壯志難酬之憾，每每與友人酬唱贈和時創作，抒發其情志：「往來友朋，如韓元吉、湯邦彥、王自中、陳亮等人，率忠義而不得志者，於焉酬贈唱和之際，自易一吐為快，以志趣相許」。〔註32〕

這一放，便是二十年。到了晚年，韓侂胄當政，朝廷再度起用辛棄疾，原因為當時的宰相想借抗金來鞏固自己的地位。辛棄疾當時雖

〔註30〕同註2，卷401，〈辛棄疾傳〉，頁12165～12166。

〔註31〕同註7，頁721。

〔註32〕王偉勇：《南宋詞研究》（台北：文史哲出版社，1987年9月），頁308。

已年邁，但依舊懷抱著滿心壯志，想一展抱負。但辛棄疾和宰相意見不合，早早就被撤職。

宋寧宗開禧三年（1207），辛棄疾在得知南宋北伐大軍失敗後，痛心疾首、五內如焚，不久就病逝了。臨終前，他曾大呼：「殺賊！」表現了對祖國至死不渝的熱愛與忠誠。〔註33〕

三、經歷比較

清照與棄疾兩人的經歷都與自己的詞作內容相合，個別來看：易安詞的內容與生活經歷極為配合，劉大杰曾在《中國文學發展史》中曾以三分法來劃分她的作品：

> 她個人生活的境遇的變化，在作品中得到鮮明的反映。早年的歡樂，中年的黯淡，晚年的哀苦，是她生活史上的幕景，同時也就是她創作的道路，她的作品同她的生活緊緊地結合在一起。在漱玉詞中，充滿著歡樂時的笑容和悲苦時的眼淚。她的作品，尤其晚期的作品，抒情的藝術形象格外鮮明動人。〔註34〕

學者也多有以二分法來看易安的作品：

> 南渡對清照而言，是一次澈底而重大的打擊，不僅國破，而且家亡，從靖康之難到趙明誠去世，前後不到三年，但清照的生活從此就完全改變……所以以南渡為線，將清照的詞劃分為前後期，是比較合理的。〔註35〕

第一、二期的確難以劃分，因此我們以南渡為界，來看李清照人生經歷。

在李清照十八歲嫁給趙明誠之後，賭書鬥茗、志同道合的婚姻生活令她感到幸福。女子在傳統環境裡，情感仍是生活中重要的重心。

〔註33〕《康熙濟南府志》卷35，〈人物志・稼軒小傳〉：「進樞密都承旨，臨辛大呼殺賊數聲而止。」見辛啟泰：〈辛稼軒年譜〉，同註7，頁784。
〔註34〕劉大杰：《中國文學發展史》（台北：華正書局，1998年），頁644。
〔註35〕黃文吉：《宋南渡詞人》（台北：台灣學生書局，1985年5月），頁130。

因此在共同追求藝術生活的婚姻中，清照是充滿幸福的，而這個階段的詞也大都充滿了快樂的氣氛。

但是隨著趙明誠的出仕，暫時的分別讓李清照感到了生活的缺憾，引發她創作了大量的寫「愁」詞作，這種愁，是由於兩人相處融洽後，偶有分離而產生的依依不捨，萬般柔情都寄託於詞作。

但國破家亡後的李清照，詞中充滿濃濃的愁緒，這種愁緒，已是難以化解的滄桑淒涼，南渡前的閨怨詞表現的畢竟還是可以盼望的等待，所以和南渡後絕望的悼亡詞作有明顯差異。

而辛棄疾部分，王偉勇的分析可作為辛詞心境與詞境上最完整的說明：

> 稼軒詞係隨其生平，以反映個人際遇為主，而呈現四期轉變：第一期以渡江南來之勢，寓詞以豪壯之慨；第二期以閒而不適之境，寓詞以沉鬱之情；第三期以識盡宦海之心，寓詞以磊落之氣；第四期以時不我予之志，寓詞以悲涼高遠之音。而閒適沖淡、婉約細膩之風，雜見於四期之中，此大家風範如此，故不拘於一格。〔註36〕

依王偉勇的說法是將辛棄疾的經歷及風格分成四個時期：第一期為渡江南來任職南宋二十年間，居官江淮兩湖時期（約1162~1181），期間雖然宦跡不定，遷徙頻繁，但無論擔任何職務，皆能竭盡所能，解除百姓困苦，表現出優異的才幹。知滁州，寬徵薄賦，復興生產；出任湖南安撫使創建飛虎軍，對南宋地方軍隊的戰鬥力起了一定作用；任江西安撫使，解決江西饑荒，安定社會秩序。一直至淳熙八年（1181）冬，才因言官參劾落職，於江西上饒帶湖閑居。此期辛棄疾甚熱衷功名，力圖恢復江山，頗以報仇雪恨、整頓山河自勉，發之為詞，常有豪壯語，多敘述個人慷慨抱負之懷、氣壯勃發之作。

第二期為落職後家居上饒帶湖時期（約1182~1195），此期辛棄疾除在五十三歲（1192）至五十五歲（1195）期間一度被朝廷起用為

〔註36〕同註32，頁305。

福州兼福建安撫使之外，一直投閒置散，在上饒帶湖居住。閒居帶湖時由於率眾南歸未久，所以對復興中原的大業寄予厚望，也對自己的功業前途抱有熱切的憧憬，即使未受朝廷的重視，但詞風多半積極奮發，明快爽朗，少見愁苦之語。十年閒居的歲月中，或置身湖光山水之間，或與友人飲酒作樂賦詩爲樂，憂慮國事，企盼復國，但又請纓無路，報國無門。一腔忠憤，無處發泄，於是寄情山水，玩賞風物，創作了大量以描寫山水田園風光爲題材，風格清新疏曠的作品，但宦海浮沉之恨，心胸抑鬱難平，所以有時以諷刺、牢騷語道出其憂憤，頗見眞性情。

第三期爲第二次落職後，徙居鉛山瓢泉時期（約 1196～1202），二度罷官，此時無論實職、虛爵盡削，辛棄疾似倦鳥歸巢，生活益顯放任安逸，心境較前期豁然，情緒亦漸緩和，其詞作風格更不同於以往，內容上隨意爲詞，嬉笑怒罵毫無拘羈，形式上更是經常引俗語入詞，各種語體拉雜運用，措辭有時亦引入佛老，其風格已一掃南北宋詞體式，建立了個人獨特風貌，眞如《四庫全書總目提要‧稼軒詞四卷》所說：「其詞慷慨縱橫，有不可一世之慨，於倚聲家爲變調；而異軍特起，能於剪紅刻翠之外，屹然別立一宗。」〔註37〕

第四期爲居官兩浙時期（約 1203～1207），嘉泰三年（1203），辛棄疾以六十四歲高齡又被起擔任浙東安撫使，兩年後因舉人不當，被劾解官，隨即又返回鉛山居住。雖然之後朝廷又意請辛棄疾進龍圖閣待制，知江陵府，旋改試兵部侍郎，但辛棄疾對朝廷已完全失望，均堅持不受命，不久於開禧三年（1207）九月卒，享年六十八歲。此期辛棄疾年事已高，又歷經驚喜、疑懼、鬱悶、悲苦等心情感受，目睹時局，滿懷憂思，但又無力扭轉，詞多悠遠悲涼之音。

清照一生經歷結婚、南渡、喪夫、再婚，以夫爲天的女子由美好的家世走向幸福的婚姻，又讓她面臨國破家亡；棄疾一生則是在南遷、

〔註37〕〔清〕紀昀總纂：《四庫全書總目提要》（石家莊：河北人民出版社，2000 年 3 月），卷 198，頁 5472。

反金、居官、落職之間遊走，一心報國的男子從夙興夜寐的地方官走向落拓的閑居。命運讓兩個詞人都遭遇人生最大的困頓，雖有不同的遭遇，卻有相同的轉折；雖有不同的人生，卻有相同的苦痛。相同的時代背景，一樣的愛國情懷，一樣的屢遭挫折、悲涼堪歎的坎坷經歷。李清照詞就用自我抒情的方式，以女性特有的筆致寫細膩之情。辛棄疾詞則用氣象巨闊的方式，大開大合，寫報國壯志，情懷激烈。

第三節　性　格

一、李清照的性格

（一）孤獨易感

　　除了性格剛毅的部分外，李清照的性格也是很孤獨的。在主流文化中，作為女人，她沒有自己的位置，女性的現實處境迫使她轉向女性自我。而在探尋自我的過程中，她建立了強烈的自我意識，並為女性自我作頌歌。在這份傑出女性的生活歷程和人生感受的真實記錄中始終流露出憂鬱、感傷的情緒，飽含著詞人一生孤獨追求的情懷。李清照卓然的才華、敏銳的感觸與她作為傳統社會中的閨閣婦女的矛盾，使得她常常處在一種孤獨的包圍之中，一個孤獨的靈魂在無處訴說、無人理解時，就會更加轉向對自身的審視，對自己內心的觀照，使孤獨的靈魂在不斷的自我審視中獲得完美的昇華。易安詞就是李清照內心世界的獨白。清照在詞中描繪了一個溫婉嬌媚，清秀多情的女性世界，真實地反映了身為女性的自我，自然流露出的生命意識，比男性文人更加細膩、更加敏銳，也使得她的詞呈現了迥異於一般男性文人的獨特色彩。

　　在人生和內心的歷程，李清照走著嚴肅、獨特卻又孤獨的道路。她的「愁」貫串了大部分的作品，使得作品大都呈現了淒婉哀戚的色彩，傳達出一種憂鬱的美感。而她的「愁」，有許多的原因是源自愛

情。她在詞中宣洩自己的一往情深和對理想的執著追求，對愛情，她執著勇敢，無論是「終日凝眸」的癡情，還是「人似黃花瘦」的感傷，愛情中的喜怒哀樂，都能輕易地成為清照隨口吟詠的雋永詞句，一般男性文人描寫愛情，只是仕途失意的一種慰藉；愛情，不是男子心中生命意識的重要部分；但在傳統社會裡，女子的人生理想與追求集中在體現愛情上。李清照才華過人，但也無法改變自己的社會地位，但對於生命中重要的愛情，她不需隱約其詞，可以大膽描寫自我情感，淋漓盡致地書寫自己的相思之苦或懷念之悲，她專注而真摯的情感，塑造出溫柔多情的形象，展現著自我的意志，就是這樣發自內心而寫出的「愁」，使她的詞能造成她在藝術上最高的成就。

（二）剛毅不屈

　　長期以來，許多人把李清照看成一個只會吟風弄月、傷春悲秋的柔弱女性，不過是位才華出眾的女詞人而已。其實，李清照是一位氣節高尚、性格剛毅、灑脫不羈的愛國女性。

　　李清照出身於宦門，但不慕權貴，敢於大膽發表政見。她早年不避風險，上詩救父；對公公趙挺之升為宰相，不以為賀反而寫詩嘲諷：「炙手可熱心可寒」、「何況人間父子情」。〔註38〕晚年雖然流離失所，也從來沒有投靠過位居高位的表弟秦檜。這裡可以看出，她是重親情、重人情的，但在情感之前，她以更高的國仇家恨或是道德標準在要求自己，她性格當中既柔軟又剛毅的一面便由此展現。

　　早在青年時代，她就以唐玄宗荒淫誤國、招致安史之亂的歷史教訓，勸宋徽宗：「夏為殷鑒當深戒，簡策汗青今具在。」〔註39〕李清照的高風亮節不僅表現在她政治上的遠見卓識，尤其突出地表現在她關心國家民族命運、深切同情陷於外族入侵鐵蹄下的人民。她不甘屈辱投降，和丈夫一起流亡江南，耳聞目睹南宋朝廷只求偏安、不思抗

〔註38〕李清照詩：〈上趙挺之〉，見《李清照集校注》，頁136、137。
〔註39〕李清照詩：〈浯溪中興頌詩和張文潛〉，見《李清照集校注》，頁101。

敵的現實，憂國傷時，悲憤交加，寫下了擲地有聲的鏗鏘詩句：「生當作人傑，死亦為鬼雄。至今思項羽，不肯過江東。」〔註40〕借此歌頌項羽寧肯一死以謝江東父老的英雄豪氣，譴責高宗趙構苟且偷安的可恥行為。

她忍受著國破家亡、離鄉背井的巨大痛苦，寫下了充滿傷感和悲憤的詞章，並在顛沛流離之中，帶病堅持整理、校勘了《金石錄》，為世人留下了珍貴文物。文學史上，因她不崇拜權貴名流，敢於提出「詞別是一家」的主張，在〈詞論〉一文中，她批評了北宋文壇所有有名望的詞家。在她的詩中，她直接或間接地批評皇帝本人及其朝臣，包括她的公公。

從這些生平事蹟看來，李清照一生信念堅定，對於自己內心的是非對錯，有嚴格的把持。

（三）情致高遠

李清照以自己的眼光看世界，表現在她的作品裡是以女性敘述者為中心的敘事。李清照的自我形象，除了呈現一般女子愛情至上的想法外，還呈現著超越一般女性的思想，她博覽群書，關心時事，不管是儒家憂國憂民的責任感、使命感；其家鄉「東州逸黨」人士的不拘形骸、建功立業的精神；或是父親李格非不慕榮利、不附權貴的高尚品格都給李清照深遠的影響，加上國破家亡的社會現實，李清照心中也有著遠大的抱負，但是女性的社會地位限制了她，她不可能金殿對策，也不可能馳騁沙場，她只能寫詩填詞來抒情述志。她以女性的獨特角度觀察社會，揭露對社會的不滿。在詞中也有表達她內心渴望直飛理想世界的熱烈嚮往，雖直抒鵬舉之志的詞句不多，晚年詞作中的鵬舉之志的生命意識已轉化成憂患意識。李清照總是通過描寫自己的人生憂患時抒發對時代、民族的憂患，使得李清照的作品達到另一種新的高度。

〔註40〕李清照詩：〈烏江〉，見《李清照集校注》，頁127。

二、辛棄疾的性格

（一）性情真摯

辛棄疾的一生，外有亡國之恨，內有自己的際遇坎坷交織，但無論怎樣的打擊，都沒有動搖他收復國土的信念。他具有卓越的軍事才能和政治才能，功業心重，殫精竭慮為國為民。其處事作風雷厲風行，但比起武將，則又多了三分文人的細膩與敏銳，反映在他的詞裡，除了激越之外還多了一點沉鬱，這種似乎矛盾的人格特徵，是與辛棄疾的氣不伸、意難平的一生遭遇聯繫在一起的。劉辰翁曾評價道：

> 斯人北來，喑鳴鷙悍，欲何為者；而讒擯銷沮，白髮橫生，
> 亦如劉越石陷絕失望，花時中酒，托之陶寫，淋漓慷慨，
> 此意何可復道，而或者以流連光景、志業之終恨之，豈可
> 向癡人說夢哉。為我楚舞，吾為若楚歌，英雄感愴，有在
> 常情之外，其難言者未必區區婦人孺子間也。〔註41〕

在辛棄疾的大多數詞作中，總是有幾種迥然不同的情感的衝突，跌宕起伏，反映了他在不可放棄的理想與殘酷的現實間輾轉思量。後人多欣賞辛詞，是在其心思細微處，最能動人心魄。王國維說：「幼安之佳處，在有性情，有境界。」〔註42〕

性情的真切就反映了心中的矛盾，詞人的思想性格中有孤淒沉鬱之情與高潔傲岸之情的衝突。因此辛棄疾的作品中時有豪放大器之作，時有婉約細膩之語，這是他真性情的展現，也是在殘酷現實和內心理想無法實現下所激盪出的結果，稼軒詞動人處也就在此，看到一個詞人真切的生命意識的展現。

（二）豪邁志壯

透過辛詞，我們領略了豪邁志壯的主導風格。豪邁，是因為詞人具有熾烈的愛國激情；志壯，源於詞人身上所承載的道德文化、對國

〔註41〕〔宋〕劉辰翁：《須溪集》（台北：台灣商務印書館，1985 年《景印文淵閣四庫全書》本），卷 6，頁 524。
〔註42〕王國維：《人間詞話》，同註 12，冊 5，頁 4249。

家的熱愛。詞人處在一個悲劇時代，他秉承祖訓，憂國憂民，將抗金收復河山、振興國家作為自己的最高理想，並為之奮鬥終生。有功於民族、有功於人民的思想在他的詞中隨處可見。〈滿江紅〉（鵬翼垂空）中的「袖裡珍奇光五色，他年要補天西北。」（頁 9）盡抒自己補天之志；〈破陣子〉（醉裡挑燈看劍）中的「醉裡挑燈看劍，夢回吹角連營，八百里分麾下炙，五十弦翻塞外聲，沙場秋點兵。」（頁 242）已將愛國之情幻化為夢。

（三）樂觀進取

　　古代士人步入仕途後因種種因緣而或貶或謫或遷或黜，在屈原之後，西漢出現了賈誼，唐代出現了李杜、韓柳、元白、摩詰、義山等文人，這些貶謫之士，發揚了屈原的人格精神，貶謫文化的核心精神主要有以下幾點：一是以國家和人民為重的強烈的責任心和使命感。這是所有被貶謫文人的共性。二是追求獨特的個性。這是貶謫文人在失意之時渴望實現自我價值的另一種表現，政治上的失敗並不能讓他們屈從於命運。三是貶謫文學中充滿著悲劇色彩。理想破滅的打擊帶給被貶文人的是委屈、憤懣，進而隱逸，這種情緒反映在作品中就形成了壯志難酬的惆悵、感傷、沉鬱的風格。〔註43〕為了表現為對苦難現實的超越精神，貶謫之士心態更趨成熟；宋代貶謫文人的心境與前人大不同，他們雖有貶謫的困苦、失意的牢騷，卻對前途保持樂觀的嚮往。這一點在辛棄疾身上就有明顯的表現，他始終對前途充滿希望，渴望被朝廷再次起用，這也是他多次遷調仍然能多次出仕的根源所在。

　　時世紛亂，環境複雜，造就了辛棄疾十分特殊的人格。他為人剛烈，執念專一，性格極端，處事果斷。此種人格成於亂世，也必濟於亂世，故能成就一番功業，但又因勇往直前，義無旁顧，又易毀於人際糾葛。辛棄疾激越的人格賦予了文學作品鮮明的特徵。稼軒門人范開在〈稼軒詞序〉有云：

〔註43〕郝秀榮：〈論辛棄疾詞中的梅意象〉（語文學刊，2006 年 16 期），頁 89。

> 公一世之豪，以氣節自負，以功業自許。方將斂藏其用以
> 事清曠，果何意於歌詞哉？直陶寫之爲具耳。故其詞之爲體，
> 如張樂洞庭之野，無首無尾，不主故常。又如春雲浮空，
> 卷舒起滅，隨所變態，無非可觀。〔註44〕

此語正道出稼軒英雄豪傑的人格，志氣才器與遭時不遇。

（四）百折不撓

其次，民族傳統文化的影響是他百折不撓、高潔傲岸精神的源泉。他兼善軍政二者之長，具有儒家的仁愛之心，還具有道家的得道忘言、非重實名的思維方式，這些傳統文化造就了他的人格。其理性思維是對中國傳統的思維方式和思維結果的繼承和創造。他屢遭遷調仍矢志不渝，就是源於他骨子裡潛存的這股剛毅豪邁之氣。他在中晚期歸隱之時的詞中大量運用《莊子》典故，表現了超逸脫俗之情。他的詞中多次使用屈原「香草美人」的比興手法，說明他與屈原的精神產生了共鳴；他又以陶淵明爲師，「穆先生、陶縣令，是吾師。」（〈最高樓〉（吾衰矣），頁331）這些隱遁思想，使他這一時期詞中又呈現出悲壯的風格。追慕隱逸生活的思想情操和百折不撓的陽剛之性的交織，使他的詞風呈現出豪放悲壯的主導風格。

三、性格比較

劉熙載《藝概・詩概》以爲「詩品出於人品」，〔註45〕這是中國古代文學關於從作品認識作者的文學理論。那麼我們也可以從作者的人生去說明作品，把作品與人生、人生與社會聯繫起來。李清照與辛棄疾雖然在主體風格上，有著婉約與豪放的分野，但是這分野並不嚴格。由於二人心中都有不苟同於流俗的個性，都有珍惜生命的高遠追求，都處在國家江山飄搖、金兵蹂躪國土的時代背景，都有抗金恢復

〔註44〕〔宋〕范開：〈《稼軒詞》甲集序〉，見辛更儒編：《辛棄疾資料彙編》（北京：中華書局，2005年），頁50。

〔註45〕〔清〕劉熙載：《藝概》（台北：廣文書局，1974年10月），卷2，頁18。

國土的愛國情懷，也都屢屢遭受不公正的打擊挫折，所以易安詞中時有豪邁之作，稼軒詞中也多有婉約之詞。他們有共同的愛國情懷，李清照的詞對稍後於她的辛棄疾以及許多南宋愛國人士產生了深遠影響，辛棄疾詞中不少膾炙人口的婉約詞章，與李清照詞可謂神似。

先看李清照詞中的豪邁之作〈漁家傲〉：

天接雲濤連曉霧。星河欲轉千帆舞。彷彿夢魂歸帝所。聞天語。殷勤問我歸何處。　　我報路長嗟日暮。學詩謾有驚人句。九萬里風鵬正舉。風休住。蓬舟吹取三山去。（頁6）

在強調「女子無才便是德」的傳統時代，女性縱有才學，也不會得到像男性那樣的被人關注，相反地，還會受到壓抑，甚至被斥責為「不守婦道」。但是李清照卻是要「學詩謾有驚人句」，她的個性卻是倔強的、自強不息的。她不願向這樣的社會現實低頭，不願意向女性千百年來既定的命運低頭，哪怕路長日暮，她依然追求和男子一樣的文化權力——學詩、寫詩、追求自我成長的權力。傳統社會的男子可以憑詩賦才能進入仕途，李清照自認雖然不能強求當時的社會為她開設科舉之路，但她畢其精力在詩詞的藝術國度裡刻苦鑽研、攀升不已，像男子一樣的鵬舉九萬里，直至達到理想中的境地。在這首詞裡，李清照表白自己不畏懼一切困難、不介意一切孤獨，她像屈原在〈離騷〉裡那樣叩天帝之閽，渴望創造、渴望自由，為了爭取自我價值的肯定而艱苦求索。有了這等胸襟抱負，也就使整首詞充溢著不讓鬚眉的英風豪氣。

李清照的另一首詠梅的〈漁家傲〉詞中，她寫下了「此花不與群花比」（頁46）的吟唱，其中便寄寓著她自成高標逸韻的品格，展示著她不甘流俗、超群拔類的追求，也是她的詞中時有健舉之作的深層原因。

而李清照後期的〈永遇樂〉（落日鎔金）（頁53）、〈清平樂〉（年年雪裡）（頁47）、〈菩薩蠻〉（歸鴻聲斷殘雲碧）（頁14）等詞由於融個人家破的悲哀與國亡的痛楚於一身，引起了千百年來人們的共鳴，尤其感動著劉辰翁、辛棄疾等南宋愛國人士。

　　宋末愛國詞人劉辰翁每讀李清照〈永遇樂〉詞，便涕泗滂沱，〔註46〕可見，南宋詞人在李清照這類詞中感觸最深的是寄寓在詞中的河山故國之思、憂戚家國之情。所以這類詞並不能被單純地視作表現男女情愛的婉約詞，而應重視其流蕩在詞中更爲深厚的愛國情懷、時代底蘊。

　　與劉辰翁等愛國詞人一樣，辛棄疾有一首著名的元夕詞〈青玉案〉，也明顯受李清照〈永遇樂〉詞的影響：「眾裡尋他千百度，驀然迴首，那人卻在，燈火闌珊處。」（頁 19）再對照李清照的〈永遇樂〉：「如今憔悴，風鬟霜鬢，怕見夜間出去。不如向，簾兒底下，聽人笑語。」（頁 53）通觀二詞，幽獨孤寂之情感相同，沉鬱頓挫之風格相類，對比反襯之手法也如出一轍。這說明了兩首詞都是詞人發自心底對故國鄉關的魂牽夢縈，兩人共同具有強烈愛國的赤子之心。

　　從主導風格上看，李清照乃婉約派詞人，辛棄疾爲豪放派詞人。但相同的是，他們都情感眞摯，不甘流俗，努力追求自我價值，對故國家山魂牽夢縈、擁有渴望恢復國土的愛國情懷，兩位詞人表現出很多相通之處，表現在詞上，即李清照也有令人稱嘆的豪放詞，辛棄疾亦創作出了傳唱久遠的婉約詞。

　　而兩人性格中較爲不同的部分則是情緒的舒展，清照的「愁」貫串了大部分的作品，使得作品大都呈現了淒婉哀戚的色彩。作爲傳統時代少數能抒發己志的女子，清照盡情地在詞中表達身爲女子對自然、對情感獨特的感受，將女性獨有的觀察投注在詞中，這也讓清照的詞常圍繞在個人悲痛的情感之中。一般而言，女性本就較爲多愁善感，加上詞本就以婉約爲本色，易安透過含蓄曲折的表達手法，使意義更加深刻，反覆迴旋，衝突激盪，使詞展現出深長的意味。莫怪陳

〔註46〕辰翁和李清照此詞之序言充滿了沉痛：「余自乙亥（按：指 1275 年，距南宋最後滅亡的 1279 年只有四年）上元，讀李易安之〈永遇樂〉，爲之涕下。今三年矣，每聞此詞，輒不自堪。遂依其聲，又託之易安自喻，雖辭情不及，而悲苦過之。」見《李清照集校注》，頁 53。

廷焯說：「宋閨秀詞，自以易安為冠。」〔註47〕棄疾也有愁作，但有許多的「愁」是在發抒對現實環境的不滿，這種不滿不是消極的，不是絕望的；相反的，棄疾是樂觀進取的，雖在閒居之中，仍然充滿希望和期待，仍然渴望被朝廷再次起用，所以要把心中的理想和憤慨藉由詞傳遞出來，因此在稼軒詞中仍可以看到他理想的展現，積極奮發的精神。

第四節　時代背景

一、李清照的時代背景

　　政治環境上，李清照第一個面臨的是在熙寧二年（1069）開始的王安石變法，從此北宋政壇陷入了尖銳複雜的黨爭，兩黨攻訐傾軋，政治混亂，神宗時由新黨得勢；到了哲宗由太皇太后高氏聽政時，舊黨重新執政，新法盡廢。哲宗親政後，復用新黨，對舊黨發動報復。徽宗即位後，雖有意調停，卻沒有成功。崇寧元年（1102），以蔡京為相，而蔡京對舊黨極盡迫害之能事。同年九月，徽宗親書元祐黨人名單，籍元祐及元符末宰相文彥博等、侍從蘇軾等、內臣張士良等、武臣王獻可等共一百二十人，刻石端禮門，這就是所謂的元祐黨人碑。又籍范柔中以下為邪等，凡名在兩籍者三百零九人，皆錮其子孫，不得官京師及近甸。此後處處打擊舊黨，甚至箝制思想，打擊舊黨的學術與文學。

　　徽宗因用蔡京、童貫等小人，以致朝政大壞。北宋政和五年（1115），屬於女真族的阿骨打（金太祖）稱帝，國號金。北宋宣和七年（1125），遼主天祚為金人所擄，遼亡。從此，宋朝頓失北方屏障，進入了爭戰連年、烽火不息的局面。北宋靖康二年（1127），金兵擄宋徽宗、欽宗二帝北去，史稱「靖康之禍」。隨即，康王趙構南渡即位，改元建炎，是為南宋高宗。

〔註47〕〔清〕陳廷焯：《白雨齋詞話》卷六，同註13，冊4，頁3910。

二、辛棄疾的時代背景

辛棄疾降生的當年（1140），是南宋與金兵全力決戰的一年，烽火漫天，死傷遍野，田園荒蕪，生靈塗炭，這是一個悲慘動盪的大時代。岳飛雖大破金兵於朱仙鎮，勢如破竹，即可直搗黃龍，但爲奸賊所害，檄召還都入獄，使中興又成泡影。據《宋史》：紹興十年七月四日，岳飛留大軍於潁昌，命諸將分道出戰，自以輕騎駐郾城。金都元帥宗弼十分焦急，乃召集眾將，欲拚力一戰。岳飛得知，說：「金人技窮矣。」乃日出挑戰，並大聲數罵。宗弼怒，乃於六日，合諸將逼郾城。岳飛遣其子雲與金兵戰數十回合，金兵死傷遍野。宗弼乃以拐子馬萬五千來。岳飛戒步卒，以麻紮刀入陣說：「勿仰視，第斫馬足。」拐子馬是三騎相連，貫以韋索，一馬仆，則二馬不能行，飛軍奮戰，殺敵無算，金兵大潰，宗弼痛心的說：「自海上起兵，皆以此馬勝，今已矣。」岳飛進軍朱仙鎮，距汴京不過四十五里。當時金兵將領數人，皆自北來降。金將軍韓常，欲以五萬眾內附，岳飛大喜，對他的將士說：「直抵黃龍府，與諸君痛飲爾。」岳飛大敗金兵，但不久，被十二道金牌召歸，後又下獄遇害。〔註48〕岳飛之大破金兵，距辛棄疾降生，不過月餘。這正是一動亂時代，正當南宋初社稷存亡之時，國土淪喪，生靈塗炭，滿目瘡痍。因此棄疾一生，以復國滅敵爲己任。

三、時代背景比較

易安與稼軒兩人的一生不完全處於同一個時段，易安生於宋神宗元豐七年（1084），稼軒生於宋高宗紹興十年（1140）金人統治下的山東。雖然如此，他們卻同處於一個歷史的轉折時期，靖康之變、北宋覆亡、被迫南渡都給他們帶來了災難和痛苦。所不同的是，易安在「靖康之變」前過上了一段承平氣象的生活，這期間易安的生活內容是較少觸及社會動盪的，因而在其創作實踐中，必然受到這種單純生活的影響。她此期的詞作也大多塑造溫柔纖弱、凝眸噙淚的抒情閨秀

〔註48〕參見同註2，卷365，〈岳飛傳〉，頁11389～11391。

形象，因而清新柔媚自然成了她前期的主要詞風，這種嬌柔嫵媚的傳統風格也深深地影響了她的創作思想，所以她主張「詞別是一家」。她此期所寫的詞多表現她的閨思閒愁就是佐證。

靖康之變後，迫使李清照舉家離開故鄉流落到江南，她的美好生活破滅了，取而代之的是國破家亡、丈夫早逝、南渡避難、流離失所。陌生的環境、分散的親友，更加強她子然一身、無依無靠的感受。「宋室南渡」使她詞風驟轉，詞作主題大為轉變。傷感和憂患意識出現在詞作之中，有時也流露出厭惡這種痛苦生活而思想上有所抗爭。靖康之難為李清照帶來強烈的打擊，輾轉流離遷徙，讓詞人一直有著不安的情緒。

而稼軒的一生則都與民族危機緊緊聯繫在一起，他出生的時候，家鄉已淪為金人統治區十幾年。從小受屈仕於金朝的父祖輩們灌輸民族意識，而成為一個極具民族精神的青年。因為稼軒沒有像易安那樣趕上一段承平時代，因此，在他的身上深深地打上了民族意識的烙印，這深刻地影響著他的文學創作。

辛棄疾在南宋朝廷沒有施展雄才大略的機會，不過人生際遇卻造就其詞的發展，使其受人生遭遇的感發而激盪為詞，范開在〈稼軒詞序〉中提到他「意不在於作詞，而其氣之所充，蓄之所發，詞自不能不爾也。」〔註49〕徐釚云：「辛稼軒當弱宋末造，負管、樂之才，不能盡展其用，一腔忠憤，無處發洩。觀其與陳同甫抵掌談論，是何等人物！故其悲歌慷慨，抑鬱無聊之氣，一寄之於詞。」〔註50〕稼軒負奇鬱之氣，正值國難時艱之際，發而為詞，正如驚雷怒濤，駭人耳目，其中蘊含卻是英雄血淚。因此其詞作流露報國無門、英雄失路的悲憤，情感激昂悲壯，風格雄放沉鬱。

〔註49〕〔宋〕范開：〈《稼軒詞》甲集序〉，見辛更儒編：《辛棄疾資料彙編》（北京：中華書局，2005 年），頁 50。

〔註50〕〔清〕徐釚著，王百里校箋：《詞苑叢談校箋》（北京：人民文學出版社，2005 年 12 月一版二刷），卷 3，頁 250。

　　從兩人的人生對照作品，易安詞後期作品所流露的憂患意識和家國之思和貫穿稼軒詞的愛國思想有相通之處。所以兩人的風格雖有豪放婉約之分，而又有相同之處，一個是「柔中有剛」，另一個是「剛中有柔」。

第三章　二安詞之主要花意象比較

　　李清照筆下的花以比例看是十分驚人的。出現最多的是梅花、菊花和桂花。其他還有荷花、杏花、海棠、銀杏、梨花等。李清照主要的花意象為三類：（一）含淚凝愁、玉瘦檀輕的梅花；（二）柔軟纖弱、困酣嬌眼的菊花；（三）高潔清淡、飄芳留香的桂花。

　　辛稼軒所吟詠到的花卉有十餘種之多，寫得最多的是梅花、牡丹和桂花，其他還有菊花、水仙、茉莉、文官花、芙蓉、荷花、荼蘼、海棠、杜鵑花、山茶等。稼軒詞的主要花意象可歸納為三類：（一）昂頭怒放、孤傲高格的梅花；（二）有高貴典雅的牡丹，也有養尊處優、偷染苟安的牡丹；（三）十里飄香、留芳人間的桂花。

第一節　李清照詞的主要花意象

一、梅花──此花不與群花比

　　梅花，在中國傳統美學意象中被列為「四君子」之首，「歲寒三友」之一，被歷代文人所傳頌。李清照的詞中，歌詠最多的就是梅花，其詞出現梅花意象有十八首，占作品的十分之三。關於李清照主要花意象的詞見附錄一。

　　范成大《范村梅譜‧後序》中說：「梅以韻勝，以格高」。〔註1〕梅，枝幹挺秀、花色雅麗、香味清幽。梅既是審美主體的隱喻及象徵，又是對美的理想的追求。李清照詠梅作品數量之多，顯現出對這以韻取勝的梅花，是十分鍾情的。以梅花寄情、自比、寫家國之思、寫喪夫之痛、傷春惜時，幾乎所有的情感表現，都可以用梅來表現。陳祖美言：「梅不僅是李清照詞作的重要主人公，還是她最好的朋友，以至是他本人的化身。其狀梅之語，多係喻己之辭，凡是不便明說的心裡話，便託詠梅以出之。梅的命運幾乎與《漱玉詞》作者的命運合二爲一。」〔註2〕李清照高雅的生活情趣，及不同流俗的品味就在詠梅詞作中一一展現。

（一）惜花傷春的情緒：不知醞藉幾多香

　　早期的詠梅詞抒寫的是清照美好的青春，淡淡的惜花傷春情緒，躍動著青春的活力。梅花是其超塵脫俗的人格象徵，寄寓了清照的自我關注和認知。以〈漁家傲〉、〈玉樓春〉爲代表。

　　〈漁家傲〉是詞人出嫁前夕所作：

> 雪裡已知春信至。寒梅點綴瓊枝膩。香臉半開嬌旖旎。當庭際。玉人浴出新妝洗。　　造化可能偏有意。故教明月玲瓏地。共賞金尊沈綠蟻。莫辭醉。此花不與群花比。（頁46）

詞寫月夜飲酒賞梅，輕快明朗，處處湧動著青春的喜悅。上片以擬人化的手法寫梅的風神雅韻，細膩地描摹了早春寒梅的姿容。用「寒梅點綴瓊枝膩」、「香臉半開嬌旖旎」、「玉人浴出新妝洗」等明快的語句，把梅花描繪得宛如美人出浴，新妝初罷，婀娜多姿，玲瓏剔透。漫天飛雪中，梅傲然而立，綻苞吐蕊之梅點綴瓊玉枝頭，猶待字閨中之嬌柔少女，讓人傾倒，潔淨若出浴「玉人」，超凡脫俗，李清照用輕快的

〔註1〕〔宋〕范成大：《范村梅譜》〈後序〉（台北：台灣商務印書館，1985年《景印文淵閣四庫全書》本），，頁845～35。

〔註2〕陳祖美：《李清照詞新釋輯評》（北京：中國書店，2003年），頁33～34。

筆調，描摹梅花的風韻，把梅花描繪得唯妙唯肖，也抒發自己的情懷，昭示詞人的高潔堅貞。下片抒寫飲酒賞花，用「造化可能偏有意，故教明月玲瓏地」等語句，更把明月輝映下的梅花寫得神采奕奕，趣味盎然。讓梅在寒冬卓然挺立，獨領風騷。「莫辭醉，此花不與群花比」一句，一方面表現了詞人對梅花喜愛之至，另一方面表現了詞人開朗、豪爽的心境。詞中冰魂雪魄的梅花仙子，正是才華橫溢、荳蔻年華的自我寫照，梅花的超塵絕俗，也是李清照對美好人格的追求、期待。透過全詞，看出清照以花擬人，以人類花，不同流俗，冰清玉潔。

　　早期的詠梅詞也有傷春的惆悵，但僅僅止於青春少女的多愁善感、少婦的莫名傷感。〈玉樓春〉是被譽為「得此花之神」〔註3〕的佳作，以新穎別致的藝術構思，寫出了她的惜花情懷：

> 紅酥肯放瓊苞碎。探著南枝開遍未。不知醞藉幾多香，但見包藏無限意。　　道人憔悴春窗底。悶損闌干愁不倚。要來小酌便來休，未必明朝風不起。（頁45）

上片寫梅花初放的神態和情韻，寫梅之色、香、神，寫含苞未放的梅蕾，一個「碎」字把花苞即將綻放的姿態描繪得極為靈動。鮮嫩的梅苞溫潤欲放。下片由梅及人點出愁思，由賞梅之情轉為自憐的幽怨，寫詞人的相思，詞人的感時傷懷。這首更注意梅花的內在風韻：「不知醞藉幾多香，但見包藏無限意」讚美了梅花沁人心脾的幽香，梅不僅有外在的嬌美，更有內在的高潔品質，對梅花的審美中注入了作者對自我的關注。筆勢由梅而我，由我而梅地流動，宛曲地將憐梅、自憐揉為一體。「紅酥肯放瓊苞碎，探著南枝開遍未」，賞梅其實也是自賞。

　　〈玉樓春〉不同於〈漁家傲〉的輕快明朗，而有淡淡的憐梅惜春的感傷情緒。此詞作於宋徽宗崇寧三年（1104），正值北宋末年政局紛紜之際，詞人在變幻不定的黨爭中承受著時憂時喜的甘苦。「探著南枝開遍未」傳神寫出了梅花小心翼翼的悄然綻放，暗示其生存環境的艱辛，這正真實描繪了詞人現實的生存狀態。得梅花之神的詞句

〔註3〕〔清〕朱彝尊：《靜志居詩話》卷18，見《李清照集校注》，頁46。

是:「要來小酌便來休,未必明朝風不起」,「小酌」讓人聯想到李白〈月下獨酌〉:「花間一壺酒,獨酌無相親」,(註4)「道人憔悴春窗低」,只有梅知人憔悴,以酒相邀梅,似李白「舉杯邀明月,對影成三人」的意境。「未必明朝風不起」,是對梅花也是對自己的前途命運的擔憂。詞人讚嘆梅的無限美好的生意,可是越美越容易被無情的現實摧殘,所以詞人又憂梅,明朝風起,梅的命運就可想而知,隱含了對自己命運的擔憂。邀梅對飲是對現時青春的珍惜,也是在自然中尋求慰藉。但是這種愁緒和感傷,更多是詞人年輕而多愁善感的心理所產生的短暫情緒。

清照早期的詠梅詞著意描繪梅花的形態美、神態美,早期詠梅詞的主題意象是「春梅」,一枝枝「點綴瓊枝」,「不與群花比」的報春寒梅,是詞人青春的象徵,也是詞人超塵拔俗的高潔人格的寫照。梅純潔、高傲、有極強的個性、生命力,是詞人生命的特殊寄託,梅的純潔與孤傲與詞人高潔孤傲的人格是一致的。詞人也「憂春」,因梅而生的傷感,擔憂「未必明朝風不起」,究其底蘊也是對青春和人生的珍愛。

(二)生命意志的象徵:疏影尚風流

中期的詠梅詞觀照的物件發生了變化,殘梅意象出現在易安詞中。早期的詠梅也變爲惜梅嘆梅。詞的情調與前期相去甚遠,梅的形象也發生了變化,沒有了「香臉半開」、「紅酥瓊苞」的無限旖旎,詞人的審美心理變化很大,關心的不是生機勃勃的報春早梅,而是香消雪減之殘梅。主格調是:情愛疏遠的內心隱痛,青春易逝的感嘆。

李清照與趙明誠志同道合的愛情是令人豔羨的,〈金石錄後序〉中描繪得很多。但明誠後來時或有外任,清照自然時常獨居,內心經歷的思念之苦也可想見,這時詠梅詞深刻揭示了內心深處隱秘的傷痛。

〈滿庭芳〉更是借殘梅,深婉曲折地暗寓了身世,梅我合一。詞

〔註4〕 〔清〕聖祖御編:《全唐詩》(北京:新華書店,1992 年),冊 6,頁 1853。

中寂寥落寞的情緒更加突出：

> 小閣藏春，閒窗鎖晝，畫堂無限深幽。篆香燒盡，日影下
> 簾鉤。手種江梅更好，又何必、臨水登樓。無人到，寂寥
> 渾似，何遜在揚州。　　從來，知韻勝，難堪雨藉，不耐
> 風揉。更誰家橫笛，吹動濃愁。莫恨香消雪減，須信道、
> 掃跡情留。難言處、良宵淡月，疏影尚風流。（頁43）

春光雖好，但詞人心裡卻異常冷清，詞人被禁錮在深深庭院中，百無
聊賴地點著篆香，看日影從簾鉤下慢慢下移。寂寞中見到昔日所栽之
江梅，就可以不必「臨水登樓」，吟風賞月了。梅花以韻勝是宋人傳統
看法，清照欣賞梅花之風度氣韻。雖梅花依然風韻超群，卻「難堪雨
藉，不耐風揉」，有對梅花命運的深深同情。雖傲霜雪，卻也難以經受
無情風雨的摧殘，而那飄然傳來的淒婉笛聲中，感到落梅處境更加不
幸，平添詞人幾許濃愁。詞人無比傷感地勸慰梅花，「莫恨」、「須信道，
掃跡情留」。這裡有對花謝香消命運的梅花的憐愛，嘆梅更嘆自己，眼
看自己青春消磨，而愛人又遠離。但「良宵淡月，疏影尚風流」，詞人
人格的寫照，讚美了經風雨磨難而依舊性高品傲的殘梅，也讚美了同
樣品性的自己。全詞一波三折，確實達到了物我合一。易安這首詞比
起早期詠梅詞的明快，多了深沉、婉曲，詞人的心態已漸趨複雜了，
但隨著內涵的深化，更使詞作格調愈高，雖香消花落，風韻仍在，這
是很高的美學境界，梅與詞人的形象相得益彰。這一時期的詠梅詞與
早年的詠梅有明顯的不同，不是早年的精雕細刻，細膩明快，而是注
重梅花的神和韻。多了深沉，多了婉曲。此時的殘梅意象，還有更深
的喻意，梅雖落，但餘香依然，其靈魂、品格不滅，這是不甘沉淪的
生命意志的象徵。這個階段詠梅詞已脫盡前期的稚氣，浪漫，歷經人
生風雨，丈夫的時常遠行，積鬱在心，只好獨對寒梅淺斟低唱。

（三）憂冷悲涼的哀鳴：挼盡梅花無好意

　　早期、中期的詠梅詞還只是淡淡的哀怨，而晚期的詠梅詞則是深
切的國破家亡的「悼語」，是憂冷、悲涼的詠梅曲，李清照是將梅引

入悼亡詞的第一人，〔註5〕以梅拋磚引玉，吐露心聲。這一時期的詠梅詞，以〈孤雁兒〉、〈清平樂〉為代表，梅脫離了自然原始姿態，成了與人靈犀相通的生命整體。

〈孤雁兒〉作於趙明誠過世不久：

> 藤床紙帳朝眠起。說不盡無佳思，沉香斷續玉爐寒，伴我情懷如水。笛聲三弄，梅心驚破，多少春情意。　　小風疏雨蕭蕭地。又催下千行淚。吹簫人去玉樓空，腸斷與誰同倚。一枝折得，人間天上，沒個人堪寄。（頁42）

在這首託物寄情的悼亡詞中，李清照並沒有具體勾勒梅花形象，而是從側面烘托了自己心中的梅花，有一種哀婉之美。他們夫妻情深似海，憂患與共度過了半生，然而現在要從此獨自承受命運的風霜雨雪。初春的早晨，詞人心情不佳，無心添香，香消爐寒，環境和心緒都是無比的清冷，偏偏又傳來哀絕淒切的〈梅花三弄〉，令人無限傷感，詞人懷人而恨春，含苞春梅也不禁動魄驚心，芳心破碎，物是人非，愁腸百緒，愈加傷感。梅與詞人成為共通的生命整體。構思獨特，恰「小風疏雨蕭蕭地，又催下千行淚」，寂寞冷落，無限淒涼，風吹雨打的梅與淚下千行的無所憑依之詞人相互映襯，梅與人進一步融合。而今「吹簫人去玉樓空，腸斷與誰同倚」，縱滿懷淒苦無人訴說，思念亡夫欲折枝寄梅，然而「人間天上」，偌大世界「沒個人堪寄」，此句本於李煜「流水落花春去也，天上人間」，〔註6〕僅是對亡夫的深切思念，更寄託了故國之思，提高了詠梅詞的品格。又化用了陸凱〈贈范曄〉：「折梅逢驛使，寄與隴頭人。江南無所有，聊贈一枝春」，〔註7〕但反用其意，寫思念亡夫。淒苦愁結惟梅能懂，無人依傍的孀婦就與那無人堪

〔註5〕陳祖美云：「李清照是第五位（按：第五位寫悼亡詞，第一為張泌，第二為李煜，第三為蘇軾，第四為賀鑄），但他又是第一位作為未亡人為丈夫寫悼亡詞的人，又是第一個將梅引進悼亡詞的人。」同註2，頁228。

〔註6〕曾昭岷等編：《全唐五代詞》（北京：中華書局，1999年），頁765。

〔註7〕逯欽立輯校：《先秦漢魏晉南北朝詩》（台北：木鐸出版社，1983年9月），冊中，頁1204。

寄的孤枝一樣的命運，梅與詞人形象完全融合，此詞寫梅與其他梅詞
不同的是：並非寫眼前所見的實在的梅花，而是運用典故寫虛想的梅
花意象。梅花已超越了其客體形態，承載豐富情感──對丈夫的深情，
對國家的憂心，似水愁情，不絕如縷。

　　在這首詞中，梅花的內涵具有很大的游動性。「伴我情懷如水」，
這裡提到對梅的讚美及感激，很容易使人將梅的形象和與詩人度過了
半生的丈夫趙明誠的形象連繫起來；再用「梅心」來代表詞人自己那
顆乍驚乍暖乍寒的心；而「一枝折得，人間天上，沒個人堪寄」，說
自己與丈夫一個人間一個天上，縱然折得梅花，又能寄給誰呢？在這
裡梅花又成了寄情之物了。在詞人筆下，一種花卉在一闋詞中卻能呈
現多樣性，李清照藉梅花反覆表達了深刻的情感。

　　〈清平樂〉更是其寄寓身世家國之作，義蘊非一般同調可比：

> 年年雪裡。常插梅花醉。挼盡梅花無好意。贏得滿衣清淚。
> 今年海角天涯。蕭蕭兩鬢生華。看取晚來風勢。故應難看
> 梅花。(頁47)

詞作於清照晚年流徙途中，此時國家已風雨飄搖。詞人承受時代的巨
變，生活的磨難，詞中千愁萬緒，難抑哀傷之情。上片追憶詞人與丈
夫沉醉在踏雪尋梅、折技插花的幸福，這是往昔生活的眞實寫照，而
下片寫詞人流落天涯的憂鬱情懷，而今獨自「挼盡梅花無好意」，沒
有往昔的愉悅，只惹得「滿衣清淚」，昔日「香臉半開嬌旖旎」，如今
「海角天涯」，兩鬢斑白，憔悴不堪，種種磨難中，清照已由一個天
眞活潑的少女、雍容華貴的少婦變成一個老婦人了。「看取晚來風勢，
故應難看梅花」，落梅片片凋零，昔日芳容難現，詞人也是風燭殘年
漂泊無依，無以忍受風雨。「試燈無意思，踏雪沒心情」(〈臨江仙〉，
頁32)，又哪來閒情賞梅花？惜花之情隱含著命運多舛的哀嘆，憐花
自傷心境痛楚。怕看到梅花在晚來狂風中被摧殘，勾起讓人不堪承受
的回憶，也表現了詩人深沉的憂患意識，國家風雨飄搖。詞不僅是懷
念亡夫，又聚集了故國思鄉，提高了詞的品味。全詞以梅花爲題，從

梅花起，又以梅花落，「挼盡梅花」，如此哀怨；「今年海角天涯。蕭蕭兩鬢生華」更是感到年華的衰老；末結兩句「看取晚來風勢，故應難看梅花」，以風勢寫出國家情勢的惡劣，處處有梅，看似寫梅，實則寫思念亡夫之情，憐花而自傷，藉梅花寫出今昔之間的感嘆，淒悲哀婉，充滿了自身飄零身世的哀傷，乃詠梅詞中超群之作。

清照晚期的詠梅詞中的梅不僅有冰清玉潔的外在，更有內在的複雜情感。從寫梅花形的〈漁家傲〉到摹寫梅花之神韻的〈玉樓春〉，到漸趨「離形得似」的〈滿庭芳〉，再到遺貌取神的〈孤雁兒〉、〈清平樂〉。詞人由寫梅「形」到寫梅「神」，讓人感受到梅的超塵脫俗，詞人的淒美辛酸。

李清照的詠梅詞是詞人心靈歷程的濃縮，清晰地勾勒了清照生命情感跌宕起伏的脈胳。從清照詠梅詞可以清楚看到詞人命運痕跡，梅品與人品，梅心與詞心，緊緊相連，詞人一生賞梅、愛梅，視梅為生命中難以割捨的情結。李清照把自己的一喜一慍、品格、韻致都託於梅，梅見證了詞人早年的歡樂，生活的優裕美好，也見證了詞人中年的幽怨，晚年的滄桑。

梅承載了詞人一生深厚的情感，她賦予了梅花複雜的內在情感，鮮活生命。由此也透視出李清照詠梅詞的創作心態，由「此花不與群花比」的孤高自賞，到「疏影尚風流」，更發展為「看取晚來風勢，故應難看梅花」的憐梅自憐，自我哀傷的心跡變化過程，人與梅渾然一體。早期詠梅詞有淡淡的傷春情緒，洋溢著青春的歡悅，中晚期詠梅詞心態悲涼，風格沉鬱。清照詠梅詞是其不同階段的心靈剖白，是詞人心靈的「詩史」。我們可以清晰地看見詞人苦難生命的歷程與靈魂昇華的軌跡。

在李清照筆下，梅花被寫得淋漓盡致，很有層次，有梅蕊、梅苞、梅萼、梅枝、梅心、梅腮、梅淚，寒梅、春梅、殘梅、落梅……，說明她對梅花觀察之細，刻畫之密。對種種形態的梅，賦予其不同的特質，使之人格化，詞人通過詠梅，道盡人間離合悲歡、喜怒哀樂、感時傷懷之情。

二、菊花──莫道不銷魂

在易安詞中花意象表現數量上次多的是菊花。使用到菊花（黃花）意象的作品有五闋。李清照鍾愛梅花，於是以梅自比，她也深愛菊花，於是以菊爲友，用菊的相伴宣洩人生中的不如意。菊的瘦硬、孤標傲世、卓然不群與梅花的純潔高傲、超然不群都切合了李清照孤傲的個性與人格。而菊相對於梅的風韻逸群來說，又多了一份風神淡雅，也就是說梅以風韻勝，菊以風神勝。因此李清照以梅自比，詞中的梅花有著詞人的自惜、自憐。而視菊爲友，將菊花的展現多了一份詞人的自省、自悟。

（一）別離相思的代表：人似黃花瘦

作者借菊花在秋天裡蕭瑟的意象，寄託了別離的相思。在古代，重陽節是一個非常重要的節日，這一天親人團聚，一起登高，飲酒，賞菊，插茱萸，唐代詩人王維在他的〈九月九日憶山東兄弟〉中寫道：「獨在異鄉爲異客，每逢佳節倍思親。遙知兄弟登高處，遍插茱萸少一人。」〔註8〕賞菊是另外一項非常重要的內容，李清照在她的〈醉花陰〉中寫道：

> 薄霧濃雲愁永晝。瑞腦銷金獸。佳節又重陽，玉枕紗廚，半夜涼初透。　　東籬把酒黃昏後。有暗香盈袖。莫道不銷魂，簾捲西風，人似黃花瘦。（頁34）

此詞大約寫在李清照二十一歲（1105）那年的重陽節。前一年的九月，朝廷下詔：宗室不得與元祐奸黨子孫通婚，〔註9〕禁止黨人子弟居京。〔註10〕經歷了一年的獨居生活，正值重陽，是家人團聚的日子，而此時，李清照的丈夫並不在她的身邊，這讓她感到孤獨與淒涼，陪伴她的只有美酒與黃花，因爲思念丈夫，李清照形容憔悴，整個人比黃花

〔註8〕　同註4，冊4，頁1306。
〔註9〕　「九月辛巳，詔宗室不得與元祐奸黨子孫爲婚姻。」〔元〕脫脫：《宋史》（台北：鼎文書局，1983年11月），卷19，〈徽宗本紀〉一，頁368。
〔註10〕　「乙巳，詔元祐人貶謫者以次徙近地，惟不得至畿輔。」同前註，卷20，〈徽宗本紀〉二，頁373。

還要消瘦，李清照用一句「人似黃花瘦」來表達自己對丈夫的思念。「菊」與「聚」的諧音，更是表達希望與親人團聚的相思之情。

　　另一層面，「簾捲西風，人似黃花瘦」也可以解釋成自己被迫離開京城而產生的離愁別恨，政爭的憂患帶給詞人的體損神傷，就如同西風對黃花的侵襲，藉著詠菊，抒發對自己未來生命的喟嘆。

　　這闋詞用「莫道不銷魂」，帶動全句，再加上「簾捲西風」的動態描寫，最後引出人物的「人似黃花瘦」。其中以菊花的複合寄託出現，將飄逸的隱士與憔悴的思婦的形象統一於詞中，既豁達健朗又婉約纏綿。吳熊和曾對此詞品評：

> ……李清照論詞鄙薄柳永「詞語塵下」，這（指「莫道」句以下）三句就是柳詞「衣帶漸寬終不悔，為伊消得人憔悴」之意，表示思念之深。但表達時屏絕浮花浪蕊，選擇了不求穠麗，自甘素淡的菊花，既是重九即景，又象徵著一種高雅的情操。以它自比，溫柔蘊藉，又絕無浮薄之嫌，更能反襯出作者不同凡俗的高標逸韻。〔註11〕

這首詞突出表現了孤居獨處的少婦悲秋情懷。重陽無陽，有高難登，詩興難發，此一愁也；丈夫不在，獨飲悶酒，此二愁也；秋風颯颯，菊殘人老，此三愁也。三種愁思聚於一處，借酒澆愁，不勝酒力，酒醒之後愁緒更濃，諸多心理沉積現於外表，只有「憔悴」二字可以形容。可作者用「簾捲西風，人似黃花瘦」九個字，將心態與形容一起表現，手法十分高妙。

　　此外，清照也藉菊花的意象，連結秋意的蕭索，傳達喪夫的傷痛，寄寓悽愴的哀憐之情。如〈聲聲慢〉（尋尋覓覓）（頁 64）中「滿地黃花堆積，憔悴損，如今有誰堪摘？」菊花是秋天的最美，卻任憑菊花在處處衰殘零落，因為已經沒有可以摘花相送的人了。良辰美景，身邊卻無相愛的人可以共賞，「滿地堆積」極言境況的衰敗蕭條，最

〔註11〕吳熊和《唐宋詩詞探勝》（杭州：浙江文藝出版社，1983 年 10 月），頁 396。

後又以「如今有誰堪摘？」的反問句加強「無人可以摘花給他」。另一方面，也是借花自比，她就像這秋日的黃菊，隨著時間而憔悴飄零，沒人關心，這兩種意念，都使人感到她深沉無奈的悲鬱。

（二）君子形象的展現：風韻正相宜

除了表達思念和喟嘆外，清照也藉詞來歌詠心中理想的君子形象，如〈多麗〉：

> 小樓寒，夜長簾幕低垂。恨蕭蕭、無情風雨，夜來揉損瓊肌。也不似、貴妃醉臉，也不似、孫壽愁眉。韓令偷香、徐娘傅粉，莫將比擬未新奇。細看取，屈平陶令，風韻正相宜。微風起，清芬醞藉，不減酴醾。　　漸秋闌、雪清玉瘦，向人無限依依。似愁凝、漢皋解佩，似淚灑、紈扇題詩。朗月清風，濃煙暗雨，天教憔悴度芳姿。縱愛惜，不知從此，留得幾多時。人情好，何須更憶，澤畔東籬。（頁11）

這首偏重於「菊」象徵內涵的挖掘，暗示深刻。而且，將「菊」與屈原「不能變心而從俗」和陶潛「不為五斗米折腰」的典故聯繫起來，突出了「菊」的象徵內涵，更有了歷史的厚重感。李清照對傳統文化的繼承還包括了對屈原「香草美人」象徵手法的繼承。此詞作於李清照晚年，當時她的經歷已超出了「深深庭院」的侷限，感情也不再止於「傷春」、「思夫」。苦難時代的命運和這個時代中她個人命運的坎坷，使飽讀詩書的李清照思想更為博大，情感更為深沉。晚年生活的困頓，讓飽讀詩書的李清照想起了屈原、陶淵明，試問：如果屈原、陶淵明、司馬遷等能「與世皆醉」、能「摧眉折腰」，又何至於「被棄」呢？因此這二者共同構成了文士的哀怨。李清照正是抓住了自身遭遇與屈原、陶潛的契合點，借對菊的吟詠，否定了「貴妃醉臉」、「孫壽愁眉」、「韓令偷香」、「徐娘傅粉」等傳統的美人模式，而擬之以屈平陶令之「風韻」，漢皋解佩、紈扇題詩之雅事；揭示出一個生活坎坷、備受打擊的知識份子女性的內心欲望、苦悶和追求。

不僅描寫菊花的情態寄託內心的理想，李清照又時將菊花意象同

「東籬」連在一起，譬如〈醉花陰〉中的「東籬把酒黃昏後……人似黃花瘦」（頁 34）；〈鷓鴣天〉中的「不如隨分樽前醉，莫負東籬菊蕊黃」（頁 30）。這些都顯露她對東晉陶潛的情有獨鍾，對陶潛〈飲酒〉詩句「采菊東籬下，悠然見南山」〔註 12〕的神馳嚮往。

　　李清照詞裡對菊花意態的描繪，是其詞作裡最集中於悵惘的花姿意象，且都以菊凌霜綻放的特性自喻。菊之清高、菊之甘馨、菊之落英，是凝聚強烈情感的花姿具象。在〈醉花陰〉中的「人似黃花瘦」（頁 34）；〈多麗〉裡「恨蕭蕭無情風雨，夜來揉損瓊肌」（頁 11）；〈聲聲慢〉中「滿地黃花堆積，憔悴損，而今有誰堪摘」（頁 64）。這些詞句中，或孤獨或孀居的李清照為眼前破敗的菊花姿貌而悲淒動容。花被棄置後落下的殘破還有她去顧念，而她自己的憔悴命運則又不知會被誰牽念？由菊之曲直儀態能感受到李清照悼傷念恨的文學愁思，感受到其難以自制的人生悲情，感受到其寫作意象裡菊的姿態始下筆為瘦相，再落筆往還於陶詩中恬淡悠然的菊容，最後著筆眼前菊花叢瓣凋落、枯槁淒神的寫作意象。李清照以菊入詞，留下了詞作史上最為悲戚的詞句。

三、桂花——自是花中第一流

　　在她的詞裡，桂花出現了三次。次數雖不算多，但是寄情極深，在詞中大力地盛讚桂花。桂花其實是很普通、很平凡的一種花，然而李清照卻給予桂花極高的評價。

（一）精神世界的象徵：梅定妒，菊應羞

　　至於桂花，李清照著眼在它的「騷雅」，〈鷓鴣天〉詞云：

　　　暗淡輕黃體性柔。情疏跡遠只香留。何須淺碧輕紅色，自是花中第一流。　　梅定妒，菊應羞。畫欄開處冠中秋。騷人可煞無情思，何事當年不見收。（頁 47）

李清照先直接描寫桂花，後是議論，寫出了自己對桂花的理解：桂花

〔註 12〕逯欽立校注：《陶淵明集》（台北：里仁書局，1982 年 9 月），頁 89。

是心中的精神世界。開頭二句，通過桂花的風貌，賦予她純潔、高尚、無私的品格投射，桂花「暗淡輕黃」，並不豔麗，也不嫵媚，她不像梅花以風韻勝，也不像菊花以風神勝，但她雖然平凡渺小，但品性溫和寧靜，且自然地真情地奉獻自己的香味，說明其內質美，無須炫耀自己，聲張自己，去爭得讚美的口碑，她猶如一位有涵養而純淨的君子，以其淳樸的不求功利，不求聲名的真實的心，贏得了世人的敬佩。可見這不僅僅是寫桂花濃郁的芳香，而是寄託了李清照美好的心靈。而這裡也可以看出李清照並不只是將審美觀點停留在事物的表相，而是深入事物的內在。

　　桂花是清照情操的展現。「何須淺碧輕紅色，自是花中第一流」，說明桂花的內在美最為重要，最為可貴，她沒有豔麗的外表，沒有牡丹之類的花那麼名貴，但從其平淡的色，香純的味中，見其純真、樸實和執著的本質，不因外在的差異改變自己，不受外事外物的制約、左右，不在乎世人的褒貶，堅守其本色，自持、自重，以求內心世界的舒坦、淡然、曠達，精神上的滿足，使之在寬闊的天地間，從容、灑脫、自信地展現自己，彰顯一個沒有任何束縛而又獨特的個性，那份喜悅，那份風采，在這裡充分得到了詮釋。桂花保持著自己的獨立，獨守著自己的平淡，正體現李清照對內在美、人格美的崇尚，這種美是清照心中的最高境界，故李清照稱之為「花中第一流」。這是對桂花的讚美及崇敬之情，「花中第一流」還蘊含著深刻的內容意義，它可比喻人高貴的品德、不變的理想、不屈的精神；也表達了李清照高潔的情懷、正義的追求，即做人做事不虛假、不浮華，而且有理想、有真誠、有尊嚴地體現出積極的思想情操。

　　桂花是李清照理想的追求。「梅定妒，菊應羞，畫欄開處冠中秋」，用梅花、菊花與桂花對比，通過梅菊兩者所表現出的羞愧和妒忌，來表現桂花的優勢與特點，說明她正是利用自身的優勢，與眾不同的特點，在花類中佔有一席之地，實現了自己的理想和價值，它代表著新生事物，是李清照的思想願望和要求。一是李清照認為人如果沒有理想，將

在無邊的空虛和等待中，碌碌無爲，平平庸庸地度過此生，生命變得毫無價值、毫無光彩。桂花尚且能生氣勃勃地自由舒展，蓬勃地生長；人更應有勇氣挑戰自己，挑戰舊事物，確立好理想目標，帶著理想踏上人生旅途，使生命充滿活力。二是要告訴人們，不要用一成不變的眼光看待人生，否則，理想難以實現，生命也就白白流逝，人格和尊嚴也會喪失，表達了李清照對人生理想的思考，對人生價值取向的認識。

桂花是李清照意志的凸顯。「騷人可煞無情思，何事當年不見收」，借屈原對桂花的不理解，不給予褒揚，來反襯李清照對桂花的關注，對桂花的珍重，對美好事物的嚮往。她從桂花那裡看到了堅忍的品格，也就是她所要的境界，李清照要表達這樣的內涵：人有了理想，還應有不屈不撓的意志，千萬不可以在理想的征途中找不到堅持下去的出路，動搖了自信心，最終半途而廢，回到苦悶的漩渦中。因爲在對理想的實施過程中，難免會遇到這樣那樣意想不到的困難，或不盡人意的事情，在社會上也許得不到公認、理解、尊重，甚至遭遇歧視、指責、謾罵，正是「可煞無情思」。意志薄弱的人往往經不住重重困難的考驗，改變不了自己的命運，只有意志堅定地有積極人生態度的人，才能在治學、處事、創業的道路上最大限度地發揮自己的能力，最後到達理想的彼岸，並得到後人的敬重、讚揚，這首詞表達了李清照的思想態度，正是有了敢於擺脫傳統禮教的束縛，敢於衝破世俗觀念的精神勇氣，所以李清照身上沒有一般傳統婦女的自卑感，而是充滿著對自由、美好生活的嚮往；她敢於利用當時各種文學形式表情達意，執著而積極地表達她的精神世界，李清照以對桂花的吟詠反映她眞實的人格和精神力量。

（二）風雅氣度的展現：風度精神如彥輔，大鮮明

桂花除了展現清照的精神世界外，也是他風雅氣度的展現，在〈攤破浣溪沙〉中也大加讚揚桂花：

揉破黃金萬點輕。剪成碧玉葉層層。風度精神如彥輔，大鮮明。　　梅蕊重重何俗甚，丁香千結苦麤生。熏透愁人

千里夢，卻無情。（頁 72）

對於桂花的外在形象，她僅用色彩來描寫，再用綠葉來陪襯，但她卻強調了桂花的「風度精神」。詞中所言「彥輔」是晉代樂廣之字。《晉書》卷四三《樂廣傳》言樂廣「性沖約，有遠識，寡嗜慾，與物無競。」〔註 13〕又云其「與王衍俱宅心事外，名重於時，故天下言風流者，謂王、樂爲稱首焉。」〔註 14〕又云其「性清淳」等等。我們瞭解樂彥輔爲人處事的性格特徵，可以更理解李清照所說「風度精神」的具體的含義。一般花朵總以「色」取悅大眾，桂花卻自有其跡遠香濃的品格，甚至連清照甚愛的梅花都無法相比。由上引述可見，李清照對桂花意象的風姿美、風流美、風度美、風韻美是十分心儀、極爲讚賞的。

李清照除了在〈鷓鴣天〉裡完整地讚揚桂花在清照心中的地位外，或是在〈攤破浣溪沙〉中以典故說明她對桂花的欣賞，還有在另一首〈攤破浣溪沙〉（病起蕭蕭兩鬢華）中提到「終日向人多醞藉，木樨花」（頁 72）。對於一般人常常忽視的桂花，易安詞中用極高的評價，處處著眼於其內在美好的揭示，是她個人理想的寄託，人格的自況。

第二節　辛棄疾詞的主要花意象

一、梅花——更無花態度，全是雪精神

辛棄疾現存詞六百二十九首，其中詠花詞四十餘首，所吟詠的花卉有十多種，寫得最多的是梅花，詠梅詞達十六首之多，高達六十六次出現梅意象。辛棄疾主要花意象之詞詳見附錄二。

（一）報效國家的情感寄託：折殘猶有高枝

在長期的歸隱生活中，詞人一方面寄情田園，超塵脫俗；另一方面，愛國激情昂揚不衰。在這種心境下，梅意象就成了他恬淡心境中

〔註 13〕　〔唐〕房玄齡、褚遂良等撰：《晉書》（台北：鼎文書局，1987 年），頁 1243。
〔註 14〕　同上註，頁 1244。

愛國激情的寄託。這種情感在〈清平樂〉中可見一斑：

> 斷崖脩竹。竹裡藏冰玉。路轉清溪三百曲。香滿黃昏雪屋。
> 行人繫馬疎籬。折殘猶有高枝。留得東風數點，只緣嬌嬾
> 春遲。（頁194）

此詞刻畫了梅花冰清玉潔，幽香四溢的形態。上片不直接描寫其形
色，先點出梅花的藏身之處，有高直的竹子映襯，梅花清潔高雅的風
格更能展現。「冰玉」一詞描寫梅花，顯得空靈不俗。而幽香覆滿小
屋，梅花的香色神韻彷彿濃郁可嗅。下片「行人繫馬疎籬，折殘猶有
高枝」兩句，用籬邊梅雖殘但「猶有高枝」象徵作者雖屢遭打擊，但
愛國之情猶存。結尾兩句回答了殘枝猶立的原因：「只緣嬌嬾春遲」，
象徵作者一日不能報效國家，愛國之情就一日不能消褪。

在〈沁園春〉（我見君來）中，「要得詩來渴望梅」（頁431），化
用了「望梅止渴」的典故，喻盼詩之心切。此詞作於罷居鉛山瓢泉之
時，所處環境令其倍覺友誼之可貴，梅意象是作者盼望友人急切心情
的寄託。詞人為什麼如此渴望見到友人？「君非我，任功名意氣，莫
恁徘徊」這幾句給出了回答——只是為勸勉友人建功立業。單純的目
的使詞人心中自己報國無門、看到友人建功立業也倍覺欣喜的情感自
然流出，其中的梅意象更是作者熾烈悲壯的愛國之情的寄託。

另一首〈臨江仙〉也同樣以梅隱約表達了報效國家的理想：

> 年年索盡梅花笑，疎影黃昏。疎影黃昏。香滿東風月一痕。
> 清詩冷落無人寄，雪豔冰魂。雪豔冰魂。浮玉溪頭煙
> 樹村。（頁532）

上片寫出梅花稀疏的特點，又寫出了梅花的神韻，第二、三句反覆吟
詠，更加凸顯梅花的幽姿，強調其高雅不俗，再用「香滿東風月一痕」
來呈現清幽的意境。下片以雪骨冰魂寫梅的精神，「浮玉溪頭煙樹
村」，言其所詠之梅，產於江西鉛山信江岸邊的一個小村落裡，寫出
了梅花生長環境之清幽，也點出了詠梅具體地點。詞人罷居鉛山瓢
泉，顯然是以梅自喻，故於結尾處加以暗示，劉熙載云：「昔人詞，

詠古詠物，隱然祇是詠懷，蓋其中有我在也。」〔註15〕詞人歌詠著
梅花的神韻及精神，也藉梅花即使不被注意，仍然獨立開放，來表達
詞人報效國家的希冀。

再看〈滿江紅〉：

> 湖海平生，算不負鬃如戟。聞道是君王著意，太平長策。
> 此老自當兵十萬，長安正在天西北。便鳳凰飛詔下天來，
> 催歸急。　　車馬路，兒童泣。風雨暗，旌旗溼。看野梅
> 官柳，東風消息。莫向蔗菴追語笑，只今松竹無顏色。問
> 人間誰管別離愁，杯中物。（頁195）

這是一首贈別信州太守的詞作，作於稼軒被罷官的第五年。上片讚美
信州太守的志向與才略，下片提到那在東風中預示著春天即將來臨的
野梅，一方面點明了送別的時間，暗中祝願太守此去春風得意，另一
方面則寄託了作者罷居時期待再次報效國家的深沉愛國之情。

（二）孤淒沉鬱之情的反映：開遍南枝未覺

　　稼軒在歸隱期間（1182～1202），除五十三歲至五十五歲一度出
任閩中外，兩遭彈劾，這時，即便稼軒有再多的愛國熱情，也難免有
寂寞、淒涼之感。透過梅意象可以看到作者胸中鬱結的孤淒沉鬱之
情。在〈滿江紅〉（湖海平生）（頁195）中，詞人以「野梅官柳」預
祝友人此去喜訊頻傳；然而，折回自身，想像人去園空情景，一片空
寂淒暗，只好「問人間，誰管別離愁，杯中物」。借酒消的是友人離
別之愁，更是自己滿腔抱負無法施展之愁。剛剛還寄託著自己報國之
願的「野梅」，此時卻如鏡花水月般空虛不可得，作者之愁情自然流
露。如〈瑞鶴仙〉：

> 雁霜寒透幙。正護月雲輕，嫩冰猶薄。溪奩照梳掠。想含香
> 弄粉，豔妝難學。玉肌瘦弱，更重重龍綃襯著。倚東風一笑
> 嫣然，轉盼萬花羞落。　　寂寞。家山何在？雪後園林，水

〔註15〕〔清〕劉熙載：《詞概》，《詞話叢編》（台北：新文豐出版公司，1988
　　　年），冊4，3704。

　　邊樓閣。瑤池舊約。鱗鴻更仗誰托。粉蝶兒只解，尋桃覓柳，
　　開遍南枝未覺。但傷心冷落黃昏，數聲畫角。（頁335）

這首作於稼軒閩中任上（1192～1194年間），題爲「賦梅」。這是他歸
隱期間的唯一一次出仕。背景是「雁霜寒透幕」、「嫩冰猶薄」，就彷
彿是此時的朝政，詞人已知復國難爲，雖然勤於政事，但內心深感孤
獨寂寞，所以發出「但傷心冷落黃昏，數聲畫角」的感嘆，自傷冷落
的梅意象是詩人此時心境的自比。花與詞人同感同構的特點，在上片
就已形成，上片透過梅花到美人，再到詞人本身，結構十分曲折深隱，
但下片逐層渲染「寂寞」情懷，「鱗鴻無托」一層；「粉蝶不解」一層；
「黃昏畫角」，「唯傷心而已」又一層，直接隱去美人的環節，梅花直
接成爲失意詞人的抒情代表，託梅花爲喻之意十分明顯。最後「傷心」
二字，更消弭了花與人之間的形神之隔，使託喻變成詞人對梅花感同
身受的體驗，一層層將花情與人情融爲一體。再看〈粉蝶兒〉：

　　昨日春如、十三女兒學繡。一枝枝不教花瘦。甚無情，便
　　下得，雨僝風僽。向園林鋪作地衣紅縐。　　而今春似、
　　輕薄蕩子難久。記前時送春歸後。把春波，都釀作，一江
　　醇酎。約清愁楊柳岸邊相候。（頁495）

題序爲「和趙晉臣敷文賦落梅」。做此詞時，詞人的隱居生活已近尾
聲，心境更傾向於淡漠，大喜大悲的情感已不明顯。詞通篇用比喻和
擬人手法，運用豐富的想像，抒寫惋惜春光流逝的心情。這首詞中，
作者所言之愁已是「清愁」，看到的梅花意象也是「落梅」，對於梅花
的情感也是怪老天「甚無情」，怎忍心教風雨把梅花摧殘。這無力的
吶喊，也許是作者抒發孤寂憤懣之情的唯一途徑。

　　再如〈驀山溪〉：

　　飯蔬飲水，客莫嘲吾拙。高處看浮雲，一丘壑中間甚樂。功
　　名妙手，壯也不如人；今老矣，尚何堪？堪釣前溪月。　　病
　　來止酒，辜負鸕鷀杓。歲晚念平生，待都與鄰翁細說。人間
　　萬事，先覺者賢乎？深雪裡，一枝開，春事梅先覺。（頁403）

詞的上片寫棲遲丘壑之樂，開頭兩句寫詞人安貧樂道的生活態度。但

「功名妙手，壯也不如人」二句另起一端，寫自己自壯年起便不擅功名，言外之意則是表達自己不願意用蠅營狗苟的態度追求功名富貴，因此落得長貧，落職閒居。「今老矣，尚何堪，堪釣前溪月。」用犀利的筆鋒，詼諧的口吻，表達自己厭惡官場，喜愛山水的隱逸樂趣。下片寫看穿功名富貴的醒悟，「病來」二句，寫詞人對要止酒卻又不甚情願的無可奈何。「歲晚念平生，待都與、鄰翁細說」寫出詞人自己歷盡仕宦浮沉，人生艱險後，想對一生進行反思、總結。「人間」二句，探討人間萬事，是非真假，是否真能事先辨別？先辨別出來者就是賢者嗎？這樣的自問，也在陳述自己視富貴如浮雲，應當是現實社會中的「先覺者」。以「深雪裡，一枝開，春事梅先覺」收合，便是以「梅」自比，暗示自己猶如報春的寒梅，是惡劣政治環境中的先覺者，這樣的角色豈不孤獨？在讚詠梅花的同時，也肯定了自己隱逸的決心及孤淒冷清的心理告白。

（三）高潔傲岸精神的表現：為渠著句清新

梅歷來被作為高潔傲岸精神的象徵。如宋人王安石的「遙知不是雪，為有暗香來」〔註16〕和陸游的「零落成泥碾作塵，只有香如故」〔註17〕等，言淺而意深。辛詞也沒有脫離這一傳統主題，但其詞中的梅和他心境的結合更為緊密，從而更具特色。

詞人在歸隱閒居之時，雖然經歷了愛國的熱情與孤淒沉鬱之情的矛盾衝突，但不與世俗同流合污的高潔傲岸之情卻始終未變。在〈臨江仙〉中提到：

> 老去惜花心已嬾，愛梅猶遶江村。一枝先破玉溪春。更無花態度，全是雪精神。　　膛向空山餐秀色，為渠著句清新。竹根流水帶溪雲。醉中渾不記，歸路月黃昏。（頁226）

〔註16〕〔宋〕王安石：〈梅花〉，見傅璇琮等主編：《全宋詩》（北京：北京大學出版社，1995年），卷563，頁6682。

〔註17〕〔宋〕陸游：〈卜算子〉，見唐圭璋編纂、王仲聞參訂、孔凡禮補輯：《全宋詞》（北京：中華書局，1999年），冊3，頁1586。

辛棄疾以「惜花心已懶」卻獨「愛梅」來隱喻自己不重梅花形態特徵而取其精神內質——「全是雪精神」。梅花傲霜耐雪的神韻；凌寒怒放、一枝報春的崇高精神，就是詞人獨立不阿精神的體現。

這種精神在辛棄疾其他詞作中也有體現。在〈瑞鷓鴣〉（雁霜寒透幕）中，他重點刻畫了花中君子梅花的形象，她具有「玉肌瘦弱」，「倚東風，一笑嫣然，轉盼萬花羞落」的超群出眾的容貌，具有眾花「想含香弄粉、豔妝難學」（頁335）的風韻。再看〈鷓鴣天〉：

> 桃李漫山過眼空。也曾惱損杜陵翁。若將玉骨冰姿比，李蔡為人在下中。　　尋驛使，寄芳容。隴頭休放馬蹄鬆。吾家籬落黃昏後，剩有西湖處士風。（頁327）

本詞以尋常桃李作對比，表達詞人對於梅花的無上喜愛之情，其中也蘊含著他幽潔自守的精神自許。上片全以對比手法，以尋常桃李與梅花作對比，對梅花的品格加以高度的讚揚，詞人分明是要歌詠梅花，開篇卻賦寫桃李。寫桃李，不是要表達他的喜愛，而是表明它的尋常不足道。「漫山」的形容，畫出桃李開放時的盛況；「過眼空」的措辭，顯示出他對於桃李易謝的複雜感受：既不以為然，又為之而傷感，寫出桃李這種特性，不僅使我煩惱，也曾使杜陵詩翁煩惱。接韻引進梅花為比，而使語意略呈轉折。他拿「玉骨冰姿」的梅花與「漫山開放」的桃李相比，則桃李的品格無庸置疑地位列花之中下等。這裡，詞人用「玉骨冰姿」來代指梅花，顯然表達出他對梅花的極度讚賞之情。同時，在這一措辭中，還寄寓著詞人對於幽獨冷淡的境界與人品的欣賞。這裡更奇特的是他借用了《史記》中評定兩位歷史人物的語言，來形容桃李與梅花的品格差異。向來多見以花比女子，少見以男子比花的，這是第一個奇特處；向來罕見以歷史人物的品級來形容花的品格差異處，這是第二個奇特處。〔註18〕

〔註18〕「李蔡為人在下中」語出《史記‧李將軍列傳》：「蔡為人在下中，名聲出廣下甚遠，然廣不得爵邑，官不過九卿，而蔡為列侯，位至三公。」見瀧川龜太郎：《史記會注考證》（台北：文史哲出版社，1993年），頁1151。

下片就「玉骨冰姿」一詞展衍開來，正面寫梅，但又不直接刻畫梅花形貌神態，而是以與梅有關的典故，婉曲寫之，並且與上片中桃李的特性形成對照。梅花的芳容可以被驛使由江南投遞於隴頭的友人，則梅花芳容長久之意自在其中，這與過眼即空的桃李形成對照，突出梅的高人隱士風儀，將梅花作爲自身的寫照。而用李蔡的典故，暗諷當代位居高位之士，不正是彰顯己身的高潔傲岸精神？

又如〈念奴嬌〉：

> 疎疎淡淡，問阿誰堪比，天眞顏色。笑殺東君虛占斷，多少朱朱白白。雪裡溫柔，水邊明秀，不借春工力。骨清春嫩，迥然天與奇絕。　嘗記寶籥寒輕，瑣窗人睡起，玉纖輕摘。漂泊天涯空瘦損，猶有當年標格。萬里風煙，一溪霜月，未怕欺他得。不如歸去，閬苑有箇人惜。（頁 336）

詞的上片寫梅之風韻，開頭二句寫其顏色。「疎疎淡淡」，謂其花影稀疏，花色淺淡，顏色天眞自然，沒有什麼能與其天然的風韻相比。「笑殺東君虛占斷，多少朱朱白白」二句緊承上文，對此使用映襯的手法做進一步的描寫：各種紅紅白白的花，都沒有梅花的神韻。「雪裡溫柔，水邊明秀」二句寫其凌寒獨放。梅花長在水邊，開在雪裡，一味清新，十分幽靜，溫柔明秀，遠非桃李可比。作者在〈鷓鴣天〉（病繞梅花酒不空）（頁 327）中也稱讚梅花「冰作骨，玉爲容」，故「骨清春嫩，迥然天與奇絕」二句實際是讚美梅花玉潔冰清，骨格奇絕，具有高潔傲岸的品格。

詞的下片寫梅之遭遇，映帶作者身世。「嘗記寶籥寒輕，瑣窗人睡起，玉纖輕摘」寫梅花曾一度受寵，「漂泊天涯空瘦損，猶有當年標格」以人擬物，言梅花雖然漂泊天涯，形體瘦削，憔悴不堪，但風韻不減當年，依然冰清玉潔，高雅不俗。「萬里風煙，一溪霜月，未怕欺他得」是指無論什麼情境，都無法使之屈服，表現出梅花的堅貞。最後「不如歸去，閬苑有箇人惜」借花言人，表達出詞人的歸隱情思。詞人雖在寫梅，卻已將自己的身世之感融入其中。

（四）社會殘酷現實的抗議：渾冷澹，有誰知

辛棄疾把「詩言志」的傳統擴展到了詞境中，借花言志。他的一部分詠花詞寄託著他的身世之感，寄託著他對現實政治的不滿，對朝廷國事的不滿以及對人生的態度。比如〈江神子〉：

> 暗香橫路雪垂垂。晚風吹。曉風吹。花意爭春，先出歲寒枝。畢竟一年春事了，緣太早，卻成遲。　　未應全是雪霜姿。欲開時。未開時。粉面朱脣，一半點胭脂。醉裡謗花花莫恨，渾冷澹，有誰知。（頁293）

這株梅花蓓蕾時似胭脂之色，盛開時呈冰雪之姿。在主觀上梅花很想為人間報春，所以，在風刀雪劍、嚴寒肆虐時就早早地含苞吐蕊了，沒想到這一年的花事已盡，來年花事尚未到來，它提前在歲末開放，客觀上反而成為最遲的。這種結果事與願違，她只有立在路旁受盡冷落，無人理睬。這株梅花的遭遇正是作者命運的寫照。辛棄疾於紹興三十二年（1162）南歸後，迫切地希望帶兵北伐收復失地，於是不顧人微言輕，數年間連續給宋孝宗進奏〈美芹十論〉，給丞相虞允文上書〈九議〉，積極主張抗金北伐，完成恢復大業。但朝廷卻反應冷淡，他不僅沒有得到預期的回應，反而一再遭讒毀、被罷黜，最後不得不寄身於山林，過著寂寞的生活，就像那株可憐卻可敬的梅花一樣。「緣太早，卻成遲」比喻自己生不逢時，事與願違，這雖是人生常理，但對歸隱閒居的作者來說，卻平添了淒涼抑鬱之情，一種受冷落、無知音的感慨便熔注到這類詠花詞中了。「醉裡謗花花莫恨；渾冷澹，有誰知」這一句實為借花喻世：冰清玉潔，傲霜淩雪者，人常遠之；妖嬈嬌豔，俯仰隨風者，人恆近之。表面看來是作者對這種人生現象的無奈屈從，實則恰恰說明作者的性格就像梅一樣，不會為世俗而丟掉一身傲骨。

辛詞中梅意象的涵義當是受了傳統貶謫文化的影響。透過梅意象，我們看到了作為貶謫文人群體一員的辛棄疾的內心世界，更瞭解這位愛國詞人的豪邁悲壯的一生。

二、牡丹——更染盡天香未休

在整體時代氣質的反映，宋代雖不如唐人絢麗，但牡丹花在宋代仍然十分被人喜愛。如歐陽脩曾作有《洛陽牡丹記》，著錄牡丹名品二十餘種。稼軒的詠牡丹詞有十首，出現過牡丹意象則共有十四首。

稼軒對於牡丹是很熟悉的，對牡丹的品種，辛棄疾總是如數家珍，有「魏紫朝來將進酒，玉盤盂樣先呈。輕紅似向舞腰橫」（〈臨江仙〉，頁398），「看黃底御袍元自貴，看紅底狀元新得意」（〈最高樓〉，頁202），「最愛弄玉團酥」（〈念奴嬌〉，頁182），「翠蓋牙籤幾百株」（〈鷓鴣天〉，頁508），魏紫、玉盤盂、輕紅、御袍黃、狀元紅、弄玉團酥、牙籤等，都是當時人們喜愛的名貴品種，作者非常熟稔地一一記載了他們的名目，並寫其嬌貴。

稼軒在詠牡丹的詞中充分地描繪牡丹的形、色、香、姿等各種形貌。如：〈念奴嬌〉（對花何似）中「欲笑還愁羞不語，惟有傾城嬌韻」（頁182），辛棄疾運用擬人手法，寫牡丹的爭豔，其中的「笑」、「愁」、「羞」等字眼，使牡丹神韻嬌態躍然紙上。另外對於牡丹盛開時那種熱鬧的場面，他也注重略貌取神，取群花之神，在〈鷓鴣天〉的「翠蓋牙籤幾百株。楊家姊妹夜遊初」（頁508），形容幾百株的名貴牙籤牡丹盛開，如楊家姊妹結伴遊春，耀眼而生動。

如同他使用梅花意象一般，辛棄疾寫牡丹除描寫它們的外在特徵，形容花的形狀、顏色、香氣和韻味，更著重突顯花的精神，達到形神兼備。另外也藉牡丹意象表達內心情感及理想。

（一）理想人格的展現：羞得花枝一朵無

牡丹花因其花朵豐碩，色彩絢麗，香氣濃郁，到宋代仍是高貴而受人喜愛的，辛棄疾在〈鷓鴣天〉著力描寫牡丹的高貴：

> 濃紫深黃一畫圖。中間更有玉盤盂。先栽翡翠裝成蓋，更點胭脂染透酥。　　香澈灧，錦模糊。主人長得醉工夫。莫攜弄玉欄邊去，羞得花枝一朵無。（頁508）

詞人將牡丹的品名、外形、色澤、香味，描摹得十分精細清晰，最後

以「莫攜弄玉欄邊去，羞得花枝一朵無」二句，寫出牡丹的特出高貴，讓其他花朵相形失色，這裡用牡丹比喻高貴的品格，而令作者敬慕。

牡丹是富貴的象徵，一般詞人寫牡丹大多以紅、紫二色下筆，既寫豐富的色彩，又能表現其富麗嬌貴的特性，但在色彩紛繁的牡丹花中，辛棄疾偏愛「玉盤盂」、「弄玉團酥」、「牙籤」等潔白純淨的白牡丹。這些花的顏色恰恰象徵著作者正直高潔的品格。

另外，提到花團錦簇的牡丹時，則運用孫吳教陣史實，並以一種傲視萬物和俯瞰一切的觀物方式和創作姿態寫牡丹，如〈念奴嬌〉：

> 對花何似？似吳宮初教，翠圍紅陣。欲笑還愁羞不語，惟有傾城嬌韻。翠蓋風流，牙籤名字，舊賞那堪省。天香染露，曉來衣潤誰整。　　最愛弄玉團酥，就中一朵，曾入揚州詠。華屋金盤人未醒，燕子飛來春盡。最憶當年，沉香亭北，無限春風恨。醉中休問，夜深花睡香冷。（頁 182）

除此之外，還有「愁紅慘綠今宵看，卻似吳宮教陣圖」（〈鷓鴣天〉，頁 508）、「吳娃粉陣恨誰知」（〈最高樓〉，頁 202），新穎地引了孫吳教陣的典故來寫牡丹，似乎可見到成片的牡丹整齊地排列在視野之中。以牡丹比擬操練的宮女，以柔中見出剛健。

（二）政治現實的嘲弄：似宮中太真第一

稼軒對於投降派安於享樂、腐於榮華、不思進取，多次作詞嘲諷，在他筆下牡丹已不是自然之物，而是寄寓了作者對苟安的當權者的嘲諷和勸諫。在〈杏花天・嘲牡丹〉辛棄疾寫道：

> 牡丹比得誰顏色。似宮中太真第一。漁陽鼙鼓邊風急。人在沉香亭北。　　買栽池館多何益。莫虛把千金拋擲。若教解語應傾國。一箇西施也得。（頁 368）

此詞名為嘲牡丹，實是以花喻人。詞裡由豔麗的牡丹聯想到唐宮中的絕色美人楊貴妃，再由唐明皇和楊貴妃在沉香亭北賞牡丹，聯想到「漁陽鼙鼓邊聲急」。牡丹如同楊貴妃，儘管國事危殆、邊關告急，她卻仍在陪伴著唐明皇飲酒賞花，歌舞享樂，由於君主昏庸而招致的「安

史之亂」導致了唐王朝衰亡，最後，明確指出「買栽池館多何益，莫虛把、千金拋擲」，質問朝廷以高官厚祿大量任用這一些人做什麼？這樣的誤國之徒不必很多，只要一個便能夠搞得敗國亡家。借古諷今，詠花以寫時事，隱約地表達了詞人對當時政治腐敗的痛恨。

　　寫牡丹的豔麗時運用到楊貴妃典故還有：「最憶當年，沉香亭北」（〈念奴嬌〉，頁 182）、「和雨淚闌干，沉香亭北看」（〈菩薩蠻〉，頁203）將牡丹比擬為沉香亭的楊貴妃作歷史聯想，隱隱約約都在暗諷著偏安南方的朝廷，也如同當年唐朝一般。辛棄疾抓住楊貴妃備受唐明皇的寵愛這一「貴」與牡丹的「貴」聯繫在一起，用李楊誤國亡身之史事表達自己對南宋當局苟安誤國的不滿和憂慮，並勸誡統治者不要安於享樂、虛擲千金而忘國家危亡之患。

（三）個人情感的抒發：卻早安排腸斷

　　辛棄疾是個「極有性情人」，[註19] 在〈念奴嬌〉中「傾城嬌韻」的紅牡丹勾起「晚來衣潤誰整」的感傷，表露出他在政治上所未受重用的冷落與孤寂；最愛的白牡丹「弄玉團酥」引起「醉中休問，夜深花睡香冷」的悲涼。

　　在〈杏花天〉中寫道：

> 牡丹昨夜方開遍。畢竟是今年春晚。荼蘼付與薰風管。燕子忙時鶯懶。　　多病起日長人倦。不待得酒闌歌散。剛能得見茶甌面。卻早安排腸斷。（頁367）

面對牡丹開遍的美景也竟惹出「卻早安排腸斷」的哀憐，這樣的心情寄託是對自身遭遇的無奈，傳達了詞人時不我予的無奈，內心空有滿腹理想卻無法展現，於是這種牡丹意象以纏綿幽美的特質傳遞出詞人的情感。

三、桂花——染教世界都香

　　稼軒詠桂花共八首，共有二十六首中出現桂意象。桂花不像牡丹

〔註19〕〔清〕謝章鋌：《賭棋山莊詞話》，同注15，冊4，頁3330。

有色彩之美，花開時也不如牡丹富貴多姿，詞人詠桂，也正因桂花不以形色名於世，而是它特殊的芳香，在稼軒筆下桂花也是呈現多種內涵的。

（一）兼善天下的胸襟：人間直恁芬芳

他筆下的桂花表現出清高的人格和兼濟天下之胸襟。他的〈清平樂〉這樣寫道：

> 少年痛飲。憶向吳江醒。明月團圓高樹影。十里水沉煙冷。
> 　　大都一點宮黃。人間直恁芬芳。怕是秋天風露，染教世界都香。（頁295）

詞中寫桂花在明月西風下開放，只那「一點宮黃」便把世界染香。在這裡沒有對桂花的外型有任何多的描述，就是用「一點」、「宮黃」來形容，在稼軒眼裡一株小小的木樨可以讓人間芬芳，教世界都香，這不如同自己雖是一介文人，也可以憑一己之力改變這個世界？就算改變不了，稼軒心中也像桂花一般，期待自己以德行的芬芳流傳於世。這「染教世界都香」六個字，不正是作者「了卻君王天下事，贏得生前身後名」〈破陣子〉（醉裡挑燈看劍）（頁242）報國理想的折射？

另一首〈清平樂〉也有異曲同工之妙：

> 月明秋曉。翠蓋團團好。碎剪黃金教恁小。都著葉兒遮了。
> 　　折來休似年時。小窗能有高低。無頓許多香處，只消三兩枝兒。（頁265）

詞從葉、花、香三方面來寫，上片提到「碎剪黃金」光彩奪目，但卻被「葉兒遮了」，自己的品格如同桂花，雖被遮蔽，卻無損其耀眼高潔。下片寫那不起眼如米粒大的黃花，香氣濃郁，不需要繁枝密幹，「只消三兩枝兒」就可以芬芳十里。這不也是暗喻著當政治黑暗的此時，只要有志之士能挺身而出，也可以對社會有所改變嗎？雖是賞花，稼軒仍不忘寄託想要復國報國的心志。

（二）黑暗時政的嘲諷：一枝金粟玲瓏

稼軒在〈聲聲慢〉中寫桂花對宮殿巨變的無動於衷，也正是作者

對那些隨波逐流、不關心國家命運、安於醉生夢死的投降派的嘲諷，
表達了作者希望恢復中原的強烈意識：

> 開元盛日，天上栽花，月殿桂影重重。十里芬芳，一枝金
> 粟玲瓏。管絃凝碧池上，記當時風月愁儂。翠華遠，但江
> 南草木，煙鎖深宮。　　只爲天姿冷澹，被西風醖釀，徹
> 骨香濃。枉學丹蕉，葉底偷染妖紅。道人取次裝束，是自
> 家香底家風。又怕是，爲淒涼長在醉中。（頁24）

詞的上片泛詠舊京故宮草木，開篇借唐喻宋，反映北宋時的繁榮昌
盛。「十里芬芳，一枝金粟玲瓏」二句由大到小，將木樨帶出，並寫
出桂花之香、之多、及其耀眼出眾。凝碧池，爲唐宋宮廷中的池沼名，
這裡是借用王維「凝碧池頭奏管弦」〔註20〕的詩意，說明當時凝碧池
上雖有管弦之音，卻不能給人快樂的感受，反倒使我感傷，滿懷惆悵。
下頭緊承「風月愁儂」寫出原因：二帝被囚在遠方，故宮已然荒蕪，
這裡充分呈現了稼軒的君國之憂。

　　下片則是正面刻畫紅木樨的色、香。「枉學丹蕉，葉底偷染妖紅」
除了正面點明其「紅」之外，似乎也在說花雖豔紅，卻開不逢時，無
人能夠欣賞了。「又怕是，爲淒涼長在醉中」遠承「煙鎖深宮」，寫紅
木樨的淒涼，又寫人借酒消愁，把詞人的悲苦情緒充分表現出來了，
蘊含著詞人深沉的憂患意識。

　　另一首〈西江月〉：

> 宮粉厭塗嬌額，濃粧要壓秋花。西眞人醉憶仙家。飛佩丹
> 霞羽化。　　十里芬芳未足，一亭風露先加。杏腮桃臉費
> 鉛華。終慣秋蟾影下。（頁204）

稼軒寫出了木樨如金粟如來出世，如蕊宮仙子下凡，洗盡塵緣、飄然欲
仙的風度。這詞雖沒有在序言中直言嘲諷，但作者也意在以漢宮嬌額和
西王母近乎醉生夢死的生活影射當局偏安一隅、只圖享樂、不思進取。

〔註20〕〔唐〕王維：〈菩提寺禁裴迪來相看說逆賊等凝碧池上作音樂供奉人
　　　　等舉聲便一時淚下私成口號誦示裴迪〉，見〔清〕聖祖御編：《全唐
　　　　詩》（北京：新華書店，1992年），冊4，頁1308。

另一首〈太常引〉：

> 一輪秋影轉金波。飛鏡又重磨。把酒問姮娥。被白髮欺人
> 奈何。　　乘風好去，長空萬里，直下看山河。斫去桂婆
> 娑。人道是清光更多。(頁33)

一年一度，中秋月圓。看到這萬古長圓的明月，詞人不禁遐思悠悠，面
對嫦娥傾訴年華的流逝、壯志未酬的感慨。他要直上萬里碧空，遍覽祖
國的山河。他還有更勇敢的舉動，要揮刀砍去月桂樹。這裡月桂樹暗喻
著南宋朝廷裡權奸當道、敗壞政治、損害國家，周濟有云：「所指甚多，
不止秦檜一人而已。」〔註21〕一定要除去這等小人，才能使國勢再度復
興。詞人以桂暗指黑暗的政治環境，也表達了自己的理想與抱負。

第三節　主要花意象比較

一、花卉種類選取的異同

　　文學意象是基本的文學話語單位，且其特性是主客觀的統一，所
以作家作品的意象往往是體現作家個性與風格的「心靈窗戶」。劉熙載：
「詞之妙，莫妙於以不言言之。非不言也，寄言。如寄深於淺，寄厚
於輕，寄勁於婉，寄直於曲，寄實於虛，寄正於餘，皆是。」〔註22〕
也就是說，意象成為作家的媒介，寄託更深沉的含意於其中，達到「以
不言言之」的意念傳遞，以及含蓄優美的美學境界，李清照筆下的花有
荷花、杏花、海棠、銀杏、梨花等，詞中主要的花意象為梅花、菊花、
桂花，這三種花卉都不是在姿態上特別嬌豔動人，卻是在文化意涵上有
著特別意義的。梅花的傲骨、菊花的凌霜、桂花的清香，這些才是清照
想要描寫的重點：這就是李清照內心的反映，個人品格的描寫，以及個
人理想的標舉。所以這三類意象各具形態又互成一體，易安筆下花皆負
有自己的形象。這是易安觀察描摹花卉最鮮明的特點。

〔註21〕〔清〕周濟：《宋四家詞選》，同註15，冊2，頁1654。
〔註22〕同註15，頁3707。

　　辛稼軒所吟詠到的花卉有菊花、水仙、茉莉、文官花、芙蓉、荷花、荼蘼、海棠、杜鵑花、山茶等十餘種之多，其中寫得最多的是梅花、牡丹和桂花。詞中出現梅意象高達六十四首，專詠梅十六首；出現牡丹意象爲十四首，專詠牡丹爲十首，出現桂花意象共二十五首，專詠桂花九首。辛稼軒的詠花詞數量比李易安多，而且花意象種類更爲繁多，形態更爲多姿多彩，詠花視野更開闊，角度更多元化，突破了個人苦恨閒愁的狹小範圍。但從比例上看，易安詞作中詠花詞的比例較稼軒爲高，可見易安熱愛使用花意象在詞作當中，表達自己的情感和懷抱。

　　兩人詞中主要花意象的數量及比例如下表：

	李清照		辛棄疾	
	數　量	比　例	數　量	比　例
梅	18	29%	66	10.5%
菊	5	8%	51〔註23〕	8%
桂	3	5%	25	4%
牡丹	1	1%	14	2%

　　兩人主要詠花詞的數量及比例如下表：

	李清照		辛棄疾	
	數　量	比　例	數　量	比　例
梅	4	6%	16	2.5%
菊	1	1%	2	0.3%
桂	2	3%	10	1.5%
牡丹	1	1%	9	1.4%

二、花意象內涵的異同

　　辛棄疾和李清照所吟詠最多的都是梅花和桂花。在梅花意象上，

〔註23〕「菊」意象在辛詞中出現比例很高，但由於多是用典或映襯烘托，因此在本章探討時以較多專詠其花的牡丹做探討。菊意象的使用在第五章中映襯烘托及用典將有討論。

李清照的梅花詞中，梅花不做爲刻意寄託之物，形象也不是著意在細膩描寫，沒有細微的輪廓、色彩。在情感上，易安寫梅花，有許多是與愁苦孤獨聯繫在一起，易安寫梅大多抓住梅在寒冬獨放這一自然特徵，讚美梅花傲放不屈的品格，想像塑造出孤苦伶仃、寂寞淒清的抒情女主人公形象。稼軒在大部分的詠梅詞裡總是著意刻劃梅花的形態清剛俊秀，最主要的是耐寒怒放的品格都是每首詠梅詞的底蘊。且詞中多伴有雪、霜、氣骨、風煙等與梅寒中挺立的姿態緊密聯繫的意象，這些意象從側面對梅花的剛毅挺拔、不屈不撓的形象加以烘托，興起映襯突出的作用。寫梅則以雪相襯，從視覺上給人以冰天雪地裡梅依然怒放的直觀感；以寒相托，從觸覺上讓人乍感刺骨寒風中梅挺立不阿。這種襯托稼軒意在突出梅孤傲不屈的形象，也表明了稼軒著意從梅的耐寒品格去寫梅。對稼軒而言，梅花是不屈性格的象徵。易安以「愁」、以「淚」、以「孤」寫梅，而稼軒以「傲」、以「倔」、以「勁」寫梅，此大異也。

在桂花的描寫上二安都著重其氣節。易安讚美桂花是從它的高潔清淡、飄芳留香的角度去寫的。因爲桂花暗淡輕黃的柔和色彩與柔美體性，及淡淡清香裡流露出的與其他花卉不同的特質。所以，易安將桂花描上了女性所特有的高潔淡雅、溫和柔順；又褒譽爲眾花之首。而「自是花中第一流」的桂花同時也流露出一種高潔志趣，這種氣象已不只有單純的柔媚流俗而自成高貴、自有骨氣，標誌了易安描繪花意象角度的特出，也表明了她用詞來表達志向理想的另一面。而稼軒筆下的桂花則表現出清高的人格和兼濟天下之胸襟，與易安追求嚮往的高潔人格有不謀而合之處，但也有所不同。稼軒有「染教世界都香」兼善天下的宏願，比清照著眼在個人品格的高潔更爲宏觀。易安寫桂花以「潔」、以「清」賦之，但有個人情志之感慨，稼軒則以「芳」、以「揚」寫之，除卻個人情志，且見兼濟之胸懷，此異中有同。

而菊花的描寫，在清照的書寫中也佔有一席之地。易安用菊的相伴宣洩人生中的不如意。菊的瘦硬、孤標傲世、卓然不群切合了李清照

孤傲的個性與人格。而菊與陶淵明緊緊結合的意象，也正是李清照所嚮往的人生態度，其中也處處流露出清照對於陶淵明的喜愛。而稼軒所詠的菊花等則是飄零傷感的代表，如〈木蘭花慢〉（路傍人怪問）中「甚黃菊如雲，朝吟暮醉，喚不回頭。縱無酒成悵望，只東籬搔首亦風流」（頁 407）；〈念奴嬌〉（倘來軒冕）中「休歎黃菊凋零」（頁 272）。稼軒詞中也常將菊和淵明連用，但大多是顯示出淵明對菊花的賞識，隱隱寄託一種自己無法和菊花一般找到知音的嘆惋，如〈浣溪沙〉（百世孤芳肯自媒）中：「自有淵明方有菊，若無和靖即無梅」（頁 366）。易安以「柔」、以「嬌」詠菊，稼軒以「苦」、以「愁」詠菊，此同中有異。

　　牡丹在稼軒詞中的數量也很多，但清照幾乎沒有多使用到牡丹的意象，其中一首似詠牡丹的〈慶清朝〉，也被評論者懷疑是詠芍藥而非牡丹。〔註24〕但愛好詠花的稼軒筆下的牡丹則不然，作者寫牡丹正好從多角度及相對立的傾向書寫。富貴的牡丹是歷來文人墨客、王侯將相之所愛。周敦頤〈愛蓮說〉云：「牡丹，花之富貴者。」〔註25〕稼軒對牡丹的感情是矛盾複雜的，這從他用多種角度觀察體驗牡丹而使其具有兩面性可以為證。在〈鷓鴣天〉裡，牡丹「香潑灩，錦模糊。主人長得醉工夫。莫攜弄玉欄邊去，羞得花枝一朵無」（頁 508）。牡丹是高貴的，而令作者敬慕。除了以「貴」寫牡丹，稼軒還以牡丹比擬操練的宮女，以柔中見出剛健。如〈念奴嬌〉中「對花何似，似吳宮初教，翠圍紅陣」。但是，當牡丹的高貴變成一種苟安，作者對它怨憤和厭惡也溢於言表，成為他嘲諷的對象。所以在稼軒筆下的牡丹呈現了多種角度、多種面貌。

三、書寫情志的異同

　　清人況周頤《蕙風詞話》說：「詞貴有寄托。所貴者流露於不自

─────────────

〔註24〕同註2，頁37～38。

〔註25〕〔宋〕周敦頤：《周濂溪集》（台北：台灣商務印書館，1966年），卷8，頁139。

知,觸發於弗克自已。」〔註26〕易安與稼軒的詠花或以花爲主要意象的詞都有別於傳統的婉麗綺靡之流俗詞風,不僅在於其所詠之花的形態如何清新淡雅,更重要的還在於這些花意象都象徵和隱含了深廣的意義。文人作詠物詞重比興、尚寄託,香花比君子、穢草喻小人,這是《詩經》、《楚辭》以來所形成的比興寄託傳統。無論是易安還是稼軒都是滿腹經綸、深諳風雅的大家,無疑他們在自己的詞作中,尤其是詠花詞裡,都尚寄託重寓意,通過這些感蕩心靈之物來抒寫情志。

從易安詞的花意象裡我們看到的多是愁苦和高潔,使筆下之花多淚花愁腸,如泣如訴,這是她經花意象寄寓的情致和志趣,但這些興寄大都局限於個人狹小的心曲之間。易安在描寫花意象的過程,已把自己融入其中,與花合而爲一。與清照不同的是,辛棄疾除了用花來寄託個人情志,他還可以由花聯想歷史人物,再從歷史人物的品格、遭遇,與自己的想法相互結合。辛棄疾詠花除了描摹花的姿態,還可以將花當成古今之間的媒介,或是借花來嘲諷現實,反映他對於現實不被時用的不滿和憤懑。辛棄疾可以和花合而爲一,也可以以觀賞者的角度來欣賞、寄託;相比易安,稼軒詠花上除了突破了個人的愁苦,也給花意象注入了更多的社會因素,即使在意象的選擇上與易安有相似之處,但在詞中意象的表現上是不同的。從詠花的不同角度和方式看,易安與稼軒寫花意象是大異小同。

花一向被視爲女性的象徵,身爲女子的易安寫花的藝術風格以柔爲主,但柔而不媚。故沈曾植云:「易安倜儻有丈夫氣,乃閨閣中之蘇、辛,非秦、柳也。」〔註27〕而在辛棄疾的詠花詞裡,各種花意象總在強烈表達他激奮慷慨的精神,所以劉克莊說稼軒詞「大聲鏜鞳,小聲鏗鍧」。〔註28〕辛棄疾詠花的突破是「在風流騰脆中,時帶凌厲

〔註26〕 〔清〕況周頤:《蕙風詞話》卷五,同註15,冊5,頁4526。
〔註27〕 〔清〕沈曾植:《菌閣瑣談》,同註15,冊4,頁3605。
〔註28〕 〔宋〕劉克莊:《辛稼軒集序》,見《稼軒詞編年箋注》(台北:華正書局,2003年9月二版一刷),頁597。

之氣，借流麗婀娜的外殼揭示了陽剛的底蘊。」〔註29〕而當他失意苦悶時，筆下以菊花、海棠、牡丹爲代表的花意象則流露出作者身世之悲涼、遭遇之不幸，這部分筆法細膩、抒情委婉，也便被人稱之「情致纏綿，詞意婉約」。〔註30〕但進一步深究，稼軒筆下的花卉形象是「英雄氣」和「英雄淚」的象徵，既抒發了豪情又發洩憤怒還流露了悲涼，如范開所言「其間固有清而麗，婉而嫵媚，此又東坡詞之所無，而公詞之所獨也。」〔註31〕更體現「剛中有柔」的藝術風格。

〔註29〕吳帆、趙彥：〈論稼軒詞剛柔相濟的審美個性〉，《吉林大學社會科學學報》，2000 年 3 期，頁 143。

〔註30〕鄧廣銘〈略論辛稼軒及其詞〉，同註 22，正文前頁 40。

〔註31〕〔宋〕范開〈《稼軒詞》甲集序〉，見辛更儒編：《辛棄疾資料彙編》（北京：中華書局，2005 年），頁 50。

第四章　二安詞花意象表達之情感比較

　　張炎《詞源》說過：「詩難於詠物，詞爲尤難。」〔註1〕沈義父《樂府指迷》對於詞詠花卉提到：「作詞與詩不同。縱是花卉之類，亦須略用情意。」〔註2〕清照與棄疾藉由花意象不只傳達了季節的變化，眼前美景的描述，更進一步藉花表達情感，以花喻人，達到物我合一的境界。以下分別論述二安詞花意象所表達之情感，並作比較。

第一節　李清照詞花意象表達之情感

　　李清照雖是女子，但筆下的花卉，卻傳達出不同的情感。易安詞內容從少女情懷的展露，到少婦情感的直抒，又經歷了國殘家破，社會動亂，備嘗了人世的悲歡離合、幸福、災難，在其中不斷地成長、成熟，這些都深刻體現於其詞中，有的表達歡快的情懷、女子傷春惜時的心情；有的則是傳遞別離相思之苦、喪夫後的惆悵悲傷，有的則豪壯地自抒懷抱，或表達故國之思，這些豐富的情感內涵，清照都藉不同的花卉一一呈現。易安詠花詞正是從多方位，多角度說明了她的內心情感。

〔註1〕〔宋〕張炎：《詞源》，《詞話叢編》（台北：新文豐出版公司，1988年），冊1，頁281。
〔註2〕〔宋〕沈義父：《樂府指迷》，同注1，冊1，頁281。

一、歡快情懷

　　李清照的作品裡，有許多的秋景詞，常是以懷人、抒懷為主，但這首〈怨王孫〉，詠的既不是東籬菊花，也不是梧桐秋桂，而是秋荷：

> 湖上風來波浩渺。秋已暮、紅稀香少。水光山色與人親，說不盡、無窮好。　　蓮子已成荷葉老。青露洗、蘋花汀草。眠沙鷗鷺不回頭，似也恨、人歸早。（頁32）

全篇的中心思想是通過對秋景的描繪，表達詞人熱愛自然的心情。第一句寫廣闊無際的水面給人的感受，接下來寫晚秋景象：雖然荷已凋謝，只剩下殘存的點點紅花，但餘香仍在，湖水瀲灩、秋山青翠，此情此景使人感到無限美好。下片寫出蓮子成熟，露洗花草，秋色如此雅致，但那沙灘上的鷗鷺像在賭氣，怨恨詞人太早歸去，不與詞人道別。出水芙蓉常給人明淨純潔的象徵，「蓮子已成」的秋荷，給人豐盈充實之感。詞中「水光山色」、「蘋花汀草」、「眠沙鷗鷺」都讓人感到可親、可愛，雖在暮秋時節，卻有著「說不盡，無窮好」的景色，是秋景之美，更是作者對於歡快情懷的書寫。

　　詞人將自己熱愛自然的心情，寫成「水光山色與人親」，把依戀美景的不捨，用「眠沙鷗鷺不回頭，似也恨、人歸早」來表達，直說「秋已暮」、「無窮好」，既寫景又抒情，莫怪人以「用淺俗之語，發清新之思」[註3]來讚揚易安詞，此詞用淺顯通俗的文字，表達出熱愛秋景的情懷，不同於詩詞中多為秋的凋零蕭瑟而感傷，的確別具一格。

　　另有寫於新婚燕爾之際的〈減字木蘭花〉：

> 賣花擔上。買得一枝春欲放。淚染輕勻。猶帶彤霞曉露痕。　　怕郎猜道。奴面不如花面好。雲鬢斜簪，徒要教郎比並看。（頁71）

這闋詞中「春欲放」三字，表達她對花兒的由衷喜愛，「欲放」寫出含苞的嬌嫩，以「春」字擴大了「花」字的意境和美感，除了花兒本身，更是春色、春光。再以虛筆寫花兒被人折下的「淚染輕勻」，把

〔註3〕〔清〕彭孫遹：《金粟詞話》，同注1，冊1，頁721。

花擬人化後，便徹底顯露著作者對它的同情和喜愛。「猶帶彤霞曉露痕」，既寫出花朵上朝霞彤紅，映著晶瑩的露珠，寫出了花的色彩、新鮮，也表現出對春花的無限愛護。下闋以人比花，揣度郎心，「雲鬢斜簪，徒要教郎比並看」，看似與春花比美，實則想使丈夫對自己喜愛，烘托出新婚的歡樂和甜蜜。全詞寫花與人，虛實相映。

另外一首〈如夢令〉：

> 常記溪亭日暮。沈醉不知歸路。興盡晚回舟，誤入藕花深處。爭渡。爭渡。驚起一灘鷗鷺。(頁7)

這首只有三十三字一氣呵成的小令，其景象開闊，情辭酣暢，寫出壯闊的山川景色，曾提供了詞人無數想像空間，孕育了她的胸襟懷抱，雖寫花，卻不限於女子憐花惜春的閨情，而是廣闊的生活視野，當小舟駛入「藕花深處」時，也會像「驚起一灘鷗鷺」一樣，她的詞也為當時的詞壇帶來一股清流。這首詞語言平淺如白話，卻又可以在平易的形容中，感受到她誤入荷叢的驚悸及隨即而來的欣喜。偶然的一個「誤」字，使原先悠閒的遊興，到後面驚起鷗鷺，形成一幅立體而有動態感的畫面，在清新之景中呈現野逸之情。

二、傷春惜時

這類詞表現詞人在少女時代對於自然景物的熱愛與憐惜，同時也透過對花卉的描寫，寄託了自己懷春惜時的心境。如〈如夢令〉：

> 昨夜雨疏風驟。濃睡不消殘酒。試問捲簾人，卻道海棠依舊。知否。知否。應是綠肥紅瘦。(頁8)

此詞巧妙地運用了孟浩然的〈春曉〉：「夜來風雨聲，花落知多少？」〔註4〕及韓偓的〈懶起〉：「昨夜三更雨，臨明一陣寒。海棠花在否？側臥捲簾看。」〔註5〕對於「風雨」和「落花」的聯想，雖非清照獨創，但清照卻採用問答法，透過作者自己與捲簾人的簡短對話，在一

〔註4〕〔清〕聖祖御編：《全唐詩》(北京：新華書店，1992年)，冊3，頁1667。

〔註5〕同註4，冊10，頁7832。

問一答中傾訴出作者在暮春時節的感傷情緒；黃蓼園云：「一問極有
情，答以『依舊』，答得極澹，跌出『知否』二句來，而『綠肥紅瘦』，
無限悽婉，卻又妙在含蓄，短幅中藏無數曲折」〔註6〕問者殷勤急切，
答者清淡冷漠，兩者對比，更顯跳躍跌宕，引出「知否、知否？」的
反問，寫出詞人內心的急切，那種埋怨責怪的聲情神態如在眼前。一
夜風雨暗示著春光將盡，園中的海棠「應是綠肥紅瘦」，春光流逝，
花稀葉茂，「瘦」字寫出海棠由繁多盛麗而憔悴零落，令人也同感於
春天即將消逝的淒婉，含蓄地表達詞人對於春光的關切，也是對青春
的珍惜。這首詞只有三十三個字，卻表現了詞人對花事和春光的愛
惜，以及女性特有的關切與敏感。又如〈臨江仙〉（雲窗霧閣常扃）
（頁87）寫年華老去的傷感。另外還有〈浣溪沙〉：

> 淡蕩春光寒食天。玉爐沈水裊殘煙。夢回山枕隱花鈿。
>
> 　海燕未來人鬥草，江梅已過柳生綿。黃昏疏雨溼秋千。
>
> （頁18）

在原本賞心悅目的美好春天裡，成對的海燕卻沒有飛來，只看到江梅已
經開過，柳絮隨風而飛，天氣由晴轉陰，心情也轉為黯淡。每句以不同
的事物組合成畫面，首句寫春光、寒食；次句寫玉爐、沈水、殘煙；第
三句寫春夢、山枕、花鈿；第四句寫燕未來、人鬥草，第五句寫梅已過、
柳生綿；末句再寫了黃昏、疏雨、秋千，這許多的事物放在一起，卻讓
人沒有拼湊之感，融合成完整而和諧的畫面。從上半闋到下半闋，詞人
的心情隨著天氣的變化由嬌慵轉入淒清，「江梅已過柳生綿，黃昏疏雨
溼秋千」兩句，感嘆春光的消逝，足見詞中傷春惜時之感。

　　作者閨中獨處，寂寞無聊的心情，以及淡淡的哀愁表現在許多詞
中，如〈浣溪沙〉：

> 小院閒窗春色深。重簾未捲影沈沈。倚樓無語理瑤琴。
>
> 　遠岫出雲催薄暮，細風吹雨弄輕陰。梨花欲謝恐難禁。
>
> （頁15）

〔註6〕 〔清〕黃蘇：《蓼園詞評》，同注1，冊4，頁3017。

這首詞以寫景入手，寫出春天陰晴變化的景致，窗外雖春光正濃，作者卻無心欣賞，「沈沈」寫的是未捲的重簾，更是自己的心情，壓抑**鬱悶**，只能「倚樓無語理瑤琴」，苦澀難言，只能沉默失神。下片「遠岫出雲」意謂著暮色的降臨，外頭的淒風苦雨更添淒清，而無法挽留的春光流逝更令人傷感，「梨花欲謝恐難禁」正是「無可奈何花落去」，既有詞人深深的惋惜和惆悵，又有無如之何，難與為力的嘆息和悵惘。風格輕淡的詞作中隱含著詞人對自己的命運的感觸，莫怪沈際飛評曰：「欲謝難禁，淡語中致語。」〔註7〕

三、別離相思

在李清照詞中，別離相思原就是一大主軸，以花來表現的篇章更是隨處可見。如〈小重山〉：

> 春到長門春草青。江梅些子破，未開勻。碧雲籠碾玉成塵，留曉夢，驚破一甌春。　　花影壓重門。疏簾鋪淡月，好黃昏。二年三度負東君。歸來也，著意過今春。（頁31）

起首三句以白描筆法描繪早春景色，但又不同於一般的寫景。「春到長門春草青」，直接襲用五代薛昭蘊〈小重山〉詞之首句，暗寓幽閨獨居之意。「長門」，漢代長安離宮名，漢武帝陳皇后失寵，曾幽閉於此。司馬相如〈長門賦序〉：「孝武皇帝陳皇后，時得幸，頗妒。別在長門宮，愁悶悲思。」〔註8〕薛詞即借此事以寫宮怨。易安將自己的居處比作長門，意在表明丈夫離家後的孤獨。較之陳皇后，她此時雖然不是被棄，卻一樣是幽居。「春草青」，字面的意思是說春天已經到來，階前砌下的小草開始綻放綠意，隱含的意思則是春草已青但良人未歸。梅可以視為早春的標誌，「些子」和「未開勻」意謂著梅花尚未普遍開放，點明春色尚早，目的是要引出歇拍呼喚遠人歸來「著意

〔註7〕〔明〕沈際飛：《本草堂詩餘正集》卷1，見《李清照集校注》（台北：里仁書局，1982年5月），頁18。

〔註8〕見〔梁〕蕭統編，〔唐〕李善注：《文選》（台北：華正書局，1995年），頁227。

過今春」之意。「留曉夢，驚破一甌春。」寫曉夢初醒，所夢之事猶殘留在心，而香茗一杯，頓使人神志清爽，夢意盡消。聯繫全詞來看，「曉夢」似與懷人有關，但含而未露。詞的下片寫黃昏景色「花影壓重門，疏簾鋪淡月」，用「壓」字寫映照在重門之上的花影分量，用「鋪」字寫出淡月透過疏簾灑入室內，上片含蓄，下片直率地寫早春思念丈夫，盼望早日歸來共度。

另一首則是〈一翦梅〉：

紅藕香殘玉簟秋。輕解羅裳，獨上蘭舟。雲中誰寄錦書來，雁字回時，月滿西樓。　　花自飄零水自流。一種相思，兩處閒愁。此情無計可消除，才下眉頭，卻上心頭。(頁23)

這首抒情小令眞摯熱烈地抒發作者對於新婚不久即離家遠行的丈夫的思念。上闋寫詞人獨自泛舟，面對紅荷香殘的秋色，陣陣涼意，透露了詩人心境的寂寞惆悵。仰望長空，雁字一行，表現詞人對傳書鴻雁的殷切期望。「紅藕香殘」點明季節，更是奠定了全詞淒清深沉的基調，秋風蕭瑟，荷花殘敗，心中已是濃重離愁，眼前之景也一樣的淒清。下闋「花自飄零水自流」，是將自己的相思之苦融入了飄零的落花中，也呼應著前文的「紅藕香殘」，又暗寓年華易逝，光陰難駐，使身處異地的情人同爲憂愁，詞人藉流水將兩人的相思之情連在一起，「一種相思，兩處閒愁」，夫妻雙方都在爲相思所愁苦，但卻「此情無計可消除」，相思之苦無法排遣，「才下眉頭，卻上心頭」，表達出思念的深度。全詞移情入景，通過各種景色的描繪，抒發了詞人的思念之情。最後，通過詞中人臉部表情的剎那變化，將內心深處無形和無法抑制的情思傳神地表達出來。

另一首表達別離相思的是〈訴衷情〉：

夜來沈醉卸妝遲。梅萼插殘枝。酒醒熏破春睡，夢遠不成歸。　　人悄悄，月依依。翠簾垂。更挼殘蕊，更撚餘香，更得些時。(頁40)

詞緣梅抒情，從側面寫殘梅，用以寄寓自己冷清的獨居生活，以殘梅

的幽香為線索,抒發自己的孤寂抑鬱。春夜月朗星稀,頭插殘梅入夢,但幽幽梅香「熏破春睡」,詞人「夢斷不成歸」,梅香攪擾了故園之夢,春夜無眠,「伴梅而坐」,與殘花餘香為伴,孤單冷清,與殘梅一起熬過這漫漫長夜,人與梅相伴相依,梅不再是其品賞的對象,而是其孤寂生活的陪伴者,婉曲展示詞人索寞複雜的心緒,其幽緒已不在梅上。「更按殘蕊,更撚餘香,更得些時」這樣的句子,隱藏著極其豐富的情感,三個疊句,肆口而成。彷彿可見詞人酒醒夢破後的悵惘,更可窺見詞人內心深處的波瀾。雖梅僅存「殘枝」、「殘蕊」,但清香透骨的本性絲毫不改,仍有超塵的雅氣,沁人心脾的梅香。

四、自抒懷抱

　　《文心雕龍‧明詩》中提到:「人稟七情,應物斯感,感物吟志,莫非自然」,[註9] 詞人透過外在的「物」,抒發內心的「情」,原就是自然之事。如〈多麗〉便以詠白菊來自抒懷抱:

> 小樓寒,夜長簾幕低垂。恨蕭蕭、無情風雨,夜來揉損瓊肌。也不似、貴妃醉臉,也不似、孫壽愁眉。韓令偷香,徐娘傅粉,莫將比擬未新奇。細看取、屈平陶令,風韻正相宜。微風起,清芬醞藉,不減酴醾。　　漸秋闌、雪清玉瘦,向人無限依依。似愁凝、漢皋解佩,似淚灑、紈扇題詩。朗月清風,濃煙暗雨,天教憔悴度芳姿。縱愛惜,不知從此,留得幾多時。人情好,何須更憶,澤畔東籬。(頁11)

一般人以花比美人,或以美人喻花,但李清照卻是在菊花的形神之中,發現千古騷人屈原和歸隱雅士陶潛。白菊是高潔的象徵,並且連結著屈原和陶淵明的高風亮節。上片用反襯手法形容所詠白菊的顏色姿態,說它沒有貴妃的嬌態媚人也沒有孫壽做作的妖姿惑人,更不是韓令的奇香和徐娘的敷粉所可以比擬的,顯出它的風度及韻致,並且讚美了兩位古人。下片則用了正襯來讚嘆白菊,以交甫的受佩、班昭

〔註9〕見〔梁〕劉勰著,范文瀾註:《文心雕龍註》(香港:商務印書館,1960年6月第一版),卷二〈明詩〉第六,頁65。

的幽怨嘆菊花的多愁，將菊花完全人化了。末尾以愛菊收束，看出作者鄙棄世俗，不甘隨俗浮沉的志趣。

另一首則是詠桂花的〈鷓鴣天〉：

> 暗淡輕黃體性柔。情疏跡遠只香留。何須淺碧輕紅色，自是花中第一流。　梅定妒，菊應羞。畫欄開處冠中秋。騷人可煞無情思，何事當年不見收。（頁47）

這首以桂的色淡香濃喻示人的內在更為可貴，就像他自己，清高脫俗，就如桂的宜人香氣，足以使它成為「花中第一流」。所以和其他許多的詠梅詞相比，清照是透過對桂花的褒揚，來顯現「內在美」更為重要的想法。以議論入詞，且託物言志。詠物的手法清新詩意，對於桂花也描寫得形神兼備，把桂花的獨特風韻呈現出來，更是與自己的高潔情操相互呼應。

再如〈攤破浣溪沙〉，雖不是藉花高聲疾呼或自陳理想，卻藉對花的吟詠，來陳述自己的理想人格：

> 病起蕭蕭兩鬢華。臥看殘月上窗紗。豆蔻連梢煎熟水，莫分茶。　枕上詩書閒處好，門前風景雨來佳。終日向人多醞藉，木犀花。（頁72）

這一首是清照晚年的自況，「病起蕭蕭兩鬢華」寫出詞人的衰老病態，也引出下面「臥看」、「枕上」、「終日」，都從「病」字而起。「殘月」點出憔悴不堪的淒涼晚景，只能以豆蔻熟水，以前夫妻兩人共同飲茶、賭茶的幸福，對映著此時憔悴大病的自己。過去看書，是共同的興趣和夢想，而今卻是在枕上，而且是為了打發時間。即使門前的景色，都寧可觀賞雨天。從前讚美桂花是「花中第一流」，而今則是轉而盛讚花的「醞藉」，這兩字寫出桂花溫雅清淡的風度，也可以指它含蓄的香氣，不正是晚年心境及人格的寫照？桂花既是她的觀賞對象，也是理想的寄託，更是人格的自況。

五、故國之思

後期李清照，經歷國破、家亡、夫死，二十餘年的顛沛流離，詞

作也流露出更加愁苦悲痛的心情，前期雖也曾哀愁感傷，後期卻是更擴大了悲痛沈重的心情，出現了對故國的思念，清照晚年南渡之後，常透過花來描寫他歷盡艱辛後的衰老型態，例如〈菩薩蠻〉：

> 風柔日薄春猶早。夾衫乍著心情好。睡起覺微寒。梅花鬢上殘。　故鄉何處是。忘了除非醉。沈水臥時燒。香消酒未消。(頁13)

早春時節，東風柔和，天氣漸暖，應是「心情好」，但「梅花鬢上殘」，表達著一種慵懶的情調，委婉透露出含蓄而朦朧的淒冷心境，並不是單純的愉快心情。而是以樂景寫哀愁，是為擺脫思鄉煩惱而勉力消愁的，表面上雖是淡淡筆墨，情感卻是深沈的，是「不思量，自難忘」的。美好的春色在眼前，卻山河破碎，有家難歸，上片的「喜」恰是為了反襯下片的「悲」。「微寒」的感受，和「梅花殘」的意象，幽微地透露出內心難言的惆悵之感。「故鄉何處是？忘了除非醉」，作者痛苦絕望的強烈感嘆，心中思鄉的愁懷卻無法排遣，只能透過醉酒暫時麻痺，然而，沈水香氣消散了，酒醉之意便如她思鄉的深情，無法消除。

另有〈蝶戀花〉：

> 永夜厭厭歡意少。空夢長安，認取長安道。為報今年春色好。花光月影宜相照。　隨意杯盤雖草草。酒美梅酸，恰稱人懷抱。醉莫插花花莫笑。可憐春似人將老。(頁60)

一開頭以「永夜厭厭」象徵國家一蹶不振，黯淡無光的局面，並引出「空夢長安，認取長安道」的沈痛。承接而下的「報」字、「宜」字，正是透露主人應時納俗，強顏歡笑的內心痛苦。下片杯盤草草，藉酒消愁，醉裡插花，感傷之中，卻是要求「花莫笑」，來掩飾「人欲淚」的悲苦。末句「可憐」兩字將春和人縐合在一起，「老」字是春光消逝，也是人心沈痛，亡國哀思，幽然詞中。

還有〈菩薩蠻〉：

> 歸鴻聲斷殘雲碧。背窗雪落爐煙直。燭底鳳釵明。釵頭人勝輕。　角聲催曉漏。曙色回牛斗。春意看花難。西風留舊寒。(頁14)

這首詞作於詞人避難江寧期間。首句「歸鴻聲斷」是寫聽覺；「殘雲碧」是寫視覺，短短一句以聲音與顏色渲染了一個淒清冷落的環境氣氛，詞人在陰沈的天空中目送歸鴻，試圖想要託付大雁捎去滿腹深情，寄寓了對故鄉的深切思念。窗外只有雪花紛紛飄落，炊煙裊裊上升，一種濃重的思鄉情懷油然而生。下片寫著軍中的號角聲不斷傳來，使得這一夜並不平靜，「催」字彷彿是一夜角聲將曉色催來，也反映了詞人徹夜不眠的苦狀。「回」字形容黑夜逝去，小夜方開。兩字表現了時間的轉移。在晨光之下，感受到春天將至，應該是百花競放，但今年卻是寒氣未消，就如同外在的政治環境一般，敵兵緊逼，平靜的生活難以到來。最後兩句，也在呼應首句，暗喻南渡以後王朝偏安不振，「留」字傳達了詞人對於春寒的感受，十分貼切地呈現人物的細膩情感。全詞由遼闊的天空寫到狹小的居室，以致枕邊，情景交融，一波三折，表現出詞人在淒清孤寂的環境下的惆悵之情和思鄉之苦。

六、喪夫之痛

靖康之變後，李清照由青州故第逃亡到建康，在局勢相對穩定的狀況下，不久，其夫趙明誠病逝，她一個人住在陌生疏離的江南，過著孤苦伶仃的寡居生活。例如以〈孤雁兒〉（藤床紙帳朝眠起）（頁42）悼亡，還有〈聲聲慢〉：

> 尋尋覓覓，冷冷清清，悽悽慘慘戚戚。乍暖還寒時候，最難將息。三盃兩盞淡酒，怎敵他、晚來風急。雁過也，正傷心，卻是舊時相識。　　滿地黃花堆積。憔悴損，如今有誰忺摘。守著窗兒，獨自怎生得黑。梧桐更兼細雨，到黃昏、點點滴滴。這次第，怎一個、愁字了得！（頁64）

這首千古名作，開端三句就用了一連串的疊字，「尋尋覓覓」開始，便可知主人翁的空虛寂寞，結果找到的是「冷冷清清」，不但一無所獲，反被孤獨寡歡的氣氛所包圍，感到更加清冷的「悽悽慘慘戚戚」緊接而來，已經營造出淒厲而悲慘的氛圍。接下來又描寫了天氣的微寒，「乍暖還寒」寫秋天的氣候，讓人最難「將息」，即最難調養、休

息的意思。此句與上文「尋尋覓覓」呼應，說明自己從一清早就不知如何是好。「晚來風急」正與「乍暖還寒」相合。然而，用酒消愁是無濟於事的，只能更增愁苦。「雁過也」三句，是說南來秋雁飛過的時候，正好托牠帶信，可是丈夫已死，這信寄給誰？想想只有「傷心」。再一看，這隻雁原來是曾經替她給丈夫帶過信的「舊時相識」，這就叫她更難過了。下片由秋日高空轉入自家庭院，「滿地黃花堆積」，指菊花凋落滿地，自己和花一同「憔悴損」，又有誰能再來摘它呢？無心賞花的鬱悶，惜花將謝的情懷，獨坐傷感，卻又一路到黃昏，細雨打著梧桐，更是情真意切，深切的悲哀一起襲上，怎是一個「愁」字可以涵蓋得了？

「愁」字其實就是全詞的總旨，全詞每一字每一句都是在層層渲染，積累所有愁緒，在最末畫龍點睛地寫出「愁」字，帶動全篇，凸顯了詞人複雜的內心世界，也將她心中的愁情推向最高峰。再者，「怎一個、愁字了得」，又是一句反詰，代表著詞人還有著更幽深的情感，將全詞的情緒更推進一層。

另一首〈武陵春〉，也是表達其喪夫之痛：

> 風住塵香花已盡，日晚倦梳頭。物是人非事事休。欲語淚先流。　　聞說雙溪春尚好，也擬泛輕舟。只恐雙溪舴艋舟。載不動、許多愁。（頁61）

此詞作於詞人避亂金華時。第一句其意不過是說風吹花落，卻不從正面著筆，而落墨於「風住」、「花已盡」的結局。塵土因花落而香，說明落花遍地，而這又反照出風之狂暴。截取「風住塵香」的場面表現春盡，眼前的景色與詞人的厄運相似，美好的春色被惡風掃蕩無餘，幸福的生活被戰亂全部斷送。次句寫日色已高，而猶「倦梳頭」，含蓄地從側面揭示情懷之苦、心緒之亂。三四句則是縱筆直抒胸臆，以極其精煉的語言高度概括了自己悲苦的心情。景物依舊，人事全非，這是一切愁苦的緣由，因此以「事事休」來表現自己的心理狀態。接著又以「欲語淚先流」這一外部形象來表現無法傾訴的內心痛楚。下

闔宕開，寫泛舟春遊的打算，然後又轉到「愁」。「只恐雙溪舴艋舟，載不動，許多愁」，「愁」本無形，難以觸摸，而今船載不動，則其重可知、其形可想。將無形的愁化爲有分量的形象，是傳誦千古的名句。全詞「欲」、「先」、「聞說」、「也擬」、「只恐」幾個虛字用得極好，將事物間的關係，詞人思想感情的轉折變化，十分準確而又傳神地表現出來。吳衡照《蓮子居詞話》卷二評曰：「悲深婉篤，猶令人感伉儷之重。」〔註10〕所論甚切，本非悼亡，而實悼亡。

第二節　辛棄疾詞花意象表達之情感

　　沈祥龍《論詞隨筆》說過：「詠物之作，在借物以寓性情。凡身世之感，君國之憂，隱然蘊於其內，斯寄託遙深，非沾沾焉詠一物矣。」〔註11〕從稼軒詞中的花意象，更能體會沈祥龍的論點。稼軒詞中藉花意象或自陳理想，或抒寫身世之感，或憤世嘲政，或思國懷鄉，或表達仰慕前賢，或陳述別離思念，各種情感都透過細膩的花意象書寫一一呈現。

一、自陳理想

　　辛棄疾的詞中，喜愛以各種花卉的描述來間接表達他心中的理想性格，如〈滿江紅‧和傅巖叟香月韻〉：

　　　　半山佳句，最好是「吹香隔屋」。又還怪冰霜側畔，蜂兒成簇。更把香來薰了月，卻教影去斜侵竹。似神清骨冷住西湖，何由俗。　　　根老大，穿坤軸，枝夭嬌，蟠龍斛。快酒兵長俊；詩壇高築，一再人來風味惡，兩三杯後花緣熟。記五更聯句失彌明，龍啣燭。（頁451）

這是一首詠物詞，是詠傅巖叟香月堂兩梅的，作者曾以〈念奴嬌〉（未須草草）（頁 449）詠之。開頭兩句借讚美王安石的詠梅詩寫得好來

〔註10〕〔清〕吳衡照：《蓮子居詞話》卷2，同注1，冊3，頁2423。
〔註11〕〔清〕沈祥龍：《論詞隨筆》，同注1，冊5，頁4058。

讚美香月堂梅之香，又切合「香月」的「香」字。「又還」兩句進一步用側寫的方式，用蜜蜂的聚集來寫梅之香，「更把」兩句言梅花疏影清淺，梅影映在竹枝之上，更顯得不俗。「香來薰了月」，更點了「香月」的「月」字，由此可見作者下筆細膩處。上片結尾讚美梅花「似神清骨冷住西湖，何由俗」的神態，下片又用四句來寫梅花枝條的形狀，夭嬝盤曲，壯美矯健。「快酒」二句寫飲酒賦詩。「一再」四句收合。前兩句說飲起酒即「花緣熟」，更便於領略兩梅之美，直至五更。作者大力書寫梅花的清香脫俗，不同其餘花朵，在「冰霜側」，在「月下」，又寫其神韻是「神清骨冷」，這裡「何由俗」的反問，顯現出梅花儼然成為作者理想人格的化身。全詞沒一個「梅」字，卻讓人明白此詞句句詠梅，是因為作者善於捕捉描述梅的特徵，也藉著他的喜愛梅花、歌詠梅花，使讀者明白詞人的內心理想。

　　辛棄疾的詠花詞還寄託著他的抱負。辛棄疾是個英雄，一生「以氣節自負，以功業自許」，有著遠大的理想和抱負，在國家危亡之時，挺身而出，他在〈最高樓・用韻答趙晉臣敷文〉一詞中也陳述出他的抱負：

> 花好處，不趁綠衣郎。縞袂立斜陽。面皮兒上因誰白，骨頭兒裡幾多香。儘饒他，心似鐵，也須忙。　　甚喚得雪來白倒雪。更喚得月來香殺月。誰立馬，更窺牆?將軍止渴山南畔，相公調鼎殿東廟。忒高才，經濟地，戰爭場。（頁462）

詞中先指出梅花的好處在於她潔白及清香，和素裳縞衣的美女一樣，自甘寂寞，決不趨炎附勢，默默亭立於斜陽之中，即使是鐵石心腸之人，見了也不能無動於衷。前著「花好處」三字，便是在強調梅花的「好處」就在它的冰清玉潔，揭示梅花與其他花卉不同的特質。下片主要寫梅花之香及梅實之味。「甚喚得」二句是承繼上片寫梅花之白、香，但又較上片更進一步，梅之白勝過雪，梅之香勝過月中之桂，更確立了梅花之白香，無物可以與之相比。「誰立馬」三字化用蘇軾〈和秦太虛梅花〉詩意：「西湖處士骨應槁，只有此詩君壓倒。東坡先生心

已灰，為愛君詩被花惱。多情立馬待黃昏，殘雪消遲月出早。」〔註12〕
寫愛梅者「立馬待黃昏」，以賞其暗香。以下寫梅實的作用，可藉以喻
指經世濟民，又可以戰爭中發揮應有作用。這裡豐富了詞的內容，拓
寬了賦梅的筆力，更藉梅寫出報國的期待。「忒高才」三字，不正是作
者的寫照？「經濟地，戰爭場」不正是作者施展才華的理想？

再看〈水調歌頭·九日遊雲洞和韓南澗韻〉：

> 今日復何日，黃菊為誰開。淵明謾愛重九，胸次正崔嵬。
> 酒亦關人何事，政自不能不爾，誰遣白衣來。醉把西風扇，
> 隨處障塵埃。　　為公飲，須一日，三百杯。此山高處東
> 望，雲氣見蓬萊。翳鳳驂鸞公去，落佩倒冠吾事，抱病且
> 登臺。歸路踏明月，人影共徘徊。（頁128）

這是詞人在隱居後，於重陽節與友人出遊並飲酒賞菊時的興會淋漓之
作。這首詞最突出的特點是藉陶淵明的故事而隱然自喻，表明其心
跡。詞的上片引淵明自比，寫出這種寧可退隱，不願向惡劣的政治環
境低頭的態度，兼有替自己發聲及代友人抒懷。首兩句「為誰開」一
問，不僅有捨我其誰的自信，更能引發下文。接下來的句子，表面上
是代陶淵明寫心，實際上是藉陶淵明寫自己的胸懷，寫出淵明愛酒，
乃是由於胸中有塊壘，不得不借酒澆愁。上片最後借東晉王導的典
故，〔註13〕代淵明表明不願與當權者同流合汙的心理，亦是自寫其
志。下片則就眼前重陽節的相知之樂來寫，「一日須飲三百杯」側寫
他與韓尚書的相知投緣。當他想見韓尚書將來翳鳳驂鸞，歸於仙山
後，一方面為了得歸仙班而高興，一方面也為自己的隱居無伴、抱病
獨登高臺而感傷。這裡的「歸於仙班」也暗指韓將來的回朝，最後以

〔註12〕〔宋〕蘇軾著，〔清〕王文誥輯注，孔凡禮點校：《蘇軾詩集》（北京：
中華書局，1982年）卷22。

〔註13〕房玄齡、褚遂良等撰：《晉書·王導傳》：「於時庾亮以望重地逼，出
鎮於外，……而執朝廷之權，既據上流，擁強兵，趨向者多歸之。
導內不能平，常遇西風起，舉扇自蔽，徐曰：『元規塵污人。』」（台
北，鼎文書局，1987年），頁1853。

想像中的情景，將自己將來未免於孤獨的擔憂表達出來，以表達自己隱居的失意之情。

再由〈踏莎行‧賦木樨〉來看：

> 弄影闌干，吹香岜谷。枝枝點點黃金粟。未堪收拾付薰爐，窗前且把離騷讀。　　奴僕葵花，兒曹金菊。一秋風露清涼足。傍邊只欠箇姮娥，分明身在蟾宮宿。（頁265）

這一首詠木樨的詞，開頭二句寫木樨之香，生於寒岩，弄影闌干，香氣瀰漫整個山谷，其韻不凡。「枝枝」句寫其色金黃，其花瓣細碎，色淡香濃，極其可貴；由色、香兩方面概括了木樨的特色。「未堪」兩句寫作者的雅興。一邊賞花一邊誦讀〈離騷〉，以寄託自己高情雅志。下片兩句寫木樨的崇高地位，即使葵花、菊花與木樨顏色相同，但沒有木樨的風韻，木樨經過秋天風露的滋育，其清高和爽潔的韻味更加十足。結尾以神話作結，更進一步陳述其來歷不凡，其風神韻味之美也就不言而喻了。這一首雖通篇詠花，卻不著重在它的形態之美，卻著重在它的風雅韻致，就如同他對自我的期許和要求一般，即使不起眼，也要用香味傳遍世間，即使經歷了政治的風暴，也要像木樨經歷秋天的風霜一般，更加清高，更努力地綻放全身的清香。

再看〈虞美人‧賦荼蘼〉：

> 群花泣盡朝來露。爭怨春歸去。不知庭下有荼蘼，偷得十分春色怕春知。　　淡中有味清中貴。飛絮殘紅避。露華微浸玉肌香。恰似楊妃初試出蘭湯。（頁271）

開頭兩句寫群花。春天歸去，夏天初臨，百花搖落，花上結滿晶瑩的露珠，隨著太陽的升起，露珠漸漸消失，而這些露珠，在愛花者眼裡，頓時幻化成眼淚。「泣盡朝來露」的原因是由於「爭怨春歸去」，怨它們盛時不再，這為下文寫荼蘼躬逢其盛做了很好的鋪墊。間接陳述荼蘼不趕時髦、耐得住寂寞，當百花搖落衰敗後，它才在庭院不聲不響地開放，好像「偷得十分春色」，給人「春回大地」的驚喜，而又「怕春知」。用「偷」字寫荼蘼初夏開花，是偷得了春天的造化之工，生

動奇特。下片描述「淡中有味清中貴」，這是全詞的警策，也是詞人
對荼蘼品格的描繪。作者所提到的「淡」字不是平淡，而是素雅、淡
雅，不是冶艷的大紅大綠。而「有味」是指有韻味。「淡中有味」即
淡雅而有韻致，而「清中貴」即清麗而華貴。由於它以上的特質，所
以不論是飛絮還是殘紅，都無法與之爭豔。這些描述都在強調荼蘼花
能夠這樣獲得詞人的喜愛，是由於它的韻致，也在自我期許能夠像荼
蘼花這樣具有「淡而有味」的韻致，在政治環境中已百花搖落的情形
下，能夠獨佔一枝春，能夠如同貴妃的形象般得到在位者的青睞。

二、身世之感

辛棄疾除了以花來自抒懷抱外，也善於以詞中的花意象來表達身
世之感，例如〈賀新郎・賦海棠〉：

> 著厭霓裳素。染胭脂苧羅山下，浣沙溪渡。誰與流霞千古
> 釀，引得東風相誤。從史入吳宮深處。鬢亂釵橫渾不醒，
> 轉越江剗地迷歸路。煙艇小，五湖去。　當時倩得春留
> 住。就錦屏一曲種種，斷腸風度。纏是清明三月近，須要
> 詩人妙句。笑援筆慇懃為賦，十樣蠻牋紋錯綺，槳珠璣淵
> 擲驚風雨。重喚酒，共花語。（頁136）

全詞緊扣「賦海棠」來建構作品。上片集中寫海棠。開頭三句寫海棠
初開時的情景，花如胭脂點點，妍麗可愛，猶如西施生於苧羅山下，
浣紗溪頭一般。「誰與」三句寫海棠移入宮廷，如西施被送進吳宮，「東
風相誤」表達了作者對於海棠命運的關注與嘆息。「鬢亂」寫海棠的
悲慘命運，猶如西施慘遭流落江海一般，及至衰落，海棠也隨流水消
逝。在詞中，作者把西施和海棠融為一體，互相輝映。其實，在詞人
筆下，西施就是海棠，海棠就是作者，那委屈痛苦的感受，唯有自己
的身世之感融入才能寫得絲絲入扣。

下片重點在「賦」字。「當時」三句寫留住春光，如今見到秋海
棠，風情萬種，讓人得以欣賞其「斷腸風度」。「纏是」以下言清明將
近，海棠將開，援筆為賦，正面點出「賦」字。結句以酒語花，表達

了詞人愛惜海棠之意。詞人心中也盼望，能有一位賞識他的人，就如同他愛惜海棠一般地明白他滿腔的忠憤和報國的心願。以花喻人，寄託深刻。

再看〈念奴嬌・用東坡赤壁韻〉：

> 倘來軒冕，問還是，今古人間何物。舊日重城愁萬里，風月而今堅壁。藥籠功名，酒壚身世，可惜蒙頭雪。浩歌一曲，坐中人物三傑。　　休歎黃菊凋零，孤標應也，有梅花爭發。醉裡重揩西望眼，惟有孤鴻明滅。萬事從教，浮雲來去，枉了衝冠髮。故人何在？長庚應伴殘月。（頁272）

上片主要寫身世之愁，由於詞人把抗金復國當作唯一的功業追求，因此在身世之愁中，透露出愛國之恨。起韻一問：古往今來，功名究竟為何物？表現出自己因為壯志難酬、功名難就而滋生的憂愁，用「重城」和「萬里」表達出愁恨的繁多和深遠，又用「堅壁」形容至今仍不能從此恨中解脫出來。他怪罪於風月的無情，其實是曲筆表明了自己的無心於自然風月。下面「藥籠功名，酒壚身世，可惜蒙頭雪」正面慨嘆自己的身世：他本該是為國家抗金復土重要的人才，可因為執政者偏安投降，以致於像他這樣的人才被拋棄不用，自己的光陰已被消耗殆盡，滿頭烏髮已成白雪，這是多麼可惜。

下片正面寫國憂，將希望與失望揉合一起來寫，愈發感慨淒涼。他即景生情，以凋零的黃花與凌寒的梅花做對比，表明自己雖然衰老零落了，仍有繼起的新人在成長，作者對他們寄予了新的希望。醉裡西望，收復的希望如此渺茫；「重揩眼」示意著他的老去，也表明他盼望的心態殷切。「孤鴻明滅」，表現他欲罷不能、欲起不行的矛盾。仍有鴻雁在其中傳遞消息，恢復國土就仍有希望。「萬事從教，浮雲來去」，是詞人對於政局的悲憤嘆息，「枉了衝冠髮」則顯示出他的生命被白白浪費、他的熱情被白白罔顧，與開篇的「功名何物」、「藥籠功名」相呼應，顯示出極度的憤慨與無奈。結韻則在長庚殘月的淒清景色中懷念故人的意象，表明了故人零落、自身孤寂的情感。

三、憤世嘲政

辛棄疾詞剛柔相濟的風格主要體現在那些抒發作者政治失意的悲傷和怨憤的作品裡。如〈摸魚兒・淳熙已亥，自湖北漕移湖南，同官王正之置酒小山亭，爲賦。〉：

> 更能消幾番風雨。匆匆春又歸去。惜春長怕花開早，何況落紅無數。春且住。見說道天涯芳草無歸路。怨春不語。算只有殷勤，畫簷蛛網，盡日惹飛絮。　　長門事，準擬佳期又誤。蛾眉曾有人妒。千金縱買相如賦，脈脈此情誰訴。君莫舞。君不見玉環飛燕皆塵土。閒愁最苦。休去倚危欄，斜陽正在，煙柳斷腸處。（頁66）

這首詞借一個被妒美人惜春、傷春、留春、怨春的傷感心情，及其被排斥遺棄的苦悶，抒發了作者憂國傷時，懷才不遇的悲憤情懷，嘲諷了奸邪投降派的猖獗不過是一時，終難擺脫可恥的下場。詞的上片表現傷春之情，這裡的「傷春」作爲一個比興意象，一方面表達作者「美人遲暮」之感，也就是一再遭受政治風雨的打壓而失去良辰、失去前途的無限痛心。另一方面，若是從深層寓意上看，它寄託著作者對狀若花殘春遲、江河日下的南宋國勢感到極度憂心，和欲哭無淚的悲哀。下片就「美人遲暮」的意思拓展，寫美人遭妒的幽憤和沉冤莫告的痛苦，作者借用被打入冷宮的陳皇后爲自喻，以專寵於一時的趙飛燕、楊玉環比喻阻撓他的大業、而正處在政治得意中的政敵，寫盡蛾眉遭妒、冷宮幽怨的政治失意之情。這首詞運用比興手法，寄託愛國情思。在風格上纏綿而悲壯，剛柔相濟。就其內容寄託愛國情思而言，抗金報國，義無反顧，滿腔忠貞，日月可鑒，恨奸邪當路嫉惡如仇，見國勢日衰又憂心如焚。這種種思想，當然是屬豪邁奔放而悲壯的，但在表達方式上，由於全詞以美人自喻，以美人傷春、被妒來呈現，就表現出柔婉哀怨纏綿風格，與其所表現內容互爲表裡。

再看〈賀新郎・陳同父自東陽來過余，留十日，與之同游鵝湖，且會朱晦菴於紫溪，不至，飄然東歸。既別之明日，余意中殊戀戀，復

欲追路。至鷺鷥林，則雪深泥滑，不得前矣。獨飲方村，悵然久之，頗恨挽留之不遂也。夜半投宿吳氏泉湖四望樓，聞鄰笛悲甚，爲賦乳燕飛以見意。又五日，同父書來索詞。心所同然者如此，可發千里一笑〉：

> 把酒長亭說。看淵明風流酷似，臥龍諸葛。何處飛來林間
> 鵲，蹙踏松梢殘雪。要破帽多添華髮。剩水殘山無態度，
> 被疏梅料理成風月。兩三鴈，也蕭瑟。　　佳人重約還輕
> 別。悵清江天寒不渡，水深冰合。路斷車輪生四角，此地
> 行人銷骨。問誰使君來愁絕。鑄就而今相思錯，料當初、
> 費盡人間鐵。長夜笛，莫吹裂。（頁236）

全詞主要書寫了他與陳亮之間志同道合的深摯友誼，同時在寫景抒情都有深刻的象徵意味。上片起句由長亭送別寫起，不正面敘說彼此的留戀之意，而以「說」字引起下文。而說的內容則是認爲歸隱田園的陶淵明和起而用於世的諸葛亮可以被看做是一體的兩面，所以一樣風流，但其中實有深意：詞人用不合流俗的陶淵明比擬陳亮的高潔志趣，以諸葛亮比喻陳亮的才幹。這兩位古人其實也是詞人自己喜愛與嚮往的，暗指自己的內心世界。接著描寫周遭的景象，其中「剩水殘山無態度，被疏梅料理成風月。」二句，就眼前所見寫多日蕭瑟景象，寒冬時節，山水凋殘，唯有幾樹紅梅勉強點綴著風光。「無態度」代表了一種無生氣，已經不成模樣，但這也隱含著詞人對於山河破碎、偏安一隅的南宋政局的失望，而少少的梅花如同南宋越來越少的愛國志士，只能在毫無生氣的天地間作一點綴裝飾，似乎起不了重要的作用，稼軒對這樣的現象也藉寫梅表示感慨。

上片圍繞著送別來寫，下片則重在抒發眷戀不捨的友情。寫出追趕朋友、爲風雪所阻的情景，「行人銷骨」一句，寫出深摯的抒情，「問誰」一句，自問自答，用極誇張的筆墨，將自己沒有挽留住朋友的遺憾，極力渲染，表明作者心中激烈的感情和遺憾。這裡也兼有譴責南宋統治者採取投降路線，結果南北分裂，山河相望卻不得相合，既是惜別也是家國之感的悲痛，讓人愴然驚心。

　　辛棄疾在〈杏花天・嘲牡丹〉（牡丹比得誰顏色）（頁368）詞裡，
由牡丹聯想到楊貴妃，再由唐明皇和楊貴妃在沉香亭北賞牡丹，聯想
到「漁陽鼙鼓邊聲急」，即由於君主昏庸而招致的「安史之亂」導致
了唐王朝衰亡，最後，明確指出「買栽池館多何益？莫虛把、千金拋
擲」，借古諷今，借詠花以寫時事，隱約地表達了作者對當時政治腐
敗的痛恨。〈聲聲慢・嘲紅木樨〉（開元盛日）（頁24）中寫桂花對宮
殿巨變的無動於衷，也正是作者對那些隨波逐流、不關心國家命運、
安於醉生夢死的投降派的嘲諷，表達了作者希望恢復中原的強烈意
識。再看〈定風波〉：

> 百紫千紅過了春。杜鵑聲苦不堪聞。卻解啼教春小住。風雨。
> 空山招得海棠魂。　　恰似蜀宮當日女。無數。猩猩血染赭
> 羅巾。畢竟花開誰作主。記取：大都花屬惜花人。（頁494）

作者用蜀王杜宇亡國化為杜鵑啼血的典故來詠杜鵑花，其中暗含北宋
亡國的悲哀。由「大都花屬惜花人」，我們可以理解為國家應該屬於
熱愛並珍惜它的人，作者是用「血」的教訓來警告當朝統治者，去珍
惜眼前的大好江山。

四、思國懷鄉

　　為了收復失地、光復故國，辛棄疾背井離鄉，投奔南宋。可是，
他不僅未被重用，反而遭讒謗而長期閒置。內心的苦悶與悲憤青天可
表。他在〈瑞鷓鴣・賦梅〉（頁335）說：「寂寞，家山何在？雪後園
林，水邊樓閣。瑤池舊約，鱗鴻更仗誰託？粉蝶兒只解，尋桃覓柳，
開遍南枝未覺。但傷心、零落黃昏、數聲畫角。」通過賦梅表達了作
者身居異鄉寂寞難耐，思念家鄉但又音信難通的淒涼心情。「家山何
在」是一個失路英雄悲憤迷惘的發問，而放眼所見雪地的紅梅又令作
者陷入了對往事的追懷。當年氣吞萬里的氣概未失，但是重整河山的
初衷（「瑤池舊約」）卻無人再提，朝廷上沒有誰可以信賴託付，那些
只解歡樂風流的粉蝶兒，無法理解枝頭寒梅的苦心。同時，作者的記

憶定格在黃昏中傷心老去的孤梅上。稼軒對家鄉的懷念與故國之思是分不開的，因而，他的故國之思也就具有痛惜北宋覆滅、希望恢復中原之意了。先看〈滿江紅〉：

> 點火櫻桃，照一架荼蘼如雪。春正好見龍孫穿破，紫苔蒼壁。乳燕引雛飛力弱，流鶯喚友嬌聲怯。問春歸不肯帶愁歸，腸千結。　　層樓望，春山疊。家何在？煙波隔。把古今遺恨，向他誰說。蝴蝶不傳千里夢，子規叫斷三更月。聽聲聲枕上勸人歸，歸難得。（頁16）

這闋詞明寫詞人暮春時分的鄉愁，又暗寫了志士的寂寞和國愁。上片先以濃豔的筆墨描寫明媚動人的暮春景致。一開始寫到紅色的櫻桃和白色的荼蘼，以一個「照」字加以聯繫，令人彷彿親見自然此時的生機盎然。而一個「點火」、一個「如雪」，更加強了對照的效果。接著轉寫節物風光，「春正好」足見詞人的由衷喜愛。接下來一層層的渲染，都傳遞了一種美好而生機勃勃的景象。但是，對詞人而言，閒暇只是表面的感受，歲月如流、恢復無望所引起的時間之愁，才是內心深沉的感受。雖然是在上片末韻才被點出，但其實從一開始就已潛伏：潛伏在流轉遞嬗的季節轉換之際；潛伏在詞人能觀察景物的閒暇中。閒暇，對於一個有志之士是一種被強迫的、令人痛苦的閒置。因此用「腸千結」，言簡意賅地將詞人深沉的思國懷鄉之痛表達出來。這一問，包含了兩層含意，一是問將逝的春光是否能將自己的春愁一同帶走，深層來看，則是將生命之愁藉傷春之愁掩飾，是帶也帶不走的。

下片正面書寫了家國千里之愁，寫出一個愛國之士孤獨難堪的心情。過片四句，承接上片，寫登高懷遠的鄉思。春山疊、煙波隔，成為江南春光的遠景，也隔斷了作者懷遠思念的故鄉面目，閒愁具體化為遊子的鄉愁，引起下文「古今遺恨」，這恨是古今皆同的遊子失家之恨，有志難伸之恨，山河破裂之恨，這樣的恨多麼沉重，多麼難以承受，但詞人必須要獨自承受，間接表明了詞人在復國理念上的孤獨寂寞。「蝴蝶」句以下，將難以排遣的愁緒帶入夜晚，寫出歸夢難成，

輾轉難眠，抒發「歸難成」的痛心。全詞以寫景蘊含了無限的愁恨，思鄉之情，躍然詞中。

再看〈蝶戀花〉：

> 誰向椒盤簪彩勝。整整韶華，爭上春風鬢。往日不堪重記省。爲花長把新春恨。　　春未來時先借問。晚恨開遲，早又飄零近。今歲花期消息定。只愁風雨無憑準。（頁230）

這首詞作於宋孝宗淳熙十五年戊申（1188）正月初一這一天，剛好是立春。在這樣的節日，人們忙著慶賀這個雙喜的日子。尤其是年輕人，更是天眞爛漫，興高采烈，歡呼新春的到來。但是，這樣的節日場景，對於長期削職閑居，壯志難酬的辛棄疾來說，無疑是別有一番滋味，眼看著這一派歌舞昇平的氣象，卻怎麼也樂不起來。自然界的節候推移，觸發了他滿腔的憂國之情。這一年他已四十九歲，距離他渡江歸宋已經整整二十七個年頭。多年來，他無時不盼望恢復大業成功，可是無情的現實卻使他一次又一次地失望了。於是，他在春節的宴席上揮毫寫下這首小詞，借春天花期沒定準的自然現象，含蓄地表達了自己對國事與人生的憂慮，這也是辛詞善於以比興之體寄託政治感慨的一個特點。

這首詞的開篇通過節日裡眾人熱鬧而自己索然無味的對比描寫，表達了自己與眾不同的感傷情懷。上片通過描寫節日裡不知憂愁爲何物的年輕人們的歡樂，來反襯自己「憂愁風雨」的老年懷抱。接下來兩句：「往日不堪重記省，爲花長把新春恨。」筆鋒一轉，說明自己並非不喜歡春天，不熱愛生活，而是痛感無憂無慮的生活對於自己早已成爲「往日」的遙遠回憶。並且，其不愛春天熱鬧的原因還有更深的意義。在過去的歲月裡，作者歲歲苦盼春來花開，可年復一年，春天雖來了，「花」的開落卻無憑準，這就使人常把新春怨恨，再沒有春天一來就高興的舊態了。顯然這裡一個「恨」字，已不是簡單地恨自然界的春天了。

接下來，作者從一個「恨」字出發，著重寫了自己對「花期」的

擔憂和不信任。字裡行間，充滿了怨恨之情。這種恨，是愛極盼極所生之恨。「春未來時先借問，晚恨開遲，早又飄零近。今歲花期消息定，只愁風雨無憑準。」作者急切盼望春來，盼望「花」開，還在隆冬就探詢「花期」；但花期總是短暫的，開晚了讓人等得不耐煩，開早了又讓人擔心它很快凋謝；今年是元日立春，花期似乎可定，可是開春之後風風雨雨尚難預料，誰知今年的花開能否如人意？作者在這裡寫的雖是自然界的變化，實際上是在曲折地表達了對理想中的事物又盼望、又懷疑、又擔憂，最終還是熱切盼望的矛盾複雜心情。作者之所以會有如此反復執著的心理，就是因為他心中仍對抗金復國這一項大事業有著深切盼望。

五、仰慕前賢

中國古代文人由於受儒家傳統思想的薰陶，有著強烈的「齊家治國平天下」的功名觀念。他們常常把這種強烈的建功立業的功名觀念，寄寓在自己所仰慕的前代賢人聖哲身上。借歌頌聖賢哲人來抒發自己潛藏於心底的功名觀念，對於辛棄疾這樣的蓋世英豪來說，尤其如此。如〈水調歌頭・賦傅岩叟悠然閣〉：

歲歲有黃菊，千載一東籬。悠然政須兩字長笑退之詩。自古此山元有，何事當時纔見，此意有誰知。君起更斟酒，我醉不須辭。　　回首處，雲正出，鳥倦飛。重來樓上，一句端的與君期。都把軒窗寫遍，更使兒童誦得，歸去來兮辭。萬卷有時用，植杖且耘耔。（頁448）

這是一首抒懷詞，作於辛棄疾閒居瓢泉時期。辛棄疾一生經歷過出仕和退隱兩個時期。在出仕之時，他所傾慕的前代聖賢是大禹、劉裕、謝安等大有作為、叱吒風雲的豪傑；在退隱之後，他所傾慕的前賢主要是高人隱士陶淵明。他集中歌唱高潔不苟的陶淵明，甚至於把他引為千古同調。他隱居在帶湖和瓢泉時，案頭常置一卷陶詩，讀陶詩而不能離手，對陶淵明極為傾慕和崇拜。如〈水龍吟〉（老來曾識淵明）（頁521），詞一開頭就說夢見了他，說醒後想問他：「問北窗高臥，

東籬自醉，應別有，歸來意。」認爲他棄官還家，還有另一番用意，這用意就是對當時現實的批判和否定，就是保持自己的品格和節操。這種品格和節操，也正是詞人夢寐以求的，表現了詞人對陶淵明的熱情崇拜。這首詞也是抒發對陶淵明仰慕之情，但沒有過多地化用陶淵明的詩句，而是直抒胸臆。詞的上片抒發對陶淵明的讚嘆之情。「歲歲有黃菊，千載一東籬」是說黃菊雖然年年有，但陶淵明卻是千載難遇，表現了詞人對陶淵明的讚揚和景仰。下片寫在悠然閣所見之景，「雲正出，鳥倦飛」出自陶淵明〈歸去來辭〉：「雲無心以出岫，鳥倦飛而知還。」〔註14〕寫景亦用陶詩中的詞句，可見對陶淵明的喜愛。它與另一首〈賀新郎‧題傅岩叟悠然閣〉的寫作目的一樣，都在表達他對陶淵明的仰慕之情。

又如〈賀新郎‧賦水仙〉：

> 雲臥衣裳冷。看蕭然風前月下，水邊幽影。羅襪生塵凌波去，湯沐煙波萬頃。愛一點嬌黃成暈。不記相逢曾解佩，甚多情爲我香成陣。待和淚，收殘粉。　　靈均千古懷沙恨。記當時匆匆忘把，此仙題品。煙雨淒迷僝僽損，翠袂搖搖誰整。謾寫入瑤琴幽憤。絃斷招魂無人賦，但金杯的皪銀臺潤。愁殢酒，又獨醒。(頁135)

詞的上片詠水仙，主要由影、形、情緒來寫。起句刻畫水仙給人飄然欲仙的感受，「看蕭然」二句轉入對水仙的正面描繪，「蕭然」寫氣氛之寂寥，風前、月下、水邊，寫出環境之清幽，「羅襪」三句寫水仙之形，其花白色帶黃，形如月暈，惹人喜愛。「不記」二句寫其香，歷久不衰。末二句寫水仙花落，用「和淚」、「殘粉」寫惜花之情，十分動人。

下片寫水仙的歷史遭遇。靈均是屈原的字，忠而見謗，放逐水邊，乃賦懷沙。楚人仰慕之，視之爲水仙。下片首寫屈原，承上啓下，「記當時」二句寫屈原沒詠水仙，令人感到遺憾。「煙雨」三句推進一層，提到水仙不但沒被吟詠，而且在煙雨中憔悴不堪。後一句寫幸虧俞伯

〔註14〕同注8，頁636。

牙將它寫入琴曲，才使胸中的幽憤得到抒發。「絃斷」二句寫水中之仙，一腔幽憤，無處傾訴，「但金杯的爍銀臺潤」是寫只有水仙花，如金杯，似銀臺，年年開放，依舊鮮豔奪目。最後的「愁殢酒，又獨醒」，聯繫屈原身世，做進一步發揮，言其所愁是眾人皆醉而我獨醒，其感慨十分深切。詞人仰慕屈原能不屈於時政，藉詠水仙來表達仰慕，也是對自己的另一種期許和寬慰。

六、別離思念

在辛棄疾的詞中，出現花意象多是要自抒懷抱，或表明自己的愛國思想，多是有所寄託的，寄託的多是自己的「志」，但也有出現寄託自己的「情」的，例如〈臨江仙〉：

> 金谷無煙宮樹綠，嫩寒生怕春風。博山微透暖薰籠。小樓春色裡，幽夢雨聲中。 別浦鯉魚何日到，錦書封恨重重。海棠花下去年逢。也應隨分瘦，忍淚覓殘紅。(頁164)

這是一首抒情細膩的詞。上片以女子的角度來寫，渲染意境，以景言情，「金谷無煙」暗示了寒食清明時節，「宮樹綠」則是加深了景物朦朧暗碧的效果，與女子的脆弱多情的傷春情感相互呼應。「嫩寒」句則突出春寒料峭，「博山」句則渲染出女子居處的溫馨氣氛，創造出一個懷人的環境。以下卻又轉筆，將思念之情轉到幽夢之中，更為含蓄朦朧。下片則轉至男子方面來寫，實際上，上片全是男子想像的產物，因此殷勤地問：對方何時才能收到自己的情書？以下轉進一個回憶的畫面「海棠花下去年逢」，一個鏡頭，卻寫得溫馨有味，足見男子對當時相遇的記憶之深，這海棠，彷彿在暗示著佳人的風采。最後以猜測作結，猜測佳人必然隨著海棠而消瘦，猜測她在尋覓殘紅，尋覓著當時回憶的片段。這樣的想像，是由於詞人的移情，透過海棠意象，把詞人的思念、牽掛、鍾情，細膩地表現出來，是稼軒婉約情致的展現。

又如〈祝英台近・晚春〉：

> 寶釵分，桃葉渡。煙柳暗南浦。怕上層樓，十日九風雨。
> 斷腸片片飛紅，都無人管；更誰勸啼鶯聲住。 鬢邊覷。

試把花卜歸期，才簪又重數。羅帳燈昏，哽咽夢中語。是
他春帶愁來，春歸何處。卻不解帶將愁去。（頁96）

這是稼軒一首最具代表的閨怨詞，以代女子發言的方式，寫出傷春傷
別的感受。詞的上片，以傷春爲主，暗伏傷別的意涵。「寶釵分」寫
出了分別時候女子對於男子的纏綿情意，「煙柳」一句，寫離別之地
的風景蕭暗，景中含有淒涼的氣氛和傷感的情意。接著寫風雨摧春讓
女子無限傷悲，因此不敢登樓遠望。無情風雨讓花飛春盡，而片片落
紅卻令女子斷腸，再加上啼鶯宛轉，映襯著她的傷春之苦，多希望有
人能勸說牠不再高唱。「片片」兩字，寫出女子對於落花片片數來，
每片花瓣如同她片片凋零的心，「無人管」則暗示了悼惜暮春晚景之
時，也產生了寂寞無依的命運之悲。「更誰勸」進一步寫春景無人共
賞、共悲的哀怨。下片以傷別爲主，最後將傷春及傷別合而爲一。過
片以斜視鬢上的插花，到拿下它來占卜，心中忐忑又惶恐的琢磨，寫
得細碎，卻是婉曲深刻。以下以深夜夢中的哽咽哭訴，更見離情。女
子不怨那造成他哽咽寂寞的眞正原因，反而怨春來帶愁來，卻不帶愁
歸。呼應了開篇，也將傷春與傷別融爲一爐。

　　這首閨怨詞，也被許多人認爲有所寄託，認爲稼軒亦有借閨怨抒
發懷才不遇、憂時傷世之感，或是國事衰亡，恢復無期之嘆，〔註15〕
從稼軒詞作多以抒懷來解讀也無不可，但若由詞境去體會原始的情
意，相信亦能感受到稼軒高超的藝術技巧，以及多樣細膩的情感面貌。

第三節　二安詞花意象表現之情感比較

一、鮮明的自我形象

　　詠物之作的寫法，有的是將自身放置在裡面，有的是將自身站立

〔註15〕〔清〕黃蘇：「史稱稼軒人材，大類溫嶠、陶侃。周益公等抑之，爲
　　　　之惜，此必有所託而借閨怨以抒其志乎。」《蓼園詞評》，同注1，冊
　　　　4，頁3060。

在旁邊；李清照和辛棄疾都在他們的詞作中，塑造了一系列的自我形象，這些形象都是從他們的生活經歷和精神世界中，精選細節，並融注自己眞摯的感情於細節之中而創造出來的一個個具有個性化的、栩栩如生的抒情主人公形象。

　　李清照從小生活在一個沒有傳統禮教約束，並且有著濃厚文學氛圍的官宦家庭裡，母親王氏知書能文，父親李格非更是當時著名的學者，他作文講究一個「誠」字，這對於李清照在詞的創作中眞實地再現自我情感，產生了深遠的影響。爲此李清照在她的詞作中再現了自己的少女時代、少婦時代以及老婦時代的生活，並爲我們塑造了其三個生活階段的不同的以「自我」爲中心的女性形象。她筆下的少女形象都非常天眞活潑、聰穎好動，追求愛情既浪漫又含蓄。如：〈點絳唇〉（蹴罷秋千）（頁83），詞中的李清照活潑、調皮、聰穎，完全沒有那種「足不揚塵，笑不露齒」的傳統禮教約束。又如〈浣溪紗〉（繡面芙蓉一笑開）（頁91）詞描寫的是一位少女沉浸在對愛情生活的憧憬中，她純情浪漫，不但敢於大膽設想和情人幽會的情景「眼波纔動被人猜」，而且還敢於主動幽會情人「月移花影約重來」。李清照雖然婚後生活非常幸福，但卻和丈夫常在離別之中，多愁善感的李清照於是圍繞著自己的閨閣生活創造了一系列的少婦形象，這些形象都非常細膩敏感，具備深於情感，大膽表露情感的特徵。如〈醉花陰〉（薄霧濃雲愁永晝）（頁34）詞中的李清照抒發了自己在重陽佳節之際對出門在外的丈夫刻骨銘心的思念之情，她因相思而憔悴之態比在風中凋零的黃花之勢更甚。靖康之難打破了李清照恬適、安逸的生活，她不得不逃離故土，其後又遭遇丈夫病故、婚騙、失竊等一系列打擊，這使得她筆下的老婦形象飽經憂患，具備多愁善感，不忘故國的情感。在詞中爲我們塑造了一個經歷了社會動亂，家庭悲劇演變之後，對一切事物都敏感多疑而又自甘寂寞的老婦形象，她正是晚年李清照的自我再現。

　　清照寫花是以強烈的主觀色彩賦予自然萬物。閒愁最苦，易安多

用愁苦寫花，但她也用別樣的眼光去體驗、觀察別的花卉，用別具一格的手法描摹形象清新的花卉，如易安從自己所嚮往的個性品質這一角度去寫桂花「暗淡輕黃體性柔，情疏跡遠只香留。何須淺碧深紅色，自是花中第一流。」（〈鷓鴣天〉，頁47）桂花，被李清照描上了女性所特有的高潔淡雅、溫和柔順，又為作者褒譽為眾花之首。而「自是花中第一流」的桂花同時也流露出一種高潔志趣，這種志趣在易安式的花叢中表現出另類的氣象，這種氣象已然脫去柔媚流俗而自成高貴、自有骨氣，標誌了易安描繪花意象角度的新變，也表明了她用詞來表達志向理想的另一面，這無疑是她創作上的一大突破。從用愁苦孤獨體驗梅、用孤單寂寥寫梅，到以菊花與人同瘦共比，再到以清新筆觸，用自己情志描摹桂花，易安觀花寫花都從花的不同形態去賦予它們一種與自己感情相契合的色彩。

辛棄疾在祖父影響下，從小就具有強烈的愛國思想。青年時期壯麗的戰鬥經歷，在南渡後，尤其是不得志時，總是念念不忘，由此他在詞中創作了大量的自敘戰鬥經歷，自誓馬革裹屍的戰鬥英雄形象，這些形象都是詞人的自我化身，報國壯志至死不渝。坎坷曲折的人生道路，使得辛棄疾還創作了大量的因愛國壯志無法實現的憤懣痛苦的英雄形象和被迫閒居的老農形象。如：〈粉蝶兒〉（昨日春如）（頁495）詞中塑造了一種胸懷愛國大志卻無法施展抱負的孤獨、憤懣的英雄形象，即詞人自我形象。又如〈瑞鶴仙〉（雁霜寒透幙）（頁335）詞人感嘆知音難覓，人生短暫，因此，希望在改造大自然的過程中自得其樂。詞中所塑造的這位「閒適」的老農形象，實際上包含著詞人對社會現實的無法忘懷，對當局與政敵的憤懣。

辛棄疾與大自然是一種「神交心許」的親和關係，就是「物我欣然一處」、「我見青山多嫵媚，料青山見我應如是」的友好關係。他把自然萬物納入到主體自我的心靈中，以自我的精神意趣來關照重構自然萬物，以強烈的主觀色彩賦予自然萬物。辛棄疾筆下的花也是有情之物，人愛花，花也戀人，人和花的感情似乎是相通的，正如他在〈朝

中措・為人壽〉一詞中所言「年年金蕊豔西風，人與菊花同」（頁294）。辛棄疾愛花，他為梅花將要被春寒摧殘而擔憂「門前萬斛春寒，梅花可煞摧殘？」為欣賞梅花，他又不顧夜深寒重而醉酒賞梅，「花底夜深寒較甚，須拚卻，玉山傾」；為保護牡丹，他甚至向春發佈「約束」令，與花訂立盟約：「只恐牡丹留不住，與春約束分明。未開微雨半開晴。要花開定準，又更與花盟」（〈臨江仙〉頁 398）。稼軒愛花，關心花的命運，花也同情他的遭遇：「黃花不怯西風冷，只怕詩人兩鬢霜」，菊花常為詩人年歲漸老、兩鬢如霜而發愁；「雪裡疏梅，霜頭寒菊，迥與餘花別。識人青眼，慨然憐我疏拙」，道出了臘梅寒菊可憐作者性情疏拙，與世多忤；「東風休放去，怕有流鶯訴。試問賞花人，曉妝勻未勻？」牡丹很有感情，似乎怕它的曉妝不能盡如人意。又如〈念奴嬌・題梅〉中，「骨清香嫩，迥然天與奇崛」、「不借春工力」（頁 336），顏色淡雅、清新秀美，不依賴東風的力量去同萬紫千紅的春花爭鮮鬥豔的梅花，獨愛「玉盤盂」、「弄玉團酥」等潔白純潔的白牡丹，這些花不正是作者正直高潔品格的寫照嗎？〈臨江仙・探梅〉（頁 226）中，他由衷讚美梅花「更無花態度，全是雪精神」的純潔風姿，〈滿江紅・和傳巖叟香月韻〉（頁 451）中讚美「似神清，骨冷向西湖，何由穀」的超凡品質，梅花儼然成為作者理想人格的化身。〈虞美人・賦荼蘼〉中「淡中有味清中貴」（頁 271）的荼蘼，在春天百花盛開的時候，她不與百花爭豔，而是在柳絮紛下、群芳殘敗之後，她才在庭前悄悄地、寂寞地開放。〈歸朝歡〉「山下千林花凡俗，山上一枝看不足」（頁 375），寫在山上茂林中獨自開放，不與山下平庸俗氣的群花為伍的野櫻花。這些荼蘼、野櫻花不正是作者清高恬淡品質、漠視利祿功名的寫照？

由上可見，辛棄疾筆下所詠的種種花卉，不僅容顏俊俏、婀娜多姿，而且能言善語、會解人意，融自然美和神韻美於一體，達到了形神兼備、出神入化的境界。

李清照與辛棄疾由於性別及生活經歷的不同，儘管他們在詞中都

塑造了鮮明的自我形象，但李清照所創造的是傳統社會大家閨媛的女性知識份子形象，而辛棄疾由於有著不同於一般文人的特殊經歷，他所創造的則是一個個動人心魄、蜚聲詞壇的英雄形象。這兩大形象雖存在很大的差異，卻是詞壇上「前無古人，後無來者」的鮮活形象。這也是李清照成爲婉約大家，辛棄疾成爲豪放詞宗的重要因素之一。

二、深沉的愛國情懷

由於靖康之難的歷史變故及其造成的社會動盪，使得南宋詞人的創作生活常態和傳統的創作觀念得到改變，他們感到北宋以來典雅清麗的婉約詞風已不適宜表達時代精神，他們運用蘇軾開創的豪放詞盡情抒發自己的抗戰愛國熱情，表達自己深摯的愛國情懷。

就詞風而言，李清照的詞早期大多寫自己的離別之怨、相思之苦，但其晚期創作風格有所改變，她主要是通過今昔對比，在無限的追懷故國、故土、故人、故時的過程中表達自己的愛國情感，其深沉的愛國感情內涵是悲苦的，並多在身世悲慨中寄寓亡國之痛，李清照雖身爲女性，卻能以創作大膽針砭時政，由於她主張「詞別是一家」，認爲詩乃言志，詞乃主情，因此她的有關反映國家與民族的內容更多在詩文中得以表現。但在南渡以後，因爲遭受了國破、家亡、夫死、婚騙、失竊等一系列打擊，使她的詞呈現出複雜的情感內涵，這些舊事雖然緣於其個人的生活，卻已深深地烙上時代的印跡，其深沉的愛國思想也在其感傷懷舊的情結中得以抒發。如〈聲聲慢〉（尋尋覓覓）（頁 64）詞通過對殘秋景色的描繪，抒發了李清照懷鄉悼人，飽經憂患和離亂生活的哀愁。又如〈菩薩蠻〉（風柔日薄春猶早）（頁 13）、〈蝶戀花〉（永夜厭厭歡意少）（頁 60）、〈御街行〉（藤床紙帳朝眠起）（頁 42）等詞句，都寄寓了李清照深深的懷念故土，或悼念亡夫，或追懷舊時的情感，這些情感的背後，積蓄的是李清照深沉的愛國情懷，它們道出了所有南渡者們的心聲，喚醒了人們對故國、故土、故人、故時的追懷。

辛棄疾的一生是愛國的一生，是浪漫而傳奇的一生，愛國是他詞作的主旋律，他的愛國詞的一個突出內容就是表現了自己強烈的功業意識。他一生爲之奮鬥的功業就是實現抗金復國，爲此，他創作了大量的表現自我經歷、塑造自我形象、抒發壯志難以實現的悲憤抑鬱情懷的愛國詞作。辛棄疾愛國詞的另一個重要內容就是強烈的復國期望，他的復國期望表現在不滿於偏安江南的局面，他日夜思念著大好河山和父老鄉親，爲此在詞中大力謳歌恢復大業。

李清照和辛棄疾雖然都在詞中抒發了自己的愛國思想，但李清照的愛國情懷發揮在她南渡後的一些詞作中，創作題材與自己的個人生活相關，她主要是通過今昔對比，在無限的追懷故國、故土、故人、故時的過程中委婉含蓄地表達自己的愛國情感，其深沉的愛國感情內涵是悲苦的。辛棄疾的愛國思想則反映在他一生的詞作中，並且是通過各種題材表現出來的，無論是反映自己生活經歷，還是與朋友贈別酬答，抑或是詠古寫景的作品，都充溢了他濃烈的愛國情感，其深沉的愛國感情內涵是沉鬱、悲壯、憤慨的。

李清照與辛棄疾雖然在主體風格上，有著婉約與豪放的分野，但是這分野並不嚴格。由於有共同的愛國情懷，李清照的詞對稍後於她的辛棄疾以及許多南宋愛國人士產生了深遠影響，辛棄疾詞中不少膾炙人口的婉約詞章，也是受到李清照詞的影響。南宋詞人在李清照詞作中感觸最深的是寄寓在詞中的河山故國之思、憂戚家國之情，所以這類詞並不能被單純地視作傳統的僅表現男女情愛的婉約詞，而應重視其流蕩在詞中的更爲深厚的愛國情懷、時代底蘊。

三、濃厚的憂思愁緒

李清照這些寫愁的詞作，並不僅限於愛情上的苦悶，更深刻的是詞作中滲透著無名的愁思。這些並非無病呻吟之作，因爲李清照不僅是一位有高度文化修養的女作家，而且對世事有著突出見解，又有著亟欲施展才能的欲望。可是，那時的社會制度卻把她困惑在無所事事

的狹小天地中，她那滿腔的生活熱情和施展才能的願望，終於被深深的庭院所禁錮、所消磨，使她終日覺得閒愁猶在、意興索然。這是李清照詞的獨特魅力，是她將以寫愛情爲主調的婉約詞推上了新雅、深刻的新境界。

靖康之難迫使李清照舉家南渡，國家山河破碎，家庭更遭遇了明誠病死這一重大災難。國破、家破、夫亡，李清照受盡劫難和折磨，她深切地感受到人間的孤獨和淒慘，無法排遣的深「愁」便主宰了她的詞作：李清照的詞，無論是早年寫歡樂中滲透的愁思，還是晚年寫濃重得無以排遣的愁情，均以閨閣女性的口吻出之，以個體感受、個人情思爲表現物件，創造了婉約詞的最高藝術境界。與易安詞形成鮮明對照的是，辛棄疾的詞則是一派英雄的聲調，散發著強烈的時代感和憂患意識，抒寫著英雄的苦悶，噴薄著強烈的以天下爲己任的報國壯志，建立了一座豪放詞的豐碑。

辛棄疾詞的豪放，首先來自於他的詞章激盪著充滿著對前賢的鍾情、對英雄的崇拜。在稼軒詞的人物用典中，充滿了對英雄的仰慕和崇拜中，流露著辛棄疾以英雄自期的內心渴望。辛棄疾在歌頌英雄的同時，時時以英雄的歷史使命激勵自己。他執著地在詞中發出英雄的宣言，發誓爲收復失地奮鬥終生，即使一再仕途失意，落魄閒居，也時刻不忘英雄的歷史使命，準備抖擻精神收復失地，雖華髮蒼顏，依然壯心不已。堅定的以收復失地爲己任的歷史使命感，在現實中卻遭到了長期的壓抑苦悶。這使得辛棄疾詞作的英雄豪氣一轉而爲狂心豪氣。比如，他常常心情激動，胸中充滿著對主和派清談誤國的義憤，因而以牡丹作爲嘲諷的寄託，如〈杏花天·嘲牡丹〉（牡丹比得誰顏色）（頁 368）即使罷官閒居，他依然雄視古今，以英雄自負，一派狂氣。辛棄疾的這些詞，無論是以歷史上的英雄自期，還是揮灑自己的英雄狂氣，都洋溢著濃烈的豪放色彩。除了禮讚英雄，寫自己的英風豪氣，辛詞還充滿了對國事的憂患和對社會的大膽批判，在憂患國事、批判黑暗中碾磨著英雄的憤懣和苦悶。在辛棄疾以前，有很多南渡詞人的

情感世界已經由個體的人生苦悶延伸向對社會的憂患，辛棄疾繼承並弘揚了這種精神，在名篇〈摸魚兒〉（更能消）（頁66）詞中，對排擠自己的群奸小人也進行了辛辣的嘲諷和抨擊。詞人由惜春、留春轉而怨春，表現出強烈的時間意識，以及英雄對生命徒然流逝卻無所建樹的惋惜怨恨。時間的不可逆轉、生命的有限令他焦慮，隨之產生了對耽誤詞人風雲際會、建功立業「佳期」的狐媚邀寵而妒賢害能者如「玉環飛燕」之流的格外痛憤，尖刻地詛咒他們必將化成塵土。

　　辛棄疾在憂患國事、批判黑暗中漸漸明白，朝廷不會允許他施展恢復大志，他缺乏以往那些建立不朽功勳的英雄們所處的歷史機遇。他的內心常常襲來一腔報國豪情將付之東流的尖銳刺痛，所以在感嘆中顯露出英雄壯士的本色，也浸透著沉重的時代憂患意識。

　　縱觀易安與稼軒詞花卉意象形態及其內涵，來看兩者的差異：從易安詞的花意象裡我們看到濃重的愁思和自抒懷抱的理想，這是她經花意象寄寓的情致和志趣。面對雪中之梅，易安選取的角度是梅花在萬徑人蹤滅的冰天雪地裡顯得如此孤獨寂寞，孤芳自賞是女詞人的自我寫照，是易安前期體驗花卉的基本心境。孤苦伶仃則是後期顛沛流離的易安賦予梅的形象。整體而言，易安筆下的花意象主要在顯現個人愁苦。而稼軒詠花種類較清照繁多，甚至同樣的牡丹在他的筆下也有好壞之分。稼軒藉花寫身世之悲涼、遭遇之不幸。他詠梅從耐寒的本性去寫，把自己的英雄理想移情抒懷到寒梅之上。至於詠或嘲牡丹則更是他愛與憎的表達，桂花抒發自己的抱負。相比易安，稼軒詠花的寄託更廣。從藝術上看，易安善於抒情，她寫個人愁苦，筆下之花也嬌柔可憐，如泣如訴，讀來如在眼前。這是她委婉含蓄寫真感情，自然貼切不見人工而見天工，不聞人籟而聞天籟的抒情藝術。通過這種藝術手法寫出的花意象便是溫柔凝眸的婦女形象，但這個婦女形象在其柔弱的體內尚有未被激發釋放的骨氣，這就是她用「自是花中第一流」的桂花來體現性格堅強的一面，所以說易安寫花外柔內剛。同是寫花，稼軒則把用典、擬人、比興、化用前人詩句等手法熔於一爐，

他筆下的花卉形象向我們展現了一位愛國志士的遠大抱負，坦蕩胸襟，又向我們表達了他作爲一個苦難歲月裡百姓所具有的悲愴蒼涼。在大多數的詠花詞中，作者以梅自比，以桂花寄託思想，以牡丹發洩憤懣，把人的遭遇與花的形態相結合，構成了人與物意氣相通、心靈相融的意境，既抒發了豪情、發洩憤怒並且流露了悲涼。

第五章 二安詞花意象表現手法比較

　　李清照和辛棄疾兩人的詞作中，都使用了高度的藝術技巧，以下就從花意象的表現背景、花狀花香、敷色摹寫、描摹角度、語言藝術來分析兩人在詞中花意象的表現手法。

第一節　李清照詞花意象表現手法

　　李清照的詞中花意象表現手法頻繁，以下從表現背景、花狀花香、敷色摹寫、描摹角度及多用新語這幾方面來探討之。

一、表現背景

　　在表現背景的分析上，我們從時序和氣候來看：

（一）時　序

1. 早　晨

　　〈菩薩蠻〉中「曙色回牛斗」（頁 14），透過由夜寫至晨，寫出故國之思；〈念奴嬌〉「被冷香消新夢覺，不許愁人不起。」（頁 49）寫出獨守寂寞，愁緒沉重，讓人不願清醒；〈武陵春〉「日晚倦梳頭」（頁 61）寫出已日上三竿卻無心打扮；〈孤雁兒〉「藤床紙帳朝眠起」（頁 42）則是寫悼亡之思。這幾首點明時序，卻一反大眾早起活力四射，而是「愁」、「倦」，不願面對朝陽、面對現實的心境，因此都

與「晏起」結合，顯現詞人心中的無精打采，懶倦面對人生的心理。

2. 黃　昏

如果說用早晨之詞來反襯內心的百無聊賴，所有詩人最愛的就是黃昏的描寫，直抒心境。清照在黃昏時候寫下的作品不少，如〈浣溪沙〉「遠岫出山催薄暮」（頁 15）、〈醉花陰〉「東籬把酒黃昏後」（頁 34）及〈小重山〉「疏簾鋪淡月，好黃昏」（頁 31）寫詞人的別離相思之苦、獨守空閨的寂寞；〈浣溪沙〉「黃昏疏雨溼秋千」（頁 18）寫出傷春惜時；〈聲聲慢〉「梧桐更兼細雨，到黃昏、點點滴滴」（頁 64）則是由傍晚的昏黃景象兼著細雨點點，哀淒婉轉地寫著喪夫痛苦。都是透過黃昏暮色，染著情感的寂寞而鑄成詞章。

3. 夜　晚

夜晚則是清照最有感觸的時刻。夜有月，「人有悲歡離合，月有陰晴圓缺」（蘇軾〈水調歌頭〉），看著月亮，詞人心中便有無限感慨：如〈蝶戀花〉「花光月影宜相照」（頁 60）寫著對故國家鄉的思念；〈滿庭芳〉「良宵淡月」（頁 44）寫出獨守空閨的寂寞；〈一翦梅〉「月滿西樓」（頁 23）及〈訴衷情〉「人悄悄，月依依」（頁 40）透過月的圓滿寫別離的相思；〈攤破浣溪沙〉「臥看殘月上窗紗」（頁 72）顯出無心賞月，只有「臥看」。

純寫夜的有〈鷓鴣天〉「梧桐應恨夜來霜」透過詠菊自抒懷抱（頁 30）；〈如夢令〉「興盡晚回舟」（頁 7）則是歡快情懷的描述，心情愉悅，即使是夜晚也一樣輕快；〈如夢令〉「昨夜雨疏風驟」（頁 8）則透過「昨夜」的鋪陳，寫出傷春惜時的前奏。

（二）氣　候

清照在詞中常出現風雨的意象，使得嬌弱的花朵在風雨中更顯得可憐動人。

1. 風

單純寫風的有：〈菩薩蠻〉「風柔日薄春猶早」（頁 13）、〈怨王孫〉

「湖上風來波浩渺」（頁 32）這兩闋清柔的風也代表著愉快的心情。〈清平樂〉「看取晚來風勢」（頁 47）及〈玉樓春〉「未必明朝風不起」（頁 45）則用花自比，風代表著外在的風暴。〈武陵春〉「風住塵香」（頁 61）、〈好事近〉「風定落花深，」（頁 39）兩闋詞裡「風住」、「風定」不代表沒有風暴，而是內心已如止水，沒有波瀾，正是喪夫後無心賞花的心情。

2. 雨

單純寫雨的有〈浣溪沙〉「黃昏疏雨溼秋千」（頁 18）的傷春惜時。雨比起風的輕柔多變，顯得更為強烈，但詞人選用了「疏雨」顯現他對春光的憐惜。〈攤破浣溪沙〉「門前風景雨來佳」（頁 72）更顯出晚年寧可賞雨，更能呼應心情。

3. 風雨連用

風雨在易安詞中甚多連用，也象徵了不同的心境。如使用最多的是書寫寂寞之感：〈念奴嬌〉「又斜風細雨」（頁 49）、〈浣溪沙〉「細風吹雨弄輕陰」（頁 15）、〈滿庭芳〉「難堪雨藉，不耐風柔」（頁 43）。大多有輕柔、細雨的意象，如同綿綿相思愁緒。

而寫喪夫之痛的：〈聲聲慢〉「晚來風急」、「梧桐更兼細雨」（頁 64）、〈轉調滿庭芳〉「風狂雨驟」（頁 3），都是風雨強勁，如同喪夫對他的衝擊也是如此之大。〈孤雁兒〉則用「小風疏雨」（頁 42）回憶過往的情意。〈多麗〉運用了「無情風雨」、「微風」、「暗雨」（頁 11）的不同寫法，極力盛讚菊花耐風寒，人亦如花如此高潔，不被世俗影響。〈如夢令〉「昨夜雨疏風驟」（頁 8），使得海棠「綠肥紅瘦」，藉以傷春惜時，這些都是風雨連用的意象。

二、花狀花香

（一）花　狀

清照在花的描寫中，常描寫到花的狀態，也都蘊含了不同的情

感，以下分述之：

1. 含 苞

含苞的描寫出現在〈減字木蘭花〉「買得一枝春欲放」（頁71），看得出也是詞人自比如含苞的嬌嫩。「春欲放」三字，表達春光正好，也顯現出她對花兒的由衷喜愛。看似與春花比美，實則想使丈夫對自己喜愛，呈現出新婚的歡樂和甜蜜。

2. 乍 開

李清照現存的詞作中，詠梅之作即佔了詠物詞的一大半，梅花是寄託感情最好的物象，更是她本人的化身，不便明說者，便以詠梅表現之。花朵乍開，正是象徵人青春年少，像〈漁家傲〉的「香臉半開嬌旖旎」（頁46），兼指著梅的初初綻放，也象徵女子自己高雅悠閒的志趣，寫梅也寫人，賞梅也自賞。而在〈小重山〉裡，則是以「江梅些子破，未開勻」（頁31）來象徵早春，春光正好，思念丈夫，期待他早日歸來共度今春的迫切心情，含蓄醞藉，寄託心願。

3. 盛 開

在清照的詞作中，寫到盛開的花極少，其中就是〈慶清朝慢〉詠芍藥堪為代表：

> 禁幄低張，彤闌巧護，就中獨占殘春。容華淡佇，綽約俱見天真。待得群花過後，一番風露曉妝新。妖嬈豔態，妒風笑月，長殢東君。　　東城邊，南陌上，正日烘池館，競走香輪。綺筵散日，誰人可繼芳塵。更好明光宮殿，幾枝先近日邊勻。金尊倒，拚了盡燭，不管黃昏。（頁75）

從詞作中可知它開放在春末夏初，「待得群花過後」，形容花「容華淡佇，綽約俱見天真」、「一番風露曉妝新。妖嬈豔態，妒風笑月，長殢東君」，可見極力描寫花的姿態樣貌，並且乘著極高的雅興：「東城邊，南陌上，正日烘池館，競走香輪」，白天賞花，夜晚設宴款待：「金尊倒，拚了盡燭」，可見此時心情的美好，與丈夫偕行四處遊覽，寫花

也不若此後所寫寄託了深刻的悲哀和傷痛，因此詞人的情感與所見景物正能相互呼應。

4. 將　謝

在易安詞中，含苞、乍開、盛開的花都不若花將謝的比例。原因也在於清照一生，歡快的時刻少，而痛苦別離的時刻多，如〈怨王孫〉「紅稀香少」（頁 32）、〈一翦梅〉「紅藕香殘」「花自飄零水自流」（頁 23）、〈訴衷情〉「更挼殘蕊，更撚餘香」（頁 40）、〈如夢令〉「綠肥紅瘦」（頁 8）、〈浣溪沙〉「梨花欲謝恐難禁」（頁 15），都是在寄託哀怨悲哀的感情。但與凋落不同的是，「稀」、「殘」、「欲謝」、「瘦」，花朵未全部凋落，也象徵著詞人心中仍有一絲希望，此類往往寫別離相思、獨守寂寞或是單純的傷春惜時，並未對人生失望，甚至是透過落花進行對逝去時光的呼喚。

5. 凋　落

花的命運走到了凋落，也就是盡頭了，而詞人看到走到生命盡頭的花兒，心中對於時局、命運的無奈感嘆，更是如同落花一般。「哀莫大於心死」，心已死，看到的花兒也是「開過」、「落盡」、「落花堆積」、「花已盡」。如〈浣溪沙〉「江梅已過」（頁 18）、〈聲聲慢〉「滿地黃花堆積」（頁 64）、〈轉調滿庭芳〉「酴醾落盡」（頁 3）、〈武陵春〉「花已盡」（頁 61），處處都是喪夫之痛，斑斑血淚，彷彿就滴落在滿地落花或是花已凋盡的殘枝之上，此時詞人已無心賞花，所有當年自抒懷抱、歡快情懷、別離相思的花朵，看來都是同一個樣子了，再也無法透過花朵的綻放重拾往昔的歡樂了。

（二）花　香

詞人寫到花香都沒有寫到濃郁的香氣，描寫到香氣的清芬淡雅，多是自抒懷抱。如：〈玉樓春〉「不知醞藉幾多香」（頁 45）、〈鷓鴣天〉「情疏跡遠只香留」（頁 47）、〈多麗〉「清芬醞藉」（頁 11）、〈漁家傲〉「香臉半開嬌旖旎」（頁 46），這些都在形容花的淡香，如同人品的

芬芳久遠，品格高潔，詞人以花自比，更以花香自比，不是強勢積極的，而是靜待人細細發覺。

另一種則是寫別離相思：〈滿庭芳〉「莫恨香消雪減」（頁 43）、〈訴衷情〉「更撚餘香」（頁 40）、〈菩薩蠻〉「香消酒未消」（頁 13）、〈醉花陰〉「有暗香盈袖」（頁 34），藉著花香未減，寫出相思未滅，嗅到花香，彷彿記憶被叫喚出來，獨守的寂寞便更加折磨人。

第三種則是已經心冷，此時看到的花也是凋落之景，如〈武陵春〉「風住塵香花已盡」（頁 61）、〈怨王孫〉「紅稀香少」（頁 32）、〈一翦梅〉「紅藕香殘」（頁 23），這裡的「香」既是「花」的代稱，也是詞人對於逝去歲月聞不到芬芳的感嘆。逝者已矣，過往的一切都不再重回，花的形已凋，香已謝，心中的淒清更加傷感。

三、敷色摹寫

花朵給人的視覺衝擊一大部分來自於花的色彩，詞人對於花朵的選用以及對花色的描寫，也是有意而爲的選擇。

（一）黃　色

在三十一闋易安詞中的花意象，共有九闋提到顏色，由此也可看出清照在描寫花時，著重在花意象所表達的內在情意，或是自比，並不刻意在描寫花的外在色彩。其中顏色比例最高的爲黃色系：〈鷓鴣天〉裡描寫菊「莫負東籬菊蕊黃」（頁 47），〈攤破浣溪沙〉描寫桂花的「揉破黃金萬點輕」（頁 72）以及〈鷓鴣天〉「暗淡輕黃體性柔」（頁 47）。易安詞對於菊花和桂花的喜好，也特別顯著的。菊花讓他聯想到屈原、淵明，桂花的「暗淡輕黃」又讓詞人認爲是「花中第一流」。可見黃色雖不如紅色豔麗富貴，卻是代表著清照的自比，明亮高潔，卻不落俗豔，詞中才有「何須淺碧深紅色」（〈鷓鴣天〉）（頁 47）一語。也因著詞人喜以黃花自比，因此在寄寓相思時，也出現了〈醉花陰〉裡「人比黃花瘦」（頁 34），來表達詞中心中感情。

（二）紅　色

其次是紅色。在色彩裡，紅色是讓人聯想到的是牡丹的富麗，但清照選用紅色時，是描寫梅花：〈玉樓春〉中的「紅酥肯放瓊苞碎」（頁 45）、以及蓮花：〈怨王孫〉中的「紅稀香少」（頁 32），〈一翦梅〉「紅藕香殘玉簟秋」（頁 23）、海棠：〈好事近〉中的「簾外擁紅堆雪」（頁 39）、〈如夢令〉「綠肥紅瘦」（頁 8）、〈減字木蘭花〉「猶帶彤霞」（頁 71），而且寫的多是凋零之際，沒有圓滿的富貴感受，卻是美好的春光消逝，或是秋意甚濃，紅色對詞人來說，只是反襯著內心對於時勢衰敗、家庭破碎的淒涼，圓滿富貴的紅不見了：「碎」、「稀」、「殘」、「堆」，都不是在枝頭等著人來攀摘，或是放在瓶中供人賞玩，更顯得詞人內心傷感孤寂。

（三）白　色

最後是白色。出現在〈多麗〉（頁 11）的詠白菊裡，其中也沒有直接寫出「白」，白菊是高潔的象徵，並且連結著屈原和陶淵明的高風亮節。其中並引了許多典故，來說明白菊如何的清新可愛，在易安詞中大量使用花意象的詞作中，少數以全詞寫花者，更是顯得格外突出。

總結來看，清照寫花，不強調外在的美麗色彩，而是著眼於花朵的精神含意，因此清照更著眼在花的清香淡雅上，而花開放的狀態則反映了詞人的心理狀態，在經歷了國破家亡的清照眼裡，看到的多是將謝或凋落的花貌，心中的憂傷更難以承受。

四、描摹角度

以下由視覺角度及創作角度兩方面來看：

（一）視覺角度

賞花觀花，詞人的視覺角度可以反映出詞人的心情，以及與觀察之物的關係。古代文人常以花比女子，或以女子比花，清照在創作時也不知不覺受到這樣比附關係的影響，用平視的角度來看待花朵，另

一方面，詞人常以花自比，自然與花融爲一體，因此常是以平視的角度來看待正在開放中的花。如：〈菩薩蠻〉「春意看花難」（頁 14）、〈多麗〉「細看取、屈平陶令，風韻正相宜。」（頁 11）、〈浣溪沙〉「月移花影約重來」（頁 91）。

但前面也整理過，易安寫花，最多的不是在含苞、初開、盛開，易安詞中的花意象多採用了將謝或已凋零的花狀，因此對於花的憐惜，詞人也用一種俯瞰的角度來疼惜感嘆，例如〈聲聲慢〉「滿地黃花堆積」（頁 64）、〈怨王孫〉「蓮子已成荷葉老」（頁 32）、〈一翦梅〉「紅藕香殘」（頁 23）、〈好事近〉「風定落花深」（頁 39）這些都是以俯視的角度來看花的。

另外，值得留意的是，除了視覺的角度外，詞人對於詞中花意象的運用也有遠近運鏡的效果。如〈念奴嬌〉的上片：「蕭條庭院，又斜風細雨，重門須閉。寵柳嬌花寒食近，種種惱人天氣。險韻詩成，扶頭酒醒，別是閒滋味。征鴻過盡，萬千心事難寄。」（頁 49），就是從大的自然環境慢慢集中焦點到花上，再由花過渡到人事，花成爲承上啓下的關鍵。再看〈武陵春〉上片：「風住塵香花已盡，日晚倦梳頭。物是人非事事休。欲語淚先流。」（頁 61），這則是一開始就由花著筆，點出自然的環境、時序、季節，然後再引出詞人要表達的情緒。再看〈聲聲慢〉（頁 64），上片直寫胸臆，把心中的愁苦表露無遺，下片則由「滿地黃花堆積」過片到下片的情緒中，讓自然界的花來烘托映襯，使得內心的憂傷能凝煉成詞中的最高潮。詞人所採用的花意象並非隨手拈來，而是有細膩的經營，所以能在語詞上引起共鳴，能在情感上表露自我。

（二）創作角度

處於男性爲中心的文化重重包圍和女性喑啞無聲無息之境中，李清照可謂橫空出世，前無古人、後無來者。不畏世俗敢於自主再嫁又堅決離婚的女子，是李清照；笑傲鬚眉大加貶斥晏殊等大家提出自己的作詞觀的女子，是李清照。歷史文化的不斷沉澱、她自身經歷的特

殊和變遷，使她纖細、桀傲的心靈抹上了濃重的感傷色彩，立下了與
鬚眉一競風流的孤獨追求。感傷越深，追求越甚，她越移情於花，她
對生命中的自然之花體驗本就極深，對生命中的社會之花——女子的
命運體驗更深了。膾炙千古的「知否？知否？應是綠肥紅瘦」、「簾捲
西風，人似黃花瘦」、「花自飄零水自流，一種相思，兩處閒愁」、「尋
尋覓覓，冷冷清清，淒淒慘慘戚戚」等由李清照拾得並非偶然，當是
她和她同命運的女子的寫照和絕唱，唱出了眞正的女性的歌。李清照
是中國古代文壇上的一個奇蹟，一朵奇葩。隨花以婉轉、與心而徘徊
的她，將自己花一般的生命整體投入創作。

　　男性文人筆下千姿百態性格鮮明的婦女形象，且這些形象往往以
花喻之，美麗非凡，但這些「花」畢竟是男性文人筆下的花。他們寫
花，有時不便直言還假借女性口吻寫出。他們很少眞正關注體會女子
的處境，即使當他們落魄失意時產生了與女子的角色認同，也只是退
而求一絲安慰和理解。不同於男性文人，李清照投入生命進行創作，
在她眼中，花可以是女子的代表，也就是自己的代表，所以花是可以
嬌柔美好，也可以昂然挺立，就如同女子，在傳統的壓抑下，也許沒
有自己的一席之地，也許不能參與科舉參與政治，但仍可以保有女子
心中對理想人格的追求。花在女子的眼裡，也可以成爲一個發聲的工
具，陳述女子如何的思國懷鄉，如何對現實政治有所不滿。

　　清照寫花，也不是男子要假託女子發聲來掩飾自己的情感，她直
率地對於美好的春光欣賞喜愛，也憐惜春光的易逝，如同女子害怕衰
老。她藉著花朵的凋零開放，看到時光的流逝，也感傷於長久的離別
與相思，或是丈夫走後天上人間不得相見的感傷，所以清照藉花寄託
了幽苦，這樣的感傷也是直接的，所以就眼前之景，寫心中之情。因
爲去除了一般男性文人書寫時自擬女子這一層隔膜，清照的文字是直
接打進人心的，因爲那是用整個生命去感知、去凝煉出的謳歌，也因
此清照能在男性文人的包圍下，以她婉約有致的文字，爲自己爭得了
詞壇上的一席之地。

五、多用新語

蔣紹愚在〈語言的藝術、藝術的語言〉一文曾經提到：「詩歌是
語言的藝術，要研究中國古典詩詞的藝術性，離不開語言的研究。」
〔註1〕在中國文學創作的歷程中，「語言的創新」一直是一個相當重要
的課題，自陸機〈文賦〉提出「謝朝華於已披，啓夕秀於未振」〔註2〕
的觀點以來，繼之者如杜甫所言：「語不驚人死不休」，又如，韓愈提
倡「惟陳言之務去」，都是呼應陸機對文詞創新的要求。

從清照早年寫夫妻離別後生活的〈念奴嬌〉來看她如何用新語：

> 蕭條庭院，又斜風細雨、重門須閉。寵柳嬌花寒食近，種
> 種惱人天氣。險韻詩成，扶頭酒醒，別是閒滋味。征鴻過
> 盡、萬千心事難寄。　　樓上幾日春寒，簾垂四面，玉闌
> 干慵倚。被冷香消新夢覺，不許愁人不起。清露晨流，新
> 桐初引，多少游春意。日高煙斂，更看今日晴未。（頁49）

全詞著力於描述愁情。詞人以陰雨連綿的天氣，蕭條寂寞的深深庭院，
來襯托自己內心的落寞。其中「寵柳嬌花」用語新穎，清代周濟有云：
「前輩嘗謂易安『綠肥紅瘦』爲佳句，余亦謂此篇『寵柳嬌花』之語，
亦甚奇俊。前此未有道之者。」〔註3〕讓人更感到風雨的惱人。下片中
「清露晨流，新桐初引」則用了《世說新語》的句子。結尾的「多少
游春意」、「更看今日晴未」，借天氣由惱人的陰雨轉爲晴朗，來將自己
的愁緒做一開拓。一首詞中有令人驚豔的妙語，也有化用前人詞句卻
不落雕琢痕跡者，以清新之語，記述生活片段，清照詞作中的語言藝
術能恰如其份地表現作者心情，又能照應眼前之景，實爲高明。

再來看〈醉花陰〉（薄霧濃雲愁永晝）（頁34）中的「人比黃花瘦」，
寫屋裡的女主人比那快凋謝的菊花還要消瘦。「瘦」一般用來形容人，

〔註1〕 引自《語文、情性、義理—中國文學的多層面探討國際學術會議論
　　　　文集》（台北：台灣大學中文系，1996年），頁45。
〔註2〕 陸機：《陸士衡文集》（北京：中華書局，1985年），頁1。
〔註3〕 〔清〕黃蘇：《蓼園詞評》，《詞話叢編》（台北：新文豐出版公司，
　　　　1988年），冊4，頁3075。

但也有花枯萎的意思。作者把自己比作黃花，把黃花比作人，黃花瘦，自己更瘦。作者玉容日漸憔悴，因思愁而消魂，因消魂而人瘦。一個「瘦」字畫龍點睛，和首句的「愁」字遙相呼應，描寫出這種「愁」的結果是「人比黃花瘦」，和柳永的「衣帶漸寬終不悔，爲伊消得人憔悴」有異曲同工之妙。而且這個「瘦」字更把這種愁緒在文末推向了極致。使一個身體消瘦、滿面愁容的女詞人形象活脫脫地浮現出來。

這首詞起筆於「愁」，落筆於「瘦」，又用黃色菊花清冷消瘦的特徵來擬人，塑造了「人比黃花瘦」這奇絕獨到的藝術畫面。以人比花，以花擬人，人與花爭瘦。一邊有瘦削的形體，一邊有細瘦的花莖。一邊是高潔的情懷，一邊是清雅的菊花，達到人和物相融的意境，把一位多愁善感、弱不禁風，心事重重的閨中少婦描繪得淋漓盡致。

〈聲聲慢〉中以「尋尋覓覓，冷冷清清，悽悽慘慘戚戚」開頭，連用七對疊字，富有音樂美感，尤其是結尾使用六個字，打破了前面四個字的模式，使前面的跌宕起伏有了結束感。這十四個字無一「愁」字，卻寫得字字含愁，聲聲是愁。強烈地表達了作者經歷國破家亡夫喪後的淒慘心境。「尋尋覓覓」表示詞人內心百無聊賴，若有所失，東尋西找，是尋找失墜的記憶，還是追念往事來寄託空虛寂寞？於是，先感於外，描寫感官「冷冷清清」。在經受那麼多的打擊之後，在作者眼裡，所有的事物都暗淡無情，冷漠無比。後感於內，描寫作者的心情「悽悽慘慘戚戚」說明詞人陷入愁境，不得解脫，被孤獨寡歡的氣氛所包圍。詞人從一開始就在刻畫清冷之中創造出一種淒涼、悲戚的意境，使全詞籠罩在淒慘愁苦的氛圍中。

〈醉花陰〉和〈聲聲慢〉雖然是兩首寫於不同時期的詞作，但都能以通俗自然的語言，鋪敍的手法抒情寫景，眞實地反映了詞人的情感和生活歷程。表現了前期和後期生活賦予詞人兩種不同的「愁」。〈醉花陰〉表現了一個思婦對遠方丈夫銷魂的相思之情。所表現的「愁」，是「閒愁」。〈聲聲慢〉是李清照後期家破夫亡受盡折磨顛沛流離生活的縮影，是一首沉重的國破家亡的哀歌，所以也有「豪放」之風，表

現出的「愁」更加大器，不僅僅侷限於一個人的「閒愁」。兩首詞，同樣是寫愁，但表現「愁」的方式不同，詮釋「愁」的內涵各異，塑造的形象也有別。這是詞人情感、生活歷程的真實記錄。

另外看〈如夢令〉中的「綠肥紅瘦」句（頁 8），這個句子充分表現了易安工於造語，以綠代葉，以紅代花，都是過去詩詞所常見，但將「紅」與「瘦」結合在一起，表現出海棠由繁麗到憔悴零落，花稀葉茂，更令人覺得愁緒難以承受。清照鍊字的精巧，在於用明白如話的文字，適切地傳達了景物及情感，達到情景交融的境地，詞語雖新，卻不讓人有突兀之感，反而在自然流暢的語言中，讓讀者在詞中很快達到共鳴，用簡單的語言、新穎的組合，讓主人翁在詞作中生動起來，這是清照鍛字煉句之功力。

第二節　辛棄疾詞花意象表現手法

一、表現背景

棄疾詞作數量很多，分別從時序、氣候來看其花意象所表現的背景。

（一）時　序

1. 早　晨

稼軒在描述花意象時，不常使用到白天的背景，其中有詠牡丹時的〈念奴嬌·賦白牡丹和范廓之韻〉「天香染露，曉來衣潤誰整」（頁182），及詠桂花的〈清平樂〉「東園向曉」（頁 266）。兩者相同之處都是在破曉時分的描寫，似乎也暗示了詞人夜裡並不好眠，才感知到外在的景物。

2. 黃　昏

黃昏，通常是一般文人喜愛用來表達愁情的背景，但稼軒在使用花意象時，很少使用到光線昏黃、愁情別緒甚濃的黃昏時分。只有在

〈臨江仙‧探梅〉中提到「歸路月黃昏」（頁 226）以及〈醜奴兒〉中的「年年索盡梅花笑，疏影黃昏」（頁 532）、〈摸魚兒〉「斜陽正在，煙柳斷腸處」（頁 66）。可見詞人在描寫花意象時，並不刻意著重在時序的背景，和一般文人大量以黃昏來比喻生命的衰落、或黃昏時分看到家家戶戶團聚而獨自一人旅居在外，引起濃重鄉愁的描寫不太相同，稼軒詞中的黃昏意象，充滿了憂患意識和孤獨寂寞之感。

3. 夜　晚

夜晚，並非提供給賞花者一個可以細細觀賞、仔細把玩的場景，但稼軒卻在描寫各種花卉時，都安排了許多夜晚的背景。

在描寫牡丹花時，辛棄疾有許多安排在夜晚的場景：如〈最高樓‧楊民瞻席上用前韻賦牡丹〉「風斜畫燭天香夜」（頁 202）；〈念奴嬌‧賦白牡丹和范廓之韻〉「醉中休問，夜深花睡香冷」（頁 182）；〈鷓鴣天‧賦牡丹，主人以謗花索賦解嘲〉「夜來風雨有情無。愁紅慘綠今宵看」（頁 508）；〈鷓鴣天‧再賦牡丹〉「又見疏枝月下梅」（頁 509）；〈鷓鴣天‧祝良顯家牡丹一本百朵〉「天香夜染衣猶溼，國色朝酣酒未蘇」（頁 507）

稼軒在詞中提到桂花時，幾乎都是在夜裡。稼軒將「桂」和「月」連結起來，如〈聲聲慢‧賦紅木犀。余兒時嘗入京師禁中凝碧池，因書當時所見〉「月殿桂影重重」（頁 24）；〈東坡引〉「夜深拜月，瑣窗西畔。但桂影、空階滿」（頁 281）；〈滿江紅‧中秋〉「美景良辰，算只是、可人風月……桂花堪折」（頁 15）；〈綠頭鴨‧七夕〉「占秋初、桂花散采，向夜久、銀漢無聲。」（頁 575）；〈西江月‧賦丹桂〉「終慣秋蟾影下」（頁 204）；〈清平樂‧謝叔良惠木犀〉「明月團圓高樹影」（頁 295）；〈清平樂‧賦木犀詞〉「月明秋曉」（頁 265）；〈西江月‧木犀〉「長為西風作主，更居明月光中。十分秋意與玲瓏，拚卻今宵無夢」（頁 444）。稼軒擅長用典，喜愛把月和桂結合起來也是採用了神話裡的傳說，也因此將桂花的背景設定在夜裡，能夠在夜裡賞月、賞桂。在神話傳說中吳剛學仙有過，遭天帝懲罰到月宮砍伐桂樹，其樹隨砍隨合，所以

必須不斷砍伐。稼軒每抬頭看月亮，想起自己，也如同吳剛伐桂一般，反覆在抱著一個報國的期望，因此時常將月與桂加以聯想。

在描寫梅花時稼軒也使用了夜晚的背景，如：〈滿江紅‧病中俞山甫教授訪別，病起寄之〉「對梅花、一夜苦相思」（頁190）、〈西河‧送錢仲耕自江西漕赴婺州〉「月明千里。從今日日倚高樓」（頁88）。以上這兩首詞都在寫懷念友人，輾轉難眠的感受，另一首同樣有梅花出現的〈賀新郎〉「長夜笛，莫吹裂」（頁236），則是在寫對山河破碎的政治失望。詠菊花時，除了強調秋季、春風外，也有強調在夜裡的，如〈蝶戀花‧送人行〉「今夜倩簪黃菊了」（頁178）、〈水調歌頭‧醉吟〉「良夜更教秉燭，高會惜分陰。白髮短如許，黃菊倩誰簪」（頁441）。

總之，以時序來看，不論是表達了報國的決心、個人的理想或是別離的相思，稼軒都偏好於在夜晚吟詠各種花的意象。

（二）氣　候

1. 風

在稼軒詞作中，有許多點出「風」的詞作。有些單純的是爲了點明季節，如：〈鷓鴣天‧祝良顯家牡丹一本百朵〉「春風費盡幾工夫」（頁507）、〈杏花天〉「醞釀付與薰風管」（頁367）、〈鷓鴣天‧再賦牡丹〉「而今紈扇薰風裡」（頁509）、〈好事近‧元夕立春〉「平地東風吹卻」（頁302）。習於用典的稼軒，也藉「風」與來比喻吟詠花卉，如：〈念奴嬌‧用前韻和丹桂〉「道人元是，道家風、來作煙霞中物」（頁273）稱丹桂、木樨爲「仙人」「桂堂仙」，因知此處的「道人」、「道家」實際是指「仙人」「仙家」，「道人元是，道家風」，以人擬花，言丹桂神清氣朗，高雅不俗，有仙家風神韻味。「來作煙霞中物」，言其植根仙宮，降臨塵世，作煙霞侶，來歷很不平凡。

另外在一些詞中，「風」的展現也呈現孤冷淒清的背景營造，如：〈念奴嬌‧賦白牡丹和范廓之韻〉「無限春風恨」（頁182）、〈朝中措‧九日小集，時楊世長將赴南宮〉「年年團扇怨秋風」（頁294）、〈沁園

春‧送趙江陵東歸，再用前韻〉「被東風吹墮」（頁 93）、〈虞美人〉「卻道小梅搖落、不禁風」（頁 157）、〈鷓鴣天‧用前韻賦梅。三山梅開時，由有青葉甚盛，予時病齒〉「橫笛難堪一再風」（頁 327）、〈念奴嬌‧賦雨巖〉「獨倚西風寥廓」、「露冷風高」（頁 174），「風」在這裡都隱含著「恨」、「怨」、「不禁」、「難堪」、「獨」，這樣的情感，透過風的傳遞，更能吹進讀者的心裡。

　　「風」的吹拂，也把花的香味吹進詞人和讀者的心裡，如：〈最高樓‧楊民瞻席上用前韻賦牡丹〉「風斜畫燭天香夜」（頁 202）、〈西江月‧木犀〉「蕊宮仙子乘風」（頁 444）、〈聲聲慢‧賦紅木犀。余兒時嘗入京師禁中凝碧池，因書當時所見〉「被西風醞釀，徹骨香濃」（頁 24）、〈踏莎行‧賦木犀〉「一秋風露清涼足」（頁 264）、〈清平樂〉「陣陣西風好」（頁 266）

　　總之，「風」的意象在稼軒詞與花意象的結合頻繁，也讓花的氣味芬芳能隨風吹拂，或者讓花接受了風的吹拂更加搖曳生姿。

2. 雨

　　比起風意象，雨的意象給人的感受更為淒冷，而且對於花朵的香氣不具傳遞的功能，而且對花朵的摧殘更加猛烈，所以雨意象和花意象的結合使用，比起風意象較少。在稼軒詠花詞中單寫雨者，也是多寫疏淡的微雨，提供花意象一個朦朧的背景，例如在〈臨江仙〉其序云：「昨日得家報，牡丹漸開。連日少雨多晴，常年未有。僕留龍安蕭寺，諸君亦不果來，豈牡丹留不住為可恨耶。因取來韻，為牡丹下一轉語。」其詞云；「祇恐牡丹留不住，與春約束分明。未開微雨半開晴，要花開定準，又更與花盟。」（頁 398）詞中寫雨，是直接寫出氣候，代表一種等待花開的急切。另外，在〈臨江仙〉中「手撚黃花無意緒，等閒行盡回廊。捲簾芳桂散餘香。枯荷難睡鴨，疏雨暗池塘」（頁 392），寫出作者的閒愁。

　　而用雨來表示相思的愁緒，是〈定風波‧再用韻和趙晉臣敷文〉中「梅雨。石榴花又是離魂。」（頁 494），以及〈滿江紅‧病中俞山

甫教授訪別，病起寄之〉「更夜雨、匆匆別去，一杯南北……對梅花、一夜苦相思，無消息。」（頁190），可見雨的形象在稼軒筆下，似乎也帶著一股淡淡的哀愁。

3. 風雨連用

稼軒花意象時常出現風雨連用的情形，和他的花意象多表現自己的理想、抱負、及自比有關，既是以花自比，外在的風雨讓花朵在其中受到摧殘，就如同是當權的奸佞小人使自己落入罷官閒居的境地。而用花意象寄託抗金復國理想的詞中，外在的風雨也彷彿是國勢在風雨飄搖中，危危顫顫。例如詠牡丹的這些詞作：〈菩薩蠻・雪樓賞牡丹席上用楊民瞻韻〉中「和雨淚闌干。……東風休放去。」（頁203），寫牡丹遭受風雨的情境。在〈鷓鴣天・賦牡丹，主人以謗花索賦解嘲〉中「夜來風雨有情無」（頁508），憐惜愛花之心在詞中展現，在〈柳梢青・賦牡丹〉中寫「年年攬斷，雨恨風愁」（頁260），直接用「恨」、「愁」來寫出對風雨的感受。〈江神子・和人韻〉「風雨暗殘紅」（頁166）、〈浣溪沙・漫興作〉「風吹雨打已無梅」（頁300），風雨更是直接摧殘花朵，讓嬌柔的花朵，在風吹雨打中更顯得楚楚可憐，詞人的心境、生命也如同花朵，被這些無情的外在橫逆打擊。

還有〈臨江仙・簪花屢墮戲作〉「不管昨宵風雨橫」（頁520）、〈滿庭芳・和洪丞相景伯韻呈景盧舍人〉「風雨曉來稀」（頁84），都是讓牡丹在風雨的背景當中更現嬌柔的形象。另外，在〈定風波・賦杜鵑花〉「風雨，空山招得海棠魂」（頁494）也將吟詠杜鵑的背景營造得淒涼感人。

另外用花卉和風雨結合表現節序的〈最高樓・醉中有索四時歌者，爲賦〉「藕花雨溼前湖夜，桂枝風澹小山時」（頁201），把夏秋之際的風雨描寫得更爲動人，如同習用的「沾衣欲溼杏花雨，吹面不寒楊柳風」（釋志南〈絕句〉）一般。

還有以風雨連用來表達別離情緒者，如：〈菩薩蠻・送祐之弟歸浮梁〉中「風雨斷腸時。小山生桂枝」（頁210）、〈滿江紅・送鄭舜

舉郎中赴召〉「風雨暗，旌旗溼。看野梅官柳，東風消息」（頁195），
風雨飄搖之時，更顯得心中愁腸百結，別離的愁緒也更加難以承受。

　　總之，在氣候的背景上，稼軒擅長以風雨連用來比喻人生的橫
逆，或以風雨來營造愁緒的背景，不管是在別離相思，或是惜春惜時，
稼軒都用風雨的意象，為詞作中的花意象鋪設了一個適切的舞台，讓
花朵在這樣的背景下呈現更生動的美感。

二、花狀花香

　　稼軒詞中的花意象書寫，就花狀及花香兩方面來看：

（一）花　狀

1. 開　放

　　稼軒詞中，並不太細部地去描摹花朵的樣態，因此花朵的生長情
形並不在詞作的範圍中，寫到開放的也只有少數幾首，如：〈水調歌
頭〉中「曉庭梅蕊初綻」（頁258），寫到梅花剛剛綻放。另在〈添字
浣溪沙・答傅巖叟酬春之約〉寫到「咫尺東家還又有，海棠開」（頁
374）、〈鷓鴣天・再賦牡丹〉「去歲君家把酒杯，雪中曾見牡丹開」（頁
509）、〈好事近・西湖〉「相次藕花開也」（頁 18），後幾首也不強調
在花開放的狀態上，而是單純地敘事，提到「花開」這件事。

2. 凋　零

　　雖然盛開或初放的花朵摹寫，在稼軒詞中少之又少，但是稼軒詞
中卻常常強調花的凋零，常常著眼在眼前殘花上，例如：〈朝中措・
九日小集，時楊世長將赴南宮〉形容桂花「花殘人似，人老花同」（頁
294）、〈江神子・和人韻〉「風雨暗殘紅」（頁166）用來形容梨花、〈江
神子・送元濟之歸豫章〉「野梅殘」（頁363）、〈江神子・和陳仁和韻〉
「腸斷新來，翠被粉香殘。待得來時春盡也」（頁 221）這是形容梅
花。而在〈臨江仙・醉宿崇福寺，寄祐之弟，祐之以僕醉先歸〉「試
尋殘菊處，中路侯淵明」（頁 208）、〈念奴嬌・用東坡赤壁韻〉「休歡

黃菊凋零」（頁 272）是用來形容菊花。〈念奴嬌‧書東流村壁〉「野棠花落」（頁 52），是藉海棠花寫念舊懷人的。

而且這些詞中的花意象，多是在寫作者自己，不論是自比、自己的懷抱或是自己的感嘆，經歷了國家偏安，報國無門的稼軒，能映入眼簾的，不是盛開嬌豔的花朵，而是殘破凋零的樣貌，另一方面，在他眼中，這也是國家前途的象徵，或是國勢衰亡的代表。

3. 稀　疏

所謂「數大之美」，花朵若群聚的壯美，也是美感豐富，點綴整個春天，但懷憂志高的稼軒，眼前所見卻是獨立於天地之間，稀稀疏疏，獨立存在的花意象，例如獨在寒冬綻放的梅花：〈賀新郎〉「被疏梅、料理成風月」（頁 236）、〈念奴嬌‧賦傅巖叟香月堂兩梅〉「疎影橫斜，暗香浮動」（頁 449）、〈鷓鴣天‧用前韻賦梅。三山梅開時猶有青葉甚盛，余時病齒〉「卻放疏花翠葉中」（頁 327）、〈鷓鴣天‧黃沙道中即事〉「要擎殘雪鬪疏梅」（頁 301）、〈鷓鴣天‧再賦牡丹〉「又見疏枝月下梅」（頁 509）、〈醜奴兒〉「年年索盡梅花笑，疏影黃昏」（頁 532）、〈念奴嬌‧贈夏成玉〉「雪裡疏梅」（頁 570）、〈江神子‧博山道中書王氏壁〉「雪後疏梅」（頁 168），梅花獨自在寒冬開放，已然淒涼難耐，更在白茫茫的天地中，寂寞孤獨地矗立，這不就是作者的心志？在國勢已如寒冬一般衰亡之時，只有他一人仍在懷抱著復國的雄心壯志，小人的讒佞如同刺骨的寒風，侵襲著他的意志，而且放眼望去，有志之士竟也寥寥可數，只有他一人的意志如疏梅孤獨地和整個寒冬、整個天地對抗著，這是何等淒冷的感受，愛國如稼軒，又如何能直述胸懷？只得借托雪中疏梅替他發聲。

（二）花　香

辛棄疾在描寫花的時候，多強調它的韻致，對於花香的描寫，首先有淡香：如在〈虞美人〉中以「淡中有味清中貴」（頁 271）來寫荼蘼、〈西江月‧木樨〉中以「清香一袖意無窮」（頁 444）中來寫桂

花；象徵詞人喜愛著淡雅香氣的花朵，讓人欣賞之後，餘味無窮，也象徵人清香雋永的品格特質。但更多的是濃郁的香氣摹寫，如：〈聲聲慢‧嘲紅木樨。余兒時嘗入京師禁中凝碧池，因書當時所見〉中「十里芬芳、徹骨香濃」（頁 24）；在〈西江月‧賦丹桂〉中「十里芬芳未足」（頁 24）；在〈清平樂‧憶吳江賞木樨〉中「染教世界都香」（頁 295）這些美好的香氣都在描寫桂花；〈賀新郎〉中以「香成陣」（頁 135）來寫水仙。這類濃香，也是詞人期待的，如果自己的品格芬芳也能改變整個環境，也能帶來長遠的香氣，多麼美好。另一方面，也在暗示著在這樣混亂的環境中，更需要的其實是要有這樣兼善天下的理想和品德。第三種則是特別的香氣，例如在〈洞仙歌〉中以「異香在」（頁 196）寫梅花；在〈最高樓〉中以「天香」（頁 202）來寫牡丹；〈小重山〉（頁 226）中以「國香」來寫茉莉。這麼多種類繁多的花卉，詞人卻共同著眼於它們特殊的香氣，稼軒也希望自己具有特出於亂世之中的堅持。花卉種類雖多，但對於香氣的描寫則各有不同，這些香氣，也代表著詞人對自己不同理想的書寫。

三、敷色摹寫

（一）黃　色

稼軒筆下有許多黃色花的描寫，也是由於他偏好菊花和桂花的關係。例如桂花：〈聲聲慢‧賦紅木犀。余兒時嘗入京師禁中凝碧池，因書當時所見〉「一枝金粟玲瓏」（頁 24）、〈清平樂‧憶吳江賞木樨〉「大都一點宮黃」（頁 295）、〈清平樂‧賦木犀詞〉「碎剪黃金教恁小」（頁 265）、〈踏莎行‧賦木犀〉「枝枝點點黃金粟」（頁 264），桂花雖小，卻芳香迷人，而且一點一點的花朵都是明亮動人，如同詞人想要藉桂花傳遞的人品一般，明亮高潔，芬芳十里。

而自古「黃花」就已與「菊花」為同義詞，可見一直以來，人們著眼於菊花的花色。稼軒也不例外，如：〈滿江紅〉「為簪黃菊」（頁 78）、〈念奴嬌‧用東坡赤壁韻〉「堪歎黃菊凋零」（頁 272）、〈蝶戀花‧送人

行〉「今夜倩簪黃菊了」（頁 178）、〈念奴嬌‧用韻答傅先之〉「丁寧黃菊，未消勾引蜂蝶」（頁 460）、〈臨江仙〉「手撚黃花無意緒」（頁 392）。

（二）紅　色

如果說黃色可以用來代表稼軒本人，那麼紅色也該是詞人所鍾愛的顏色。稼軒寫各種花卉不脫前人以「紅」代花，例如牡丹：〈菩薩蠻‧雪樓賞牡丹，席上用楊民瞻韻〉「紅牙籤上群仙格」（頁 203）、〈臨江仙‧簪花屢墮，戲作〉「依然紅紫成行」（頁 520）、〈滿庭芳‧和洪丞相景伯韻，呈景盧內翰〉「不堪紅紫」（頁 84）。牡丹的國色天香，豔冠群芳，都在它炫麗的顏色上。

另外，少見的紅木樨也是詞人關注的對象：〈聲聲慢‧嘲紅木犀。余兒時嘗入京師禁中凝碧池，因書當時所見〉「葉展偷染妖紅」（頁 24），詞人似乎認為這不屬於桂花的顏色，是桂花「偷染」而來，用語十分清新有趣。

（三）白　色

在色彩紛繁的牡丹花中，辛棄疾偏愛「牙籤」、「弄玉團酥」、「玉盤盂」等潔白純淨的白牡丹，如：〈念奴嬌‧賦白牡丹，和范廓之韻〉中「欲笑還愁羞不語，惟有傾城嬌韻。翠蓋風流，牙籤名字，舊賞那堪省。天香染露，曉來衣潤誰整。最愛弄玉團酥，就中一朵，曾入揚州詠。」（頁 182），還有〈鷓鴣天‧再賦〉中的「濃紫深黃一畫圖。中間更著玉盤盂。先裁翡翠裝成蓋，更點胭脂染透酥。香潋灔，錦模糊。主人長得醉工夫。莫攜弄玉欄邊去，羞得花枝一朵無」（頁 508）而且用「就中一朵」、「羞得花枝一朵無」來崇尚，因為這些花的顏色恰恰象徵著作者正直高潔的品格。

另外，〈念奴嬌‧賦傅巖叟香月堂兩梅〉中寫白梅，用了「怕是當年，香山老子，姓白來江國。謫仙人，字太白，還又名白」（頁 449）古人的典故用得有趣生動，拿兩位詩人與白梅互相呼應，想必也有效法之意。稼軒所吟詠的白色花數量雖不多，但他都給予極高的評價，

色彩的清雅潔淨，也象徵著詞人的高潔脫俗。

四、描摹角度

（一）視覺角度

稼軒在視覺角度上，往往凌駕於物件之上，從高處大處來觀照和表現物件。這種傲視萬物和俯瞰一切的觀物方式和創作姿態，可以稱之爲「俯瞰式」創作姿態，如：〈念奴嬌・賦白牡丹，和范廓之韻〉「對花何似，似吳宮初教，翠圍紅陣。」（頁 294）、〈最高樓・楊民瞻席上用前韻，賦牡丹〉「漢妃翠被嬌無奈，吳娃粉陣恨誰知」（頁 202）、〈鷓鴣天・賦牡丹。主人以謗花，索賦解嘲〉「翠蓋牙籤幾百株……卻似吳宮教陣圖。」（頁 508）。這種俯瞰，不只是低頭觀賞一朵花而已，而是由極高處向下觀照，眼前所見，則能有數大之美、壯闊之美。

此外，稼軒也運用了遠近角度的變換，來營造出詞作中詠物而不滯於一物的流動感，例如〈金菊對芙蓉・重陽〉：

> 遠水生光，遙山聳翠，霽煙深鎖梧桐。正零瀼玉露，淡蕩金風。東籬菊有黃花吐，對映水幾簇芙蓉。重陽佳致，可堪此景，酒釀花濃。　　追念景物無窮。歎少年胸襟，忒煞英雄。把黃英紅萼，甚物堪同。除非腰佩黃金印，座中擁紅粉嬌容。此時方稱情懷，盡拚一飲千鍾。（頁 284）

開頭三句寫遠景，巧妙引出下面四句的描述，「正零瀼玉露」是強調玉露之濃之美，再用「淡蕩」二字形容秋天的天氣美好，如同春天一般，再引起後文的菊花和芙蓉。這樣由遠而近的背景營造，使得視覺感十分開闊。再來還有由近至遠的寫法，如〈臨江仙〉：

> 手撚黃花無意緒，等閒行盡回廊。捲簾芳桂散餘香。枯荷難睡鴨，疏雨暗池塘。　　憶得舊時攜手處，如今水遠山長。羅巾浥淚別殘妝。舊歡新夢裡，閒處卻思量。（頁 392）

詞開頭兩句寫室內的活動，焦點從手中所撚的黃花起，無心欣賞，再放大到整個詞中的主人翁，在迴廊上來回踱步，心事重重。「捲簾」句則寫主人已由室內來到室外，聞到一股濃郁的桂花香氣，心情爲之

舒展。再放眼望去，「枯荷」點出了荷塘的秋色，最後看到整個天地間，稀疏的秋雨瀰漫荷塘之上，池塘爲之黯淡無光。透過上片由近到遠的寫景，才引出主人觸景生情，回憶過去的心情。詞中的情感也由愁情轉爲離情，即景抒情，讓詞作能透過詞中人細微的動作，感受到深刻的情感。

總之，遠近角度的調整，讓讀者更能體會稼軒所要抒發的情感，也讓詞中花意象的背景，有不同的映襯烘托之用。

（二）創作角度

稼軒詠花不同於一般詞人之處在於他並非單純地以審美之眼觀照吟詠對象，也不是簡單地注目於物之所用，而是將作者強烈的主體意識投射於外在物件，「我」在對象中感受到人生的社會的乃至歷史的意蘊，從而使「物」爲「我」所用，「我」藉詠物以抒瀉胸中的憤懣。

稼軒詞中最常出現的就是梅花，正巧說明了稼軒藉詠花來抒瀉自己的情感，抒發自己的理想，梅花是他不屈性格的象徵，使得稼軒多從「傲」這一角度去寫梅，那麼他所詠的杜鵑、菊花等則又是飄零傷感的代表，作者是從「苦」這一角度去寫的，如〈定風波・賦杜鵑花〉：「百紫千紅過了春，杜鵑聲苦不堪聞。卻解啼教春小住，風雨，空山招得海棠魂」（頁494）。該詞用杜鵑啼血與血色杜鵑花寫就一曲「苦不堪聞」的怨曲，流露出作者慘澹的心境。這種淒苦被移情寓意於杜鵑花身上，顯得形似而情勝。這類從「苦」的角度寫花的詞數目雖不如詠梅詞多，但也有多首，都分散於不同的花意象上，如〈木蘭花慢・寄題吳克明廣文菊隱〉「甚黃菊如雲，朝吟暮醉，喚不回頭。縱酒成悵望。」（頁407）、〈朝中措・九日小集，時楊世長將赴南宮〉形容桂花「花殘人似，人老花同」（頁294），這些詞都給花染上「苦」與「愁」的色彩，作者所用的語言、手法也與寫梅不同，表現出柔而不媚、細膩綿密的風氣。他筆下的桂花則表現出清高的人格和兼濟天下之胸襟，就是他自己理想的人格。所以，所有的花意象，都爲稼軒所

用，呈現他的生命、他的情感、他的理想、他的胸懷。

　　花意象，對於稼軒而言，不是眼前的美景，雖然稼軒時有婉約之作，但那只是用不同的包裝形式，包裝詞人心中的種種憤懣；他在看花時，是將自己心中不能盡言的話語藉花意象傳遞出來，所以稼軒多藉花的特性和自己的生命相結合，英雄氣並不因爲寫花、詠花而有所消失，反而在婉約之作中，更能體現。

五、博引典故

　　在中國傳統詩歌的創作中，用典是極爲常見的手法。由於詩詞必須透過最少的文字表達最深刻的情感、最豐富的內涵，因此詩詞的語言是極爲精練的語言，非一般語言所能濟事，而須經過一再選擇、不斷淬煉，最後成爲能被大多數讀者認同的語言。自古以來的大文學家，無不以創新詞語作爲展現其個人情思才力的最佳途徑。然而一個新詞彙的誕生，往往有賴於舊詞彙的經驗累積、交相揉合與參互錯綜。假使創作者使用的是一個全新的、獨創的語言來寫作，在作者與讀者之間，因爲缺乏共同的情感經驗與理解基礎，便不易取得共鳴，則此種語言的創新終究歸於失敗。所以用典對創作者而言，是在歷史的語庫中，藉由舊有的經驗，加上創新的元素符號，使得語言能一再的推陳出新，讓讀者有既熟悉又陌生的新鮮感，作品本身又能有要言不煩的明快，而提高作者的表現技巧。誠如徐復觀先生所言：

> 至單就典故而論，詩人是要以精約的字句，表現豐富的情感或想像，並製造出適合於感情的氣氛、情調。假使用典用得好，便可以成爲文學史上最經濟的一種手段。因爲一個典故的自身，即是一個小小的完整世界；詩詞中的典故，乃是在少數幾個字的後面，隱藏了一個小小世界；其象徵作用之大，製造氣氛之容易與豐富，是不難想見的。由此可以了解，典故及與典故相關的辭藻，在詩詞表現的功用上，並非完全是負號，有時卻可成爲正號的。〔註4〕

〔註4〕徐復觀：〈詩詞的創造過程及其表現效果──有關詩詞的隔與不隔及

徐氏以爲用典若能恰如其分、恰到好處，確實是可以爲作品增色的，這種看法正與趙翼在《甌北詩話》中的看法遙相呼應。趙翼以爲：

> 詩寫性情，原不專恃數典；然古事已成典故，則一典已自有一意，作詩者借彼之意，寫我之情，自然倍覺深厚，此後代詩人不得不用書卷也。〔註5〕

這種看法同樣的也適用在詞的創作上。《稼軒詞》的大量運用典故是其主要特徵之一，而其成因一則是因爲辛棄疾學養豐贍，博通古今，信手拈來即是作詞的好材料；二則由於身處特殊的時代背景與政治氛圍的影響，下筆不能不有所顧慮，因而借用典故，始能含蓄不露。三也由於當代風氣：「宋代詞人，不論豪放、婉約，皆慣用使事用典。」〔註6〕然而後人不察其情，遽以「掉書袋」、「逞才多」論之，是亦忽略了辛棄疾在用典技巧上的成就與價值。

辛詞不但好用典故，更重要的是他運用典故的功力，已達爐火純青之境地；用典不難，難在用得「巧」，要能在適當的時機、引用適當的典故，並非易事；而辛棄疾卻常將複雜而多樣化的典故融會貫通，巧妙的運用在他的創作之中，雖然經史典籍拉雜運用，卻能渾然天成、全無斧鑿痕跡，誠屬用典之聖手。辛詞中出現的各種典故史實其範圍之廣，實是令人嘆爲觀止，據陳淑美《稼軒詞用典分類研究》之統計，《稼軒詞》運用經史典籍中的成語、成句，依經、史、子、集五類計算合計共有一千六百多條典故，也就是說，《稼軒詞》629 首詞作之中，平均每首要用二到三個出於經史典籍、或與之相關的典故。〔註7〕難怪吳衡照《蓮子居詞話》卷一中說：「辛稼軒別開天地，橫絕古今，《論》、《孟》、《詩·小序》、《左氏春秋》、《南華》、《史》、《漢》、《世說》、《選》

其他〉，見《中國文學論集》（台北：台灣學生書局，1976 年），頁128。

〔註5〕〔清〕趙翼：《甌北詩話》（台北：廣文書局，1991 年），卷10，頁16。

〔註6〕王偉勇〈宋人序跋中之詞論〉，見《宋代文學與思想》（台北：學生書局，1989 年），頁455。

〔註7〕陳淑美：《稼軒詞用典分類研究》（台北：台灣大學中文研究所碩士論文，1967 年），頁5～47。

學、李、杜詩，拉雜運用，彌見筆力之峭。」〔註8〕

　　劉熙載《藝概・詞概》所說：「稼軒詞龍騰虎擲，任古書中理語、廋語，一經運用，便得風流」。〔註9〕值得注意的是，辛棄疾詠花詞中的典故主要是用來表達作者強烈而深沉的思想感情和高尚人格，所以，有因情用典的特點。比如〈賀新郎・賦水仙〉（雲臥衣裳冷）（頁135）中，他由水仙花生長在水中的特點，聯想到《神仙傳》中記載的江妃二女江漢解佩的傳說，又聯想到曹植〈洛神賦〉中所寫洛神宓妃的「凌波微步，羅襪生塵」，還聯想到屈原賦〈懷沙〉而自投汨羅事蹟。這不僅增大了詞的知識容量和情感深度，而且也增大了水仙花的文化內涵。又如，他為好友傅岩叟的古梅賦詞一首〈念奴嬌〉（是誰調護）（頁450），詞中引用兩個典故：一個是詞的上片中「摸索應知，曹劉沈謝，何況霜天曉」，用的是作者所景仰的三國曹操、劉備和南朝詩人沈約、謝靈運來比傅岩叟的四株百年古梅；另一個是詞的下片中「拄杖而今，婆娑雪裡，又識商山皓」，此「商山皓」又叫「商山四皓」，是秦末漢初四位賢而有德、社會威望頗高的白髮老人。作者在此引用這些典故，表達了自己對梅花品格的敬仰之情，從中也可看出作者做人的標準。再如〈念奴嬌・賦傅岩叟香月堂兩梅〉（未須草草）（頁 449）詞中，稼軒因白梅想到當年李白和白居易「香山老子，姓自來江國。謫仙人，字太白，還又名白」，又因兩梅並立而想到高潔的楚人龔勝、龔舍來「歲寒相對，楚兩龔之潔」，高度讚美了二人重名輕利。可以說，辛棄疾寫詠花詞好用典故，他幾乎每寫一種花卉都會聯想到古代典籍中的許多歷史人物、傳說故事，以及前人詩詞文賦的篇名、妙語佳句；他也善用典故，他總能機敏、巧妙地找到他們之間某種聯繫，既描繪花卉體態之優美，又抒發自己深厚的內心情感，從而使用典融化不澀，圓轉靈活。

　　在辛棄疾詞中，還有大量運用典故來詠物的奇篇，如〈鷓鴣天〉（桃

〔註8〕　〔清〕吳衡照《蓮子居詞話》卷1，同注3，冊3，頁2419。
〔註9〕　〔清〕劉熙載：《藝概・詞概》，同注3，冊4，頁3693。

李漫山過眼空）（頁 327），通篇沒有一個「梅」字，但通過一些與梅有
關的典故，寫出了梅花的玉骨冰姿和傲霜鬥雪。通過典故來貶抑桃李，
以襯托梅花的高尚。桃李之花和梅花，就像是「為人在下中」的李蔡和
名震匈奴的飛將軍李廣，前者過眼即空，而後者名垂千古，詞人用「李
蔡為人在下中」來比喻過眼即空的桃李，形象地說明了桃李只不過和李
蔡一樣，是花中的下中者，遠遠不及梅花的冰肌玉骨，高潔耐寒。詞的
下片又用兩個典故，來繼續描寫梅花在人的精神生活中所占的重要地
位。一是《荊州記》中陸凱贈梅與范曄的故事；一是用林逋的故事寫出
了梅花不畏嚴寒的高貴品質。前一個典故寫出了梅花可慰相思的特點，
描寫了詞人尋梅的急切心情，也從側面表明了人們對梅花的喜愛；後一
個典故寫出了百花凋謝，唯獨梅花盛開，其傲霜鬥雪的品質正是詞人品
格的寫照。全詞詠梅而未寫一個「梅」字，但梅花的精神、品格、以及
在人們心目中的地位，全通過這些典故，而表現得淋漓盡致。

　　辛棄疾用典故詠物，其最大的特點是詞人詠某物時，便將與此物
相關的典故信手拈來，以通過典故來刻畫某物的形神品貌，並通過典
故來寄寓自己的情懷。如〈喜遷鶯・謝趙晉臣敷文賦芙蓉詞見壽，用
韻為謝〉：

> 暑風涼月。愛亭亭無數，綠衣持籌。掩冉如羞，參差似妒，
> 擁出芙渠花發。步襯潘娘堪恨，貌比六郎誰潔。添白鷺，
> 晚晴時公子，佳人並列。　　休說。寰木末。當日靈均，
> 恨與君王別。心阻媒勞，交疎怨極，恩不甚兮輕絕。千古
> 離騷文字，芳至今猶未歇。都休問；但千杯快飲，露荷翻
> 葉。（頁 499）

詞的上片寫荷花的姿態。作者先用擬人化的手法，描寫了荷花的婀娜
多姿和傳神的情態。接著詞人用兩個典故來寫荷花的形貌和品格。一
是出自《南史・齊東昏侯紀》：「鑿金為蓮華，以貼地，令潘妃行其上，
曰：『此步步生蓮華也』。」〔註10〕一是出自《舊唐書・楊再思傳》：「昌

〔註10〕〔唐〕李延壽撰，〔清〕萬承蒼考證：《南史》（台北：臺灣商務印書

宗以姿貌見寵倖，再思又諛之曰：『人言六郎面似蓮花，再思以爲蓮花似六郎，非六郎似蓮花也。』」〔註11〕兩典各以一絕色美女和美男來比喻蓮花。潘妃爲南齊美女，但蓮花比潘妃更美，以致于使美女潘妃也感到忌恨。張昌宗爲唐代美男子，雖然貌若蓮花，但由於他是一個以男色媚事武則天的敗類，其品格又怎麼有蓮花高潔呢？詞人通過兩則典故，既寫出了荷花的外在美，又寫出了荷花出淤泥而不染的內在美。詞的下片承接上片詠荷花的美而轉入抒情。詞人由荷花之美質，聯想到屈原，聯想到屈原的〈離騷〉和自己的遭遇。在由詠物轉入抒情時，仍然不離與荷花有關的典故。可以說，下片幾乎都是化用與荷花有關的詞句。「休說」以下六句，出自屈原的〈湘君〉：「采薜荔兮水中，搴芙蓉兮木末。心不同兮媒勞，恩不甚兮輕絕。」〔註12〕通過揭示屈原詠荷花的緣由，以傾注自己不爲南宋朝廷重用的苦悶。薜荔本來生在陸地，卻在水中去採集；芙蓉生長在水中，卻在陸地的樹上去採集，由於采非其處，儘管用力甚勤，也無緣得到，就像與心思不相通的人談戀愛一樣，即使媒人費盡心力，也難以結合，即使勉強結合，也終將因爲沒有恩愛而輕易斷絕關係。實際上，當年屈原與楚王的心不相通而被疏遠，與今日的辛棄疾與南宋統治者心不相通而被排擠，其原因都是一樣的。因爲兩人都具有不爲世俗所容的高潔品質，而這種不隨波逐流的高潔品質，又因爲政見不合而都被統治者所排擠。所以，當作者用荷花那出淤泥而不染的高潔來象徵自己時，用屈原的遭遇來看自己的遭遇時，作者不禁從心底發出「千古〈離騷〉文字，芳至今猶未歇」的無窮感慨。屈原雖然齎志以殞，但他的〈離騷〉卻流傳千古，至今猶散發出沁人的芳香。在這裡，詞人通過讚美屈原有荷花那種出淤泥而不染的高貴品質和他那流芳千古的不朽精

　　館，1985 年 12 月《景印文淵閣四庫全書》本），頁 265～1103。
〔註11〕〔後晉〕劉昫奉敕撰，〔清〕沈德潛等考證：《舊唐書》（台北：臺灣商務印書館，1985 年 12 月《景印文淵閣四庫全書》本），頁 270-86。
〔註12〕〔漢〕王逸：《楚辭章句》（台北：臺灣商務印書館，1985 年 12 月《景印文淵閣四庫全書》本），頁 1062～19、20。

神,來抒發自己對理想的追求;通過屈原的不幸遭遇,來抒發自己對
南宋統治者排擠自己的強烈不滿。尤其是結尾的「都休問,但千杯快
飲,露翻荷葉」透露出作者深沉的報國無門,壯志難酬的悲憤。辛棄
疾通過詠花抒發自己寄寓在花意象上的思想感情,使詠物、抒情通過
用典達到完美的統一,是辛棄疾用典的又一創新。

　　從文學表現手法來看,作者善用典故,巧妙地把自己的滿腔感慨
化入典故中。在當時,注重君貴臣卑的歷史條件下,詞人不可能淋漓酣
暢,直抒胸臆地去斥責南宋朝廷和當權者。在他的心目中,忠君即是愛
國,愛國必須忠君。因此,他的不滿和牢騷只能是委婉曲折地表達出來。

　　葉嘉瑩〈論辛棄疾詞〉一文曾歸納稼軒詞用古典有三大作用:一
是可以避免直言之質率;二是可以將一己之情感推遠一步,造成一種藝
術的距離;三則更可以藉用古典而喚起讀者許多言語之外的聯想。對於
辛詞之所以能夠巧妙的、幾乎可以說是極為成功的運用典故,葉氏以為:

> 首在辛氏之有博學熟誦的修養,所以才能在使用古典時左
> 右逢源而沒有牽強堆砌的弊病;次則也因為辛棄疾自己內
> 心中原具有一種強烈深摯的感發之力量,所以才能在使用
> 古典之時,對古人、古事、古書、古語也都賦予了充沛鮮
> 活的生命,這種手段,自然是辛詞中最值得注意的一點藝
> 術特色。〔註13〕

辛棄疾以其靈活多變的手法,驅使上下古今的人、事、物,連結著詞中
的花意象,無不為其發抒感情服務,而這也正是何以《稼軒詞》雖屬豪
放一派,卻能避免淺率質直之病,保有一種曲折含蓄美感的重要原因。

第三節　花意象表現手法比較

　　二安詞花意象表現手法,依表現背景、花狀花香、敷色摹寫、描
摹角度及語言藝術來加以比較。

〔註13〕引自繆鉞、葉嘉瑩合撰:《靈谿詞說》(台北:正中書局,1993年),
　　　頁 433～434。

一、表現背景的異同

（一）時　序

花意象所要傳達的情感和寄託，和時序其實也有緊密的關係。首先看清照詞中花意象所表現的時序背景。首先清照寫早晨背景的詞作不少，但卻一反一般早起活力四射，而是「日高」、「晏起」，把詞人不願面對朝陽、面對現實的心境，懶倦面對人生的心理，用「愁」、「倦」字表現，不願清醒面對人世，再轉看向花卉的姿態，見花猶見己。而稼軒詞詠花其實很少選擇白天的背景，即使有提及，也幾乎都是集中在破曉時分，似乎也暗示著詞人輾轉難眠，才會在破曉時分去觀察外在的景物。

而清照詞花意象表現最多的就是黃昏的背景，黃昏象徵了女子所害怕恐懼的年華老去，黃昏也意謂著夜晚即將來臨，清照經歷了國破家亡，心中的愁苦哀痛，早已是難以承載，但只要面對了黃昏看似美好卻乍然消逝的夕陽，印照著自己的孤單寂寞，更是加倍傷感，緊接著黃昏之後而來的漫漫長夜，又是要獨自面對，難捱的寂寞，只能透過昏暮襯托下的花朵發抒。而稼軒不同。稼軒在使用花意象時，很少使用到光線昏黃、愁情別緒甚濃的黃昏時分，稼軒心中對於國家的衰敗，自己的壯志未酬，雖有不甘，但仍未真的絕望，因此在黃昏背景的使用上，和清照大有不同。

如果說清照詞花意象黃昏的背景最多，那麼稼軒詞中花意象最多的就是夜晚的背景了。這也許可以這樣解讀：詞人畢竟有著滿腔熱血和抱負，為文賦詞，原就非稼軒所認定的主業，文字只是他的工具，替他傳遞想法、理想，因此白日不管是居官或是隱居，仍是努力從公或是躬耕田園，忙碌了一天之後，夜晚，才有「閒」情藉景物、文字，發抒自己的情感和想法，透過夜晚的花意象，稼軒表達了報國的決心、個人的理想或是別離的相思。但清照詞中的夜就有不同的情感了，詞人雖感觸良多，有賞月而思國懷鄉的，也有獨守空閨的寂寞，也有透

過月的圓滿寫別離的相思。更有在夜裡透過詠菊自抒懷抱；更有〈如夢令〉「興盡晚回舟」（頁 7）歡快情懷的描述；以及〈如夢令〉「昨夜雨疏風驟」（頁 8）則透過「昨夜」的鋪陳，寫出傷春惜時的前奏。

總之，易安和稼軒在花意象的時序背景上選擇有所不同，稼軒並不著重時序的背景敘述，較偏好在夜晚的花意象書寫；而易安則是用時序的不同表達了不同的情緒，在黃昏時分，更能引起心中愁緒。

（二）氣　候

風雨的存在，對愛花惜花的詞人而言，有時是一種背景的營造，例如清照的〈念奴嬌〉「斜風細雨」（頁 49）、〈浣溪沙〉「細風吹雨」（頁 49），有時則是代表強烈的打擊，例如稼軒的〈浣溪沙・漫興作〉「風吹雨打已無梅」（頁 300）。

先看單純將風意象和花意象結合的，清照用風勢表示外在的風暴，內心的愁情，另外在兩闋詞裡，用花自比，並寫道：「風住塵香」、「風定落花深」，這不代表沒有風暴，而是暗示已心如止水，波瀾不興，正是喪夫後無心賞花的心情。而稼軒在詞作中有許多風和花相互結合的詞作。有些單純的是為了點明季節，有些則呈現孤冷淒清的背景營造，有些則和「恨」、「怨」、「不禁」、「難堪」、「獨」的字眼結合，隱含著濃愁。兩人不一樣的地方是清照曾在詞作中以清柔的風表示愉快的心情，稼軒詞作中「風」的吹拂，藉風飄送花的香味，更增添了花的嬌姿芳容。

再看單純寫雨的部分。兩人相同的是，單純將雨意象和花意象結合的，遠比單用風意象要少。清照的〈浣溪沙〉「黃昏疏雨溼秋千」（頁 18）寫出她傷春惜時之感，〈攤破浣溪沙〉「門前風景雨來佳」（頁 72）更顯出晚年寧可賞雨，更能呼應心情。而稼軒詠花詞中單寫雨者，也是多寫疏淡的微雨，提供花意象一個朦朧的背景，例如在〈臨江仙〉「未開微雨半開晴」（頁 398），詞中寫雨，是直接寫出氣候，代表一種等待牡丹花開的急切。另外，在〈臨江仙〉中「疏雨暗池塘」（頁 392），寫

出作者的閒愁。另外稼軒還藉雨表示相思的愁緒，如〈滿江紅〉「更夜雨、匆匆別去，一杯南北……對梅花、一夜苦相思，無消息。」（頁190），可見雨的形象在稼軒筆下，似乎也帶著一股淡淡的哀愁。

兩人在詞中常出現風雨的意象，使得嬌弱的花朵在風雨中更顯得可憐動人。例如風雨在易安詞中甚多連用，也象徵了不同的心境。如使用最多的是書寫寂寞之感，如：〈滿庭芳〉「難堪雨藉，不耐風柔」（頁43）等，用輕柔的細雨的意象，如同綿綿相思愁緒。而用較強的風雨來寫內心強大的喪夫之痛，如：〈聲聲慢〉「晚來風急」、「梧桐更兼細雨」（頁64）、〈轉調滿庭芳〉「風狂雨驟」（頁3），都是風雨強勁，如同喪夫對他的衝擊也是如此之大。另外也在〈多麗〉運用了風雨的意象極力盛讚菊花耐風寒，人亦如菊花高潔，不被世俗影響。而稼軒花意象多用來自比，因此詞中時常出現風雨連用的情形，外在的風雨讓花朵在其中受到摧殘，就如同是小人使自己落入罷官閒居的境地，而稼軒也拿花來比國家，外在的風雨也彷彿是國勢在風雨飄搖中。花意象還寄託了抗金復國的理想，所以風雨代表了理想不斷被外在質疑、打擊，讓嬌柔的花朵，在風吹雨打中更顯得楚楚可憐；詞人的心境、生命也如同花朵，被這些無情的外在橫逆打擊。

總之，清照和稼軒擅長以風雨連用來比喻人生的橫逆，或以風雨來鋪設了愁緒上演的舞台，不管是在惜春惜時，或是別離相思，或是外在的風暴，兩人都善用風雨的意象，讓花朵在這樣的背景下呈現更明確的情感、更生動的美感。

二、花狀花香的異同

（一）花　狀

清照善用花朵的初開、盛開或將謝、凋零來表達內心的情感，對詞人來說，以花自比，不是只有自比為花的品格，花的樣態也是在暗示著詞人的生命歷程和想法，所以清照特別關注花的開放程度，詞人的情感與所見景物正能相互呼應。例如清照詞中就有含苞之花，「春

欲放」（〈減字木蘭花〉，頁 71）詞人自比如含苞的嬌嫩，也呈現新婚的歡樂。花朵乍開，正是象徵人青春年少，像〈漁家傲〉的「香臉半開嬌旖旎」（頁 46）或也可以象徵早春，如「江梅些子破，未開勻」（〈小重山〉，頁 31）含蓄寄託思念丈夫的心願。在清照的詞作中，寫到盛開的花極少，只有〈慶清朝慢〉（頁 75）中的芍藥，而詞人此時的心情也是沉浸在婚後的幸福中。而出現比例最高的則是將謝之花，因為清照一生，歡快的時刻少，而痛苦別離的時刻多，即將凋落的花朵寄託了悲哀，但與凋落不同的是，「稀」、「殘」、「欲謝」、「瘦」，花朵未全部凋落，也象徵著詞人心中仍有一絲希望，將謝之花往往寫別離相思、獨守寂寞或是單純的傷春惜時，並未對人生失望，甚至是透過落花進行對逝去時光的呼喚。花的命運走到了凋落，也就是盡頭了，而詞人看到走到生命盡頭的花兒，心中對於時局、命運的無奈感嘆，更是如同落花一般，心已死，當心已死，眼前的花朵都是「開過」、「落盡」、「落花堆積」、「花已盡」，處處都是國破家亡之痛，斑斑血淚，彷彿就滴落在滿地落花或是花已凋盡的殘枝之上，無心賞花的詞人，眼前所有曾經藉抒懷抱、歡樂、相思的花朵，看來都是衰敗之景，再也無法透過花朵的綻放重拾往昔的歡樂了。

　　不同於清照，稼軒詞中，並不太細部地去描摹花朵的樣態，因此花朵的生長情形並不在詞作的範圍中，雖然寫到花朵開放的有少數幾首，但都是單純敘事，而不是藉花的開放情形來表達個人情感。雖然稼軒沒有依著花朵的生長情況自比年華的長幼或陳述不同的心情，但稼軒詞中卻常常強調花的凋零，常常著眼在眼前殘花上，而且這些詞中的花意象，多是在寫作者自己，如：〈朝中措‧九日小集，時楊世長將赴南宮〉形容桂花「花殘人似，人老花同」（頁 294），凋零的花就代表了自己的生命、自己的懷抱或是自己的感嘆。懷抱著理想卻報國無門的稼軒，能映入眼簾的，不是盛開嬌豔的花朵，而是殘破凋零的樣貌，另一方面，在他眼中，這也是國家前途的象徵，或是國勢衰亡的代表。另外，稼軒也特別愛摹寫獨立於天地之間，稀稀疏疏，獨

立存在的花意象，尤其是獨在寒冬綻放的梅花：「疏梅」、「疏影」、「疏花」、「疏枝月下梅」的意象時常在稼軒詞中出現，百花之中只有梅花獨在寒冬綻放，偏又寂寞孤獨地矗立，作者的心志與疏梅雷同；在國勢已如寒冬一般衰亡時，小人的讒佞又使他沒有友伴，儼然是在冷清的時空中，獨立的疏梅一般，孤獨地和整個寒冬、整個天地對抗著，這正是稼軒的自比，雪中疏梅正合心境。

（二）花　香

清照喜愛的花卉香氣是淡雅的，而在稼軒筆下的花香則是濃豔許多，但是共同的是，他們都以花香來自比。

清照寫到花香都沒有寫到濃郁的香氣，描寫到香氣的清芬淡雅，多是自抒懷抱，花的淡香，如同人品的久遠芬芳，品格高潔，詞人以花自比，更以花香自比，不是強勢積極的，而是靜待人細細發覺。另外則是以花香寫別離相思，藉著花香未減，寫出相思未滅，嗅到花香，便彷彿叫喚出過往的回憶，獨守的寂寞便襲上心頭。第三種則是已經心冷，此時看到的花也是凋落之景，如「塵香」（〈武陵春〉，頁 61）、「香少」（〈怨王孫〉，頁 32）、「香殘」（〈一翦梅〉，頁 23），這裡的「香」是「花」的代稱，也是詞人對於逝去歲月嗅不到芬芳的感嘆。逝者已矣，過往的一切都不再重回，花的形已凋，香已謝，殘存的芬芳也散去了，當過往如花全都消逝後，心中的淒清更加傷感。

而辛棄疾在描寫花的時候，多強調它的韻致，對於花香的描寫，有強調花香的濃郁，如「十里芬芳、徹骨香濃」（〈聲聲慢〉，頁 24）、「染教世界都香」（〈清平樂〉，頁 295）寫桂花的香氣十足，也如人的品格能散發芬芳，感染眾人。也有寫清淡香味的，如：「清香一袖意無窮」寫木犀（〈西江月〉，頁 444）、「淡中有味清中貴」來寫荼蘼（〈虞美人〉，頁 271）。這樣的清淡雅致，是詞人的婉約細膩處。又寫特別的香氣，如在〈洞仙歌〉中以「異香在」寫梅花（頁 196）、「天香」來寫牡丹，（〈最高樓〉，頁 202）、〈賀新郎〉中以「香成陣」來

寫水仙（頁 135）、以「國香」來寫茉莉（〈小重山〉，頁 226），這些種類繁多的花，不以形取勝，卻可以香味使人印象深刻，詞人也期待自己能有這樣特出的香氣，在亂世中帶來一縷清香。

總之，清照側重細膩地描寫花狀，並以花朵的姿態來反映當時的情緒。而稼軒則著眼於凋零的花朵以自比。在香氣的描摹上，清照偏好淡雅的香味，用來自比或寫別離相思；而稼軒以花香來寫花的花卉種類繁多，濃馥淡香皆有，更有特出的香氣，一樣寄託了想如花香一般，品格流芳。

三、敷色摹寫的異同

沈祥龍《論詞隨筆》：「詞不宜過於設色，亦不宜過於白描。設色則無骨，白描則無采，如粲女試妝，不假珠翠而自然濃麗，不選鉛筆而自然淡雅，得之矣。」〔註 14〕又云：「骨理清，體格清，辭意清，更出以風流蘊藉之筆，則善矣。」〔註 15〕二安詞中的花意象皆有敷色摹寫的部分，顏色雖非今日所見花卉五顏六色，但詞人選用之亦有其不同意涵。

易安詞中的花意象，直接以顏色敷寫花朵並不太多，可以看出清照在描寫花時，著重在花意象所表達的內在情意，或是自比，並不刻意在描寫花的外在色彩。其中顏色比例最高的為黃色系，其次為紅色，最後為白色。黃色明亮的姿態，往往被詞人拿來比喻自己的理想和人格，而紅色則是詞人拿來烘托映襯之用，白色則象徵了詞人純潔的心志。

在背景的書寫上，清照也少以顏色渲染，詞人關注周遭自然景物的變換，多用具體的物來營造環境，背景色彩乃是為了突顯出要描寫的花朵，例如〈小重山〉「春到長門春草青」（頁 31），是為了要突出未開勻的江梅，〈攤破浣溪沙〉「剪成碧玉葉層層。」（頁 72），是為

〔註14〕〔清〕沈祥龍：《論詞隨筆》，同註3，冊5，頁4054。
〔註15〕同前注。

了凸顯「揉破黃金萬點輕」的桂花。〈如夢令〉中的名句「綠肥紅瘦」
（頁8），是爲了寫出海棠經歷風吹雨打後，詞人心生的憐惜之情。

　　稼軒則運用了多種表現色彩的方式，以反映客觀事物豐富多采的
色彩。最基本的表現方式，當然是運用描寫色彩的表現色彩的直觀感
受。比如〈朝中措〉（頁294）詞中「年年金蕊豔西風」、「仙姿不飲
長紅」諸句，〈鷓鴣天・鵝湖歸，病起作〉（頁188）詞中「紅蓮相倚
渾如醉，白鳥無言定自愁」、「朱朱粉粉野蒿開」各句，金、綠、紅、
白、朱紅、粉白，這些都是直感的彩色。這種表現方式，最爲常見。
其次，描寫具有固定色感的特徵性事物，通過客觀事物的色彩美，表
現詞的意象，創造優美的詞境。像〈惜分飛・春思〉詞：「更無人管
飄紅雨」（頁99）、〈朝中措〉：「霜鬢經春重綠」（頁294）霜鬢，指白
髮；綠髮，指年輕人烏黑的頭髮，也是歷代詩人習用的意象。

　　稼軒靈活地採用多種表現色彩美的藝術手法，創造詞的語言清麗
淡雅的美學特徵。他善於選擇和諧的色彩，即色差較近的色彩，如白
色和青色；或選用由同一原色化出的各種色彩，如黃色和翠色，它們
所構成的色彩美，非常協調、雅致。如：〈行香子・雲巖道中〉（頁
510）中「青裙縞袂」、〈鷓鴣天・離豫章，別司馬漢章大監〉詞：「縈
綠帶，點青錢。東湖春水碧連天」（頁51）綠帶，指楊柳，青錢，指
初茁的荷葉。白色、青色、綠色、碧色，配合在一起，色彩調和悅目，
清麗淡雅。

　　稼軒還常將自己的主觀感情，移入色彩之中，將情感抒寫與色彩
結合起來，如：〈鷓鴣天・賦牡丹，主人以謗花，索賦解嘲〉詞：「愁
紅慘綠今宵看」（頁508），紅怎能愁，綠何曾慘，詞人將自己賞牡丹
時觸發的情感移之於牡丹的花、葉上。另有〈祝英台近〉（綠楊堤）
詞：「斷腸幾點愁紅」（頁98），使用的手法同上。

　　雖然易安的顏色字用得不多，但她和稼軒一樣常常描寫色彩的動
態，色彩的動態包含兩層意義：一是以色彩代表客觀物象，清照的如：
〈如夢令〉「綠肥紅瘦」（頁8），稼軒也有沿襲，如〈滿江紅・紫陌

飛塵〉詞云：「瘦紅肥綠」，即翻用李清照一句，紅代表花，綠代表葉。
二，色彩在動，表現它們的形態變化和生長過程。如易安詞中的〈怨
王孫〉「草綠階前」（頁 80），稼軒詞中的〈祝英台近・晚春〉詞：「斷
腸片片飛紅」（頁 96）。〈鷓鴣天・黃沙道中〉「松菊竹，翠成堆」（頁
301）。這些詞裡的色彩代表花卉、樹木，「紅」也能飛，「翠」也能動，
表現了這些物象的動態。〈行香子〉「向春闌綠醒紅酣」（頁 511）「醒」、
「酣」形容樹木、花卉生長旺盛茂密。

　　詞人用淡墨素彩，描劃出清新明朗的如畫景色，瀟灑雋逸，和諧
輕快，給人以賞心悅目的美感享受。兩人用不同的色彩寫作，運用多
種藝術手段，寫得明麗雅致，清新調和，為自己詞作中的花意象鋪設
了不同的美感。

四、描摹角度的異同

（一）視覺角度

　　在古典詩詞的寫作手法中，時空設計是作者在描寫景物時常用的
技巧之一，遠與近乃空間設計中最基本也是運用頻繁的一種，童慶炳
認為空間距離和時間一樣，也具有美化事物的作用。〔註16〕詞人藉著
空間距離的展延，或利用遠、近距離的對比，表現出空間的縱深，以
加強作品的美感。遠、近的搭配可分為由近及遠與由遠及近兩種，這
兩種搭配主要的作用表現在景物的羅列，是描寫山水風景的主要技
法，黃永武稱之為「空間的擴張」與「空間的凝聚」。〔註17〕一般在
山水詩的寫作技巧上，往往利用遠、近景物的對比，來強調二者之間
的空間距離，然後才能概括山水景物的全貌。不過，由近及遠與由遠
及近兩種方法，在美感效果上有相當不同的表現。

〔註16〕童慶炳：《中國古代心理詩學與美學》（台北：萬卷樓出版公司，1994
　　　年），頁 160。
〔註17〕黃永武：《中國詩學・設計篇》（台北：巨流圖書公司，1999 年），頁
　　　56～58。

　　仉小屏《古典詩詞時空設計之研究》有云：

> 「由近及遠」的空間設計中，空間向遠處綿延，很符合繪
> 畫中的「透視畫法」，也就是畫面中的物體前後交錯掩映，
> 形象按距離呈現，以襯出遠近。……距離由近而遠的拉開，
> 附著於空間的景物也漸次的呈現在讀者眼前，形成一種「漸
> 層」的效果，使得空間的深度加深了；中國傳統園林藝術
> 中，有一種「曲」（也就是藏）的做法，就是基於同樣的原
> 理。〔註18〕

這種由近及遠的寫法，可以讓空間無限的延展、擴大，一直延伸到畫
面之外，而讀者的想像也就隨之飛升，使作品的情境能達到「言有盡
而意無窮」、餘韻不絕的美感效果。如清照的〈孤雁兒〉：

> 藤床紙帳朝眠起。說不盡無佳思，沈香斷續玉爐寒，伴我
> 情懷如水。笛裡三弄，梅心驚破，多少春情意。　　小風
> 疏雨蕭蕭地。又催下千行淚。吹簫人去玉樓空，腸斷與誰
> 同倚。一枝折得，人間天上，沒個人堪寄。（頁42）

從室內的藤床紙帳、玉爐沈香，到室外的陣陣笛聲、瀟瀟春雨，由近
到遠的運鏡，彷彿做為他抒發感情的背景營造，最後的「人間天上」
是為了寫出悼亡之意，卻也將空間拉到最遠最大，隱隱看出清照在營
造的視覺感受。

　　再看稼軒的〈鷓鴣天‧代人賦〉：

> 陌上柔桑破嫩芽。東鄰蠶種已生些。平岡細草鳴黃犢，斜
> 日寒林點暮鴉。　　山遠近，路橫斜。青旗沽酒有人家。
> 城中桃李愁風雨，春在溪頭薺菜花。（頁225）

詞的上片寫近處的自然風光，下片則藉由蜿蜒的山路將視線拉遠，延
伸到遠處的另一個村落，並將視覺焦點擴展到插有青旗的酒家。最後
兩句以城中桃李與溪頭薺菜花的鮮明對比，告訴讀者要效法堅強的薺
菜花，才能佔有春光，不但寓含豐富的人生哲理，也是辛棄疾人格精

〔註18〕仉小屏：《古典詩詞時空設計之研究》（台北：台灣師範大學國文研
　　　究所博士論文，2000年），頁56。

神的體現。鏡頭由近及遠，再借景抒情，全詞寫景看似極自然隨意，用語也極樸實，但細加體會，便可見深厚的情味。

由近及遠的寫法會讓空間有無限延伸之感，相對的由遠及近的寫法，則有「聚焦」的作用。仇小屏《古典詩詞時空設計之研究》亦云：

> 「由遠而近」的空間安排比起「由近而遠」來，是反常的；但這反常自有其特殊意義。因為「由近而遠」會有延伸的效果，但「由遠而近」則相反地會有將景物拉近的作用，因而可以突出一個焦點來，凝聚讀者的注意力。〔註19〕

這種「聚焦」的寫法，可讓作品具有很強的張力。如清照的〈滿庭芳〉上片：

> 小閣藏春，閒窗鎖晝，畫堂無限深幽。篆香燒盡，日影下簾鉤。手種江梅更好，又何必、臨水登樓。無人到，寂寥渾似，何遜在揚州。（頁43）

詞中由「小閣」到「閒窗」到「畫堂」，最後停眼在「篆香」「簾鉤」之上，聚焦在房內的熟悉的陳設中，引出下文的「無人到」，把空間感由大而小、由遠而近的呈現出來，更顯得孤清冷寂。

再看稼軒的〈清平樂〉：

> 雲煙草樹。山北山南雨。溪上行人相背去。惟有啼鴉一處。門前萬斛春寒。梅花可煞摧殘。使我長忘酒易，要君不作詩難。（頁404）

鏡頭由遠處空中的雲、煙，到近處地面的草樹、山雨，再拉近到行人與啼鴉，最後落到詞人門前的梅樹，與室內的人物，一步步縮小範圍，凝聚焦點，可說是層次井然。

可見兩人在詞作表現上，都使用了遠近角度的調整，來表達不同的心情，而這樣的寫法，也讓詞作的意象經營表達得精彩豐富。

另外，兩人都用了俯瞰的角度來賞花，但是不同的是，清照的俯瞰是低頭、彎腰，憐惜花朵的俯瞰，而稼軒則是由上而下，自高處向

〔註19〕同注18，頁59。

下觀望，兩者大有不同，前者是呈現了憐花惜春，或是感傷落花堆積；而稼軒則是瀟灑傲視，將花做許多的聯想和數大之美的描繪。男女對於花朵的感受有所不同，書寫也自有不同，因此兩人賦詞時的視覺角度、取材角度有所差異。

（二）創作角度

在分析詠花這樣的創作體式時，我們要去推敲作者和作為表現之主體的「花」，這兩個主體所體現出來的關係。花被視為女性的象徵，身為女子的易安寫花的藝術風格以柔為主，可以把自己融入其中，與花合而為一，易安詞的花意象多寫愁緒，如泣如訴，彷彿就是在寫自己的生命，女子的生命在男性為中心的社會中，是那麼的不由自主，但清照可以藉著對自然景物的描寫來表達個人心曲，所以她眼中的花還是具有嬌柔的特質，在花瓣卷舒之間，香味綻放之際，把那些細膩的觀察，化為文字；清照詠花不是孤立地寫花的意象，而是把花置於具體的情景環境中，寓物於景，使意象鮮活生動、意境開闊深遠；就像把自己生命的點點滴滴灌注在詞中的花意象描寫上，她的情感是可以直接由花意象的花狀、花香、背景描寫探究出來的，花的描寫其實就是情感的陳述，具含蓄蘊藉之致而顯婉約之美。無論早期詠物詞的少女春思、人生嚮往，少婦的新婚恩愛；還是後期詠物詞的鄉國之思，憂患意識，悼念亡夫；都是詞人內心情懷的流露與悲愁的宣洩，而且是女性化的婉轉柔美、纏綿悱惻之情，符合正宗婉約詞的本質特徵。李清照以「女子作閨音」，為婉約之詞，乃是發乎自然。

稼軒雖是男性文人，卻寫了許多的花意象，他避開了花嬌柔形象的這一面，也不用花來借比女子，再藉女子之角色扮演來傳情達意，稼軒直接地用花的特性、特質來表達他激昂奮發的精神，抒發豪情；或以海棠、菊花的花意象流露作者身世及遭遇，流露悲涼。辛棄疾除了用花來寄託個人情志，他筆下的花卉形象仍有英雄氣，稼軒由花聯想了歷史人物，再從歷史人物的品格、遭遇，結合自己的想法。辛棄

疾詠花除了描摹花的姿態香氣，還可以將花當成古今之間的媒介，或是借花來嘲諷現實，反映他對於現實不被時用的憤懣。辛棄疾可以和花合而爲一，也以觀賞者的角度欣賞寄託，花不再只是在表象上的寄託，在稼軒詞中，花意象有許多是是社會性的、思想性的寄託，詠花詞在稼軒手中已經完全被改造爲陶寫性情，抒泄憤懣的載體，其情志內涵也得到了不同以往的拓展。兩人雖都直率地藉花來書寫自我，但清照藉花的形象自比，而稼軒藉花的特質自比，從創作角度上看，其實是有不同之處。

五、語言藝術的異同

清照與稼軒兩位詞人，兩人在詞壇上各占一方，他們在語言藝術的表現上也有十分講究之處，清照擅以清新之語，記述生活片段，恰如其份地表現作者心情，又能照應眼前之景，實爲高明。李清照詞的語言清新自然，淺近多口語，所謂「以尋常語度入音律」，達到化俗爲雅，不見斧鑿痕跡的境地。如〈滿庭芳・殘梅〉「更誰家橫笛，吹動濃愁」（頁 43），清新自然。而被天下稱之的〈如夢令〉「綠肥紅瘦」，〈念奴嬌〉寫花柳之「寵柳嬌花」，「肥」與「瘦」、「寵」與「嬌」，皆普通的俗語，但一旦用以形容綠與紅、柳與花，就人工天巧，頓顯語新意雋，生典雅之致，皆屬「用淺俗之語，發清新之思，詞意並工。」〔註20〕

李詞清新雅致，還表現在詞中典故甚多，如其〈詞論〉所謂「尚故實」在〔註21〕詠詞中亦不乏例證。〈孤雁兒〉（頁 42）一詞三處用典，另外「吹簫人去」還用了《列仙傳》蕭史與弄玉夫妻恩愛之典，以反襯自己孤苦之哀。而〈多麗・詠白菊〉（頁 11）更是典故絡繹，上片：「也不似、貴妃醉臉，也不似、孫壽愁眉。韓令偷香，徐娘傳粉，莫將比擬未新奇」，連用了《松窗雜錄》、《後漢書・梁冀傳》、《世說新語・惑溺》、《南史・后妃傳》等四處典故，反襯白菊的高潔品格。

〔註20〕〔清〕彭孫遹：《金粟詞話》，同注3，冊1，頁721。
〔註21〕王學初校注：《李清照集校注》（台北：里仁書局，1982 年 5 月），頁195。

其巧用故實，多十分貼切。

　　另外，李清照的詞十分注重音律聲調的和諧美，這也是一般詞人所不可企及的。她的詞總是給人一種旋律優美，富於感情變化和韻味濃厚的美感。因爲她很重視音律聲字。她強調「協律」，但在創作中她不被束縛。節奏是構成詩歌音樂和諧美的一個重要因素。李清照善於運用錯綜變化的聲調韻律的不同節奏，來表達起伏變化的思想感情。在運用疊字疊句與對偶句上，李清照詞尤其獨見功力，有描摹形狀景物的，如「寒日蕭蕭上鎖窗」（〈鷓鴣天〉，頁 30），「蕭蕭兩鬢生華」（〈清平樂〉，頁 47）；另一類是抒情表意的，如「樓上遠信誰傳，恨綿綿？」（〈怨王孫〉，頁 80），尤其是〈聲聲慢〉中運用的疊字，達到了奇絕的妙境。

　　〈聲聲慢〉「尋尋覓覓，冷冷清清，悽悽慘慘戚戚」（頁 64）連用十四疊字，前無古人，造語新穎，倍增其詞婉約之致。這種白描的藝術手法，正是李清照詞語言的生命力所在。其中「尋尋覓覓」四個字音調是由緩轉入急促，而「冷冷清清，悽悽慘慘戚戚」十個字的音調則又由平緩變爲急促，結尾前又出現「到黃昏，點點滴滴」，顯得格外深沉，如泣如訴，如傾如注，從而在音調上表現出高低起伏，抑揚頓挫，和諧入耳的節奏感。同時，在感情上也層層深入，把人物感情的內在心理變化過程恰到好處地表現出來，具有「大珠小珠落玉盤」之感，收到了強烈的藝術效果。尤其「梧桐更兼細雨，到黃昏點點滴滴」的心理刻畫，全用白描手法，使人如臨其境，如聞其聲。

　　李清照詞不僅在疊字運用方面具有美感，而且在疊句和偶句運用上，也具有美感。疊句如「甚霎兒晴，霎兒雨，霎兒風」（〈行香子〉，頁 40），「知否？知否？應是綠肥紅瘦」（〈如夢令〉，頁 8）。這些疊句，聲調是和美流轉，節奏強烈，琅琅上口，從而使感情隨聲調的起伏變化而昇華。對偶句如〈訴衷情・枕畔聞殘梅噴香〉之「人悄悄，月依依」（頁 40），也皆疊得有味，平仄協調，屬對工整，圓潤如珠，優美和諧。添婉約之美。

　　李清照詞的語言之所以形象靈動的另一個原因，也是由於她大量運用對比、擬人、烘托、比喻等修辭手法。如「星河欲轉千帆舞」（〈漁家傲〉，頁 6）、「夜長簾幕低垂」（〈多麗〉，頁 11）、「香臉半開嬌旖旎」（〈漁家傲〉，頁 46）、「梅定妒，菊應羞」（〈鷓鴣天〉，頁 47）、「梧桐應恨夜來霜」（〈鷓鴣天〉，頁 30）、「蓮子已成荷葉老」（〈怨王孫〉，頁 32）、「不耐風揉」（〈滿庭芳〉，頁 43）等例句，運用的是擬人手法。讀起來使人感到形象生動清新。

　　而稼軒部分，其用典已是他最重要的一個特色，而且辛棄疾將詠花與詠史融為一體，使作品具有深沉的歷史感。唐宋詞中，詠花而兼詠史者，並非始於稼軒，不過，稼軒之前在詠花詞中摻入詠史成分的作品並不太多，即使有的作家大量運用歷史典故，也只是意在詠花而非詠史，詠史與詠花並沒有融會貫通。稼軒則不然。稼軒熟讀經史，時借古人之酒杯澆自己之塊壘，其詠史之作都是唐宋詠史詞中的名作。除此之外，他還在詠花詞中大量摻入詠史成分，將詠花與詠史融為一體，從而擴大其情志內涵。如〈聲聲慢‧嘲紅木犀。余兒時嘗入京師禁中凝碧池，因書當時所見〉上片「開元盛日」（頁 24）、〈念奴嬌‧賦白牡丹，和范廓之韻〉下片「最憶當年，沉香亭北，無限春風恨」（頁 182），三句，化用李白〈清平調〉詩句，詠唐玄宗攜楊貴妃沉香亭賞牡丹事，既是詠史，又切本題。

　　此外，稼軒詠花詞問句頗多，於關鍵處發問，如「翠袂瑤琴誰整」（〈賀新郎‧賦水仙〉，頁 135）、「曉來衣潤誰整」（〈念奴嬌‧賦白牡丹，和范廓之韻〉，頁 182）、「吳娃粉陣恨誰知」（〈最高樓‧和楊民瞻席上用前韻，賦牡丹〉，頁 202）、「疏疏淡淡，問阿誰、堪比天真顏色」（〈念奴嬌‧題梅〉，頁 336）、「算風流未減，年年醉裡，把花枝問」（〈水龍吟‧寄題京口范南伯家文官花〉，頁 296）、「畢竟花開誰作主？記取：大都花屬惜花人」（〈定風波‧杜鵑花〉，頁 494）、「此度濃妝為誰改」（〈洞仙歌‧紅梅〉，頁 196）等，這乍看來似乎很平常，細味之實與作者內心的疑慮重重有關。稼軒為人頗具幽默感，故

詠物之作亦時以嘲謔體出之，如〈杏花天・嘲牡丹〉（頁 368）、〈最高樓・客有敗棋者，代賦梅〉（頁 461）、〈鷓鴣天・賦祝良顯家牡丹〉（一謗花一解嘲）（頁 507、508）、〈聲聲慢・嘲紅木犀〉（頁 24）等，這種嘲謔之作，無疑是詠物詞中的別調，它們充分展現了詞人的幽默感和張揚的個性，頗耐人玩味。

　　稼軒敏銳地抓住物件在形貌、意態方面的典型特徵，並出之以新奇的比喻，兼用擬人誇張等修辭手法，相當貼切地將對象物的典型特徵表現出來。比如〈定風波・賦杜鵑花〉（頁 494）以「一似蜀宮當日女，無數，猩猩血染赭羅巾」詠杜鵑花，兼用比喻和擬人，將杜鵑花比擬成蜀宮宮女及猩紅的羅巾，表現得頗為鮮明；〈粉蝶兒・和趙晉臣敷文賦落梅〉以「昨日春如，十三女兒學繡。……而今春似，輕薄蕩子難久」（頁 495），將暮春天氣比作十三女兒學繡、輕薄蕩子，從意態上找出二者之間的共同點，故表面看來不合常理，細細尋思，方覺極妙；〈鷓鴣天・祝良顯家牡丹一本百朵〉以「占斷雕欄只一株，春風費盡幾工夫。……恰如翠幕高堂上，來看紅衫百子圖」（頁 507）詠牡丹，用了誇張和比喻的手法，祝家牡丹一本百朵，故作者戲稱祝家花圃只有一株牡丹，以致祝氏要稼軒再賦一首解嘲，即〈鷓鴣天・賦牡丹，主人以謗花索賦解嘲〉，並將其比作「紅衫百子圖」（頁 508），顯得極有趣味；皆於極細微處下筆，而能傳物之形貌聲色。這種修辭手法的綜合運用所達到的藝術效果，是其詠物詞主要審美特徵，在雄奇奔放、氣象闊大之外，體現出英雄詞人細心體物且聯想豐富、技藝圓熟的一面。

　　總之，清照善於運用新語，注重音律，也大量運用對比、擬人、烘托、比喻等修辭手法，而且將典故化用得自然質樸，而稼軒用典詠史，還兼用適當的誇張和比喻，利用問句將詞引入另一個層面。兩人最大的相同點在於用典之處都能旁徵博引，運用自然，如同沈祥龍在《論詞隨筆》中說：

　　　　用成語，貴渾成脫化，如出諸己……李易安『清露晨流，
　　　　新桐初引』；用《世說新語》，更覺自然。稼軒能和經史子

集而用之，自有才力絕人處。他人不宜輕效。〔註22〕

兩位詞人能在詞壇上歷久彌新，實與他們多樣化的語言技巧有相當大的關係，濃厚的情感內涵，再以精妙的寫作手法包裝，呈現出一首首動人的詞章。

〔註22〕同注 14。

第六章　結　論

　　本論文以二安詞爲研究範疇，從二安的生平及時代背景來看：李
清照，號易安居士，齊州章丘（今屬山東濟南）人，生於宋神宗元豐
七年（1084），約卒於孝宗紹興二十五年（1155），年約七十二。辛棄
疾原字坦夫，後改字幼安，中年後別號稼軒居士，生於宋高宗紹興十
年（1140），卒於寧宗開禧三年（1207），享年六十八。

　　易安與稼軒出身相近，都是宦門子弟而位列於士大夫階層；兩人
都在良好的環境下成長，雖然不同的家世背景影響下，詞中展現了不
同的人生思維與態度，追求不同的人生目標與理想；但是他們在家庭
中所學習到的愛國情操、良好品德、積極不屈的態度，都在詞中有所
表現。

　　易安與稼軒兩人的一生不完全處於同一個時段，並無共同唱和的
經驗，但他們卻同處於一個歷史的轉折時期，靖康之變、北宋覆亡、
被迫南渡都給他們帶來了災難和痛苦。所不同的是，易安在「靖康之
變」前過上了一段承平氣象的生活，而稼軒的一生則都與民族危機緊
緊聯繫在一起，他出生的時候，家鄉已淪爲金人統治區十幾年。從小
受屈仕於金朝的父祖輩們灌輸民族意識，而成爲一個極具民族精神的
青年，因此，在他的身上深深地打上了民族意識的烙印，這深刻地影
響著他的文學創作。

　　清照一生經歷結婚、南渡、喪夫、再婚，以夫爲天的女子由美好的家世走向幸福的婚姻，又讓她面臨國破家亡；棄疾一生則是在南渡、抗金、居官、落職、閒居之間遊走，一心報國的男子從夙興夜寐的地方官走向落拓的閒居。命運讓兩個詞人都遭遇人生最大的困頓，雖有不同的遭遇，卻有相同的轉折；雖有不同的人生，卻有相同的苦痛。相同的時代背景，一樣的愛國情懷，一樣的屢遭挫折、悲涼堪歎的坎坷經歷。李清照詞就用自我抒情的方式，以女性特有的筆致寫細膩之情。辛棄疾詞則用氣象巨闊的方式，大開大合，寫報國壯志，情懷激烈。

　　李清照在性格上孤獨易感、剛毅不屈、情致高遠；而辛棄疾則是性情眞摯、豪邁志壯、樂觀進取、百折不撓、二人心中都有不苟同於流俗的個性，都有珍惜生命的高遠追求，都處在國家江山飄搖、金兵蹂躪國土的時代背景，都有抗金恢復國土的愛國情懷，也都屢屢遭受不公正的打擊挫折，所以易安詞中時有豪邁之作，稼軒詞中也多有婉約之詞。他們有共同的愛國情懷，從主導風格上看，李清照乃婉約派詞人，辛棄疾爲豪放派詞人。但相同的是，他們都情感眞摯，不甘流俗，努力追求自我價值，對故國家山魂牽夢縈、擁有渴望恢復國土的愛國情懷，兩位詞人表現出很多相通之處，表現在詞上，即李清照也有令人稱歎的豪放詞，辛棄疾亦創作出了傳唱久遠的婉約詞。

　　而兩人性格中較爲不同的部分則是情緒的舒展，清照的「愁」貫串了大部分的作品，使得作品大都呈現了淒婉哀戚的色彩。作爲傳統時代少數能抒發己志的女子，清照盡情地在詞中表達身爲女子對自然、對情感獨特的感受，將女性獨有的觀察投注在詞中，這也讓清照的詞常圍繞在個人悲痛的情感之中。一般而言，女性本就較爲多愁善感，加上詞本就以婉約爲本色，易安透過含蓄曲折的表達手法，使意義更加深刻，反覆迴旋，衝突激盪，使詞展現出深長的意味。棄疾也有愁作，但有許多的「愁」是在發抒對現實環境的不滿，是樂觀進取的，雖在閒居之中，仍然充滿希望和期待，仍然渴望被朝廷再次起用，所以要把心中的理想和憤慨藉由詞傳遞出來，因此在稼軒詞中仍可以

看到他理想的展現，積極奮發的精神。

李清照筆下的花以比例看是十分驚人的。出現最多的是梅花、菊花和桂花。其他還有荷花、杏花、海棠、銀杏、梨花等。而辛稼軒所吟詠到的花卉有十餘種之多，寫得最多的是梅花、牡丹和桂花，其他還有菊花、水仙、茉莉、文官花、芙蓉、荷花、荼蘼、海棠、杜鵑花、山茶、落花。

兩人在詞作中都用了許多的梅花意象，對於梅花，李清照寄託了惜花傷春的情緒、生命意志的象徵以及憂冷悲涼的哀鳴；辛棄疾則藉梅花寫報效國家的情感寄託、孤凄沉鬱之情、高潔傲岸精神以及對社會殘酷現實的抗議。在情感上，易安寫梅花，有許多是與愁苦孤獨聯繫在一起，以及讚美梅花傲放不屈的品格，塑造出孤苦伶仃、寂寞凄清的抒情女主人公形象。稼軒在大部分的詠梅詞裡總是著意刻劃梅花的形態清剛俊秀，最主要的是耐寒怒放的品格都是每首詠梅詞的底蘊。且詞中多伴有雪、霜、氣骨、風煙等與梅寒中挺立的姿態緊密聯繫的意象，這些意象從側面對梅花的剛毅挺拔、不屈不撓的形象加以烘托，興起映襯突出的作用。寫梅則以雪相襯，從視覺上給人以冰天雪地裡梅依然怒放的直觀感；以寒相托，從觸覺上讓人乍感刺骨寒風中梅挺立不阿。這種襯托稼軒意在突出梅孤傲不屈的形象，也表明了稼軒著意從梅的耐寒品格去寫梅。對稼軒而言，梅花是不屈性格的象徵。易安以「愁」、以「淚」、以「孤」寫梅，而稼軒以「傲」、以「倔」、以「勁」寫梅，此大異也。

在桂花的描寫上二安都著重其氣節，易安寫桂花是象徵自己的精神世界，以及展現其風雅氣度。稼軒則是藉桂花寫兼善天下的胸襟，也藉桂花嘲諷黑暗的時政。清照讚美桂花高潔清淡、飄芳留香，流露出與其他花卉不同的特質。所以，易安將桂花描上了女性所特有的高潔淡雅、溫和柔順；又褒譽為眾花之首。而「自是花中第一流」的桂花同時也流露出一種高潔志趣，這種氣象已不只有單純的柔媚流俗而自成高貴、自有骨氣，標誌了易安描繪花意象角度的特出，也表明了

她用詞來表達志向理想的另一面。而稼軒筆下的桂花則表現出清高的
人格和兼濟天下之胸襟，與易安追求嚮往的高潔人格有不謀而合之
處，但也有所不同。稼軒有「染教世界都香」兼善天下的宏願，比清
照著眼在個人品格的高潔更為宏觀。易安寫桂花以「潔」、以「清」
賦之，但有個人情志之感慨，稼軒則以「芳」、以「揚」寫之，除卻
個人情志，且見兼濟之胸懷，此異中有同。

　　菊花的描寫，在清照的書寫中也佔有一席之地。易安用菊的相伴
宣洩人生中的不如意。菊的瘦硬、孤標傲世、卓然不群切合了李清照
孤傲的個性與人格。而菊與陶淵明緊緊結合的意象，也正是李清照所
嚮往的人生態度，其中也處處流露出清照對於陶淵明的喜愛。而稼軒
所詠的菊花等則是飄零傷感的代表，顯示出淵明對菊花的賞識，隱隱
寄託一種自己無法和菊花一般找到知音的嘆惋。易安以「柔」、以「嬌」
詠菊，稼軒以「苦」、以「愁」詠菊，此同中有異。

　　兩人在詞中的花卉意象選取有所異同，花對易安而言，是她內心
的反映，個人品格的描寫，以及個人理想的標舉。所以這三類意象各
具形態又互成一體，易安筆下花皆負有自己的形象。這是易安觀察描
摹花卉最鮮明的特點。辛稼軒的詠花詞不僅數量比李易安多，而且花
意象種類更為繁多，形態更為多姿多彩，詠花視野更開闊，角度更多
元化，突破了個人苦恨閒愁的狹小範圍。

　　歷代詠花詩或詠花詞，或淡雅雋秀或濃豔俏麗或疏俊風流，大都
跳不出詩言志的傳統，都往往深有寄託，且往往囿於三種形式：或以
花喻嬌豔嫵媚的風塵女子，抒發欣賞之意相憐相思之情；或以花喻男
性文人自己，哀憐自己的身世表白自己的操守；或以花喻可望而不可
即的君王，發洩自己報國無門的憤懣和無奈；李清照和辛棄疾兩人也
用寄託，但他們的寄託從前三種形式中跳脫了出來，且不一託到底，
顯得新穎別致。

　　在李清照詞中的花意象所表現的情感豐富，有的表達歡快的情
懷、女子傷春惜時的心情；有的則是傳遞別離的相思之苦、喪夫後的

惆悵悲傷，有的則豪壯地自抒懷抱，或表達故國之思，而在稼軒詞中，我們可以看到作者的精神、性情、風骨。辛棄疾藉花意象或自陳理想，或抒寫身世之感，或憤世嘲政，或思國懷鄉，或表達仰慕前賢，或陳述別離思念，各種情感都透過細膩的花意象書寫一一呈現。

李清照和辛棄疾都在他們的詞作中，塑造了一系列的自我形象，這些形象都是從他們的生活經歷和精神世界中，精選細節，並融注自己真摯的感情於細節之中而創造出來的一個個具有個性化的、栩栩如生的抒情主人公形象。

另外，兩人都在花意象中傳遞了濃厚的愛國思想。李清照的詞早期大多寫自己的離別之怨、相思之苦，但其晚期創作風格有所改變，她主要是通過今昔對比，在無限的追懷故國、故土、故人、故時的過程中表達自己的愛國情感，其深沉的愛國感情內涵是悲苦的，並多在身世悲慨中寄寓亡國之痛，透過詠花的詞句，寄寓了李清照深深的懷念故土，或悼念亡夫，或追懷舊時的情感，這些情感的背後，積蓄的是李清照深沉的愛國情懷，它們道出了所有南渡者的心聲，喚取了人們對故國、故土、故人、故時的追懷。

棄疾是一個具有愛國思想與強烈民族意識的英雄豪傑，但是他忠而被謗，信而見疑，屢遭貶黜，抑鬱不得志；他的滿腔激情無處發洩，於是都傾瀉在他的詞篇中。也因此辛棄疾作詞以氣運之，大氣磅礡，真力彌滿。所以激盪於詞中的是民族正氣、英雄豪氣。其氣或噴薄而出，或潛向內轉後再行噴薄，或愈轉愈深，如「百煉鋼化為繞指柔」悠長持續。他的詞作充溢了他濃烈的愛國情感，其深沉的愛國感情內涵是沉鬱、悲壯、憤慨的。

李清照和辛棄疾雖然都在詞中抒發了自己的愛國思想，但李清照的愛國情懷發揮在她南渡後的一些詞作中，創作題材與自己的個人生活相關，她主要是通過今昔對比，在無限的追懷故國、故土、故人、故時的過程中委婉含蓄地表達自己的愛國情感，其深沉的愛國感情內涵是悲苦的。辛棄疾的愛國思想則反映在他一生的詞作中，並且是通

過各種題材表現出來的,除了因爲受其自身所處的時代環境影響,詞作中以愛國抗金篇章爲主外,無論是懷古傷今的懷古詞、托物抒懷的詠物詞、清新脫俗的山水田園詞、表現隱逸生活的閒適詞;乃至戲謔幽默的諧趣詞、集經史詩文的集句詞、唱和酬贈的送別詞、壽詞、題畫詞;甚至也有表現兒女私情的艷情詞等等,詞至稼軒,內容已由男女閒情幽怨擴爲可以詠史、弔古、抒懷、繪景等,風格亦已從婉約馨逸擴爲豪放激壯,實已到了無意不可入詞、無事不可入詞的境地,誠如楊海明所言:

> 在辛詞中,大至復國大計、小至身邊瑣事,「豪」如「挑燈看劍」,「婉」如「兒女燈前」,事無分鉅細而情無分剛柔,即均有所表現,有所描寫。所以我們盡可把辛詞比作一座「大山」,其間固有倚天拔地的奇峰怪嶺,卻又不乏深谷幽蘭、林泉曲澗。〔註1〕

葉嘉瑩認爲:

> 第一流之最偉大的作者,其作品之所敘寫者,卻往往也就正是其性情襟抱中志意與理念的本體的呈現。

又言:

> 蓋以一般之作者不過以其性情才氣爲詩而已,但眞正偉大之作者則其所寫乃並不僅爲一時才氣性情之偶發,他們乃是以自己全部生命中之志意與理念來寫作他們的詩篇,而且是以自己整個一生之生活來實踐他們的詩篇的。此在詩人中之屈原、陶潛、杜甫,便都是很好的例證。〔註2〕

葉嘉瑩認爲在唐、宋詞人中要找到一位可與屈、陶、杜相比擬,同時兼具眞誠深摯的感情,以及堅強明確之意志,而以全部心力投注於其作品,更以全部生活來實踐其作品的,辛棄疾是唯一可以入選之人物。證諸辛棄疾一生所創作的六百餘首長短句,在這些創作中,可說

〔註1〕 楊海明:《唐宋詞史》(高雄:麗文文化事業,1996年),頁527。
〔註2〕 葉嘉瑩:〈論辛棄疾詞〉,見繆鉞、葉嘉瑩合撰:《靈谿詞說》(台北:正中書局,1993年),頁404〜406。

是整個時代的縮影，寄寓著多少如辛棄疾一般有志之士眼見神州陸沉的悲痛，卻報國無門、驥足難伸的憾恨，因此《稼軒詞》之所以能引起廣大讀者心靈的共鳴，從而給予讀者精神上的啓迪，實肇因於《稼軒詞》能鎔鑄豪婉，沉鬱悲壯的寫作風格，足見葉嘉瑩所言不虛。

縱觀易安與稼軒詞花卉意象形態及其內涵，來看兩者的差異：從易安詞的花意象裡我們看到濃重的愁思和自抒懷抱的理想，這是她經花意象寄寓的情致和志趣，個人愁苦是易安筆下花意象的主要形象顯現，而且清照寫詞多爲獨吟之作。而稼軒詠花不僅形態各異，種類繁多，稼軒詠花的寄託更爲宏大，更爲強烈，詞人對於社會、人生的諸多感慨以及作者的性情懷抱時藉詠花發之，常爲唱和之作。他突破了個人的愁苦而給花意象注入了更多的社會因素，詠物即是詠懷。從藝術上看，易安善於抒情，稼軒則把用典、擬人、比興、化用前人詩句等手法熔於一爐，他筆下的花卉形象向我們展現了一位民族英雄所特有的遠大抱負，坦蕩胸襟，又向我們表達了他作爲一個苦難歲月裡百姓所具有的悲愴蒼涼。

比較清照和稼軒的寫作手法，在背景選擇上，易安則是用時序的不同表達了不同的情緒，在黃昏時分，更能引起心中愁緒，而稼軒並不著重時序的背景敘述，較偏好在夜晚的花意象書寫。兩人都擅長以風雨連用來比喻人生的橫逆，或以風雨來鋪設了愁緒上演的舞台，不管是在惜春惜時，或是別離相思，或是外在的風暴，兩人都善用風雨的意象，讓花朵在這樣的背景下呈現更明確的情感、更生動的美感。

清照詞中的花姿態多樣，從含苞、乍開、盛開到欲謝、凋落，每一種不同的樣態都代表了清照不同時期的情感。不同於清照，稼軒詞中，並不太細膩描摹花朵生長情形，但詞中卻常常強調花的凋零，常常著眼在眼前殘花上，而且這些詞中的花意象，多是自比。此外，「疏梅」的意象時常在稼軒詞中出現，儼然是詞人內心孤寂的寫照。而清照好以清芬淡雅的香氣來自抒懷抱或訴別離相思。稼軒以花香來寫花的花卉種類繁多，濃馥淡香皆有，更有特出的香氣，一樣寄託了想如花香一般，品格流芳。

　　清照喜愛使用的花色則是黃色，自喻性格，而用紅色反襯內心對
於時勢衰敗、家庭破碎的淒涼。白色則代表了清照的理想。在背景的
書寫上，清照也少以顏色渲染，詞人關注周遭自然景物的變換，多用
具體的物來營造環境，背景色彩乃是爲了突顯出要描寫的花朵，清照
寫花，並不強調外在的美麗色彩，而是著眼於花朵的精神含意，因此
清照更著眼在花的清香淡雅上。稼軒則運用了多種表現色彩的方式，
以反映客觀事物豐富多采的色彩。最基本的表現方式，當然是運用描
寫色彩的表現色彩的直觀感受。其次，描寫具有固定色感的特徵性事
物，通過客觀事物的色彩美，表現詞的意象，創造優美的詞境。稼軒
還常將自己的主觀感情，移入色彩之中，將情感抒寫與色彩結合起
來。兩人相同的是，善於描寫顏色的動態美，用不同的色彩寫作，運
用多種藝術手段，爲自己詞作中的花意象鋪設了不同的美感。

　　兩人的視覺角度上有同有異，同的是皆善用遠近角度的調整，來
表達不同的心情，而這樣的寫法，也讓詞作的意象經營表達得精彩豐
富。也同樣使用俯瞰的角度來賞花，但是不同的是，清照的俯瞰是低
頭、彎腰，憐惜花朵的俯瞰，而稼軒則是由上而下，自高處向下觀望
的瀟灑傲視，將花做許多的聯想和數大之美的描繪。男女在詞中的視
覺角度仍有差異。

　　而在創作角度上看，身爲女子的易安寫花的藝術風格以柔爲主，
可以把自己融入其中，與花合而爲一，花的描寫其實就是情感的陳
述，具含蓄蘊藉之致而顯婉約之美。稼軒雖是男性文人，在花意象的
書寫上，稼軒直接地用花的特性、特質來表達他激昂奮發的精神，抒
發豪情；或以海棠、菊花的花意象流露作者身世及遭遇，流露悲涼；
或將花當成古今之間的媒介，或是借花來嘲諷現實，反映他對於現實
不被時用的哀傷。在稼軒詞中，更多的花意象是社會性的、思想性的
寄託。兩人雖都直率地藉花來書寫自我，但清照藉花的形象自比，而
稼軒藉花的特質自比，從創作角度上看，其實是有不同之處。

　　清照善於運用新語，注重音律，也化用典故化用得自然質樸，而

稼軒用典詠史，還兼用適當的誇張和比喻，利用問句將詞引入另一個層面。兩人最大的相同點在於用典之處，都能旁徵博引，運用自然，都有多樣化的語言技巧，才能將濃厚的情感內涵，精妙化出一首首動人的詞章。

　　李清照和辛棄疾，一位代表了婉約詞派的極致，一位登上了豪放詞創作之高峰。二人的不同是顯而易見的：李清照的詞長於自我抒情，善於以女性特有的筆致寫相戀情思、傷離惜別、悲秋傷春，尤善於以梅花、海棠、菊花、桂花等不同風姿韻調的花卉寫人的形象、人的情致。其《漱玉詞》，呈現委婉含蓄、深情綿邈的美學風範。辛棄疾的詞則氣象宏闊，大開大合，充滿英風豪氣，或感慨江山，或登臨懷古，以英雄胸臆寫報國壯志。其詞可謂「筆掃千軍萬馬」。情懷的雄豪激烈，意象的雄奇飛動，語言的雄健剛勁，共同構成了稼軒詞豪放雄闊的藝術風格。稼軒受到了清照的影響，寫下如〈醜奴兒近‧博山道中效李易安體〉（頁170），而兩宋間亦有如周密仿辛稼軒詠桂花的詞作，足見兩人在詞壇上的影響力，而且他們在詞作上的影響力，也是透過對花意象的描寫展現出來。因此，兩人詞作的特色，透過花意象的探討和分析，得到更多的印證和體會。

參考書目

壹、專　書

一、二安詞集

（一）李清照

1. 《李清照集校注》，王學初，台北，里仁書局，1982 年。
2. 《李清照全集評注》，徐北文，濟南，濟南出版社，1990 年。
3. 《李清照全詞》，劉瑜，濟南，山東友誼出版社，1998 年。
4. 《李清照詩詞文選評》，陳祖美，上海，上海古籍出版社，2002 年。
5. 《李清照詞新釋輯評》，陳祖美，北京，中國書店，2003 年。
6. 《自是花中第一流──李清照詩詞注評》，吳惠娟，上海，上海古籍出版社，2005 年。

（二）辛棄疾

1. 《稼軒詞選析》，汪誠，台北，台灣商務印書館，1993 年。
2. 《辛棄疾詞索引及校勘》，林淑華編著，北京，北京圖書館出版社，1998 年。
3. 《辛棄疾詞選評》，施議對，上海，上海古籍出版社，2002 年。
4. 《稼軒詞編年箋注》，鄧廣銘，台北，華正書局，2003 年。
5. 《辛棄疾詞新釋輯評》，朱德才、薛祥生、鄧紅梅，北京，中國書店，2006 年。

二、詞人研究

（一）李清照

1. 《李清照研究》，何廣棪，台北，九思出版社，1977 年。

2. 《李清照評傳》，王延梯，陝西，人民出版社，1982 年。

3. 《李清照資料匯編》，褚斌傑、孫崇恩、榮賓憲編，北京，中華書局，1984 年。

4. 《李清照與朱淑眞評傳》，繆香珍，台北，台灣商務印書館，1989 年。

5. 《李清照評傳》，陳祖美，南京，南京大學出版社，1995 年。

6. 《曠世才女——李清照》，榮斌，山東，山東教育出版社，2001 年。

7. 《李清照新傳》，鄧紅梅，上海，上海古籍出版社，2005 年。

8. 《詞壇偉傑李清照》，黃麗貞，台北，國家出版社，2007 年。

（二）辛棄疾

1. 《辛稼軒先生年譜》，梁啓超，北京，中華書局，1960 年。

2. 《辛稼軒先生年譜》，鄭騫，台北，華世書局，1977 年。

3. 《辛棄疾論叢》，劉乃昌，濟南，齊魯書社，1979 年。

4. 《稼軒詞研究》，陳滿銘，台北，文津出版社，1980 年。

5. 《辛棄疾評傳》，劉維崇，台北，黎明文化出版社，1983 年。

6. 《辛棄疾年譜》，蔡義江、蔡國黃編著，濟南，齊魯書社，1987 年。

7. 《稼軒詞縱橫談》，鄭臨川，成都，巴蜀書社，1987 年。

8. 《蘇辛詞比較研究》，陳滿銘，台北，文津出版社，1989 年。

9. 《辛棄疾詞心探微》，劉揚忠，濟南，齊魯書社，1990 年。

10. 《氣吞萬里如虎》，孫乃修，台北，業強出版社，1992 年。

11. 《稼軒詞探賾》，李卓藩，台北，天工書局，1999 年。

12. 《蘇辛詞論稿》，陳滿銘，台北，文津出版社，2003 年。

13. 《辛稼軒年譜》，辛啓泰，台北，華正書局，2003 年。

14. 《辛棄疾資料彙編》，辛更儒，北京，中華書局，2005 年。

15. 《稼軒豪放詞風之美學研究》，王翠芳，台北，花木蘭文化出版社，2007 年。

三、詞　話

1. 《碧雞漫志》，王灼，詞話叢編本，台北，新文豐出版公司，1988

年。

2. 《詞源》，張炎，詞話叢編本，台北，新文豐出版公司，1988 年。

3. 《樂府指迷》，沈義父，詞話叢編本，台北，新文豐出版公司，1988 年。

4. 《花草蒙拾》，王士禎，詞話叢編本，台北，新文豐出版公司，1988 年。

5. 《金粟詞話》，彭孫遹，詞話叢編本，台北，新文豐出版公司，1988 年。

6. 《宋四家詞選》，周濟，詞話叢編本，台北，新文豐出版公司，1988 年。

7. 《蓮子居詞話》，吳衡照，詞話叢編本，台北，新文豐出版公司，1988 年。

8. 《蓼園詞評》，黃蘇，詞話叢編本，台北，新文豐出版公司，1988 年。

9. 《賭棋山莊詞話》，謝章鋌，詞話叢編本，台北，新文豐出版公司，1988 年。

10. 《菌閣瑣談》，沈曾植，詞話叢編本，台北，新文豐出版公司，1988 年。

11. 《詞概》，劉熙載，詞話叢編本，台北，新文豐出版公司，1988 年。

12. 《白雨齋詞話》，陳廷焯，詞話叢編本，台北，新文豐出版公司，1988 年。

13. 《論詞隨筆》，沈祥龍，詞話叢編本，台北，新文豐出版公司，1988 年。

14. 《人間詞話》，王國維，詞話叢編本，台北，新文豐出版公司，1988 年。

15. 《蕙風詞話》，況周頤，詞話叢編本，台北，新文豐出版公司，1988 年。

四、詞學專著

1. 《中國六大詞人》，蔡義忠，台北，清流出版社，1977 年。

2. 《唐宋詩詞探勝》，吳熊和，杭州，浙江文藝出版社，1983 年。

3. 《宋南渡詞人》，黃文吉，台北，學生書局，1985 年。

4. 《南宋詞研究》，王偉勇，台北，文史哲出版社，1987 年。

5. 《古人詠百花》，高興選注，台北，木鐸出版社，1988 年。

6. 《唐宋詞名家論集》，葉嘉瑩，台北，正中書局，1990 年。

7. 《唐宋詞鑑賞辭典》，唐圭璋，台北，新地文學出版社，1991 年。

8. 《花落蓮成——詞學瑣論》，李若鶯，高雄，復文圖書出版社，1992 年。

9. 《詞林探勝——其人、其事、其詞》，周宗盛，台北，水牛圖書出版社，1992 年。

10. 《詞學研究書目》，黃文吉，台北，文津出版社，1993 年。

11. 《靈谿詞說》，繆鉞、葉嘉瑩，台北，正中書局，1993 年。

12. 《唐宋詞十七講》，葉嘉瑩，台北，桂冠圖書公司，1994 年。

13. 《詞的審美特性》，孫立，台北，文津出版社，1995 年。

14. 《賞花吟詩》，程龍、宋寶軍，台北，渡假出版社，1995 年。

15. 《唐宋詞主題探索》，楊海明，高雄，麗文文化公司，1995 年。

16. 《唐宋詞史》，楊海明，高雄，麗文文化公司，1996 年。

17. 《唐宋詞鑑賞通論》，李若鶯，高雄，復文圖書出版社，1996 年。

18. 《北宋十大詞家研究》，黃文吉，台北，文史哲出版社，1996 年。

19. 《迦陵談詞》，葉嘉瑩，台北，三民書局，1997 年。

20. 《全宋詞典故辭典》，范之麟主編，武漢，新華書店，2001 年。

21. 《黃文吉詞學論集》，黃文吉，台北，台灣學生書局，2003 年。

22. 《詞苑叢談校箋》，徐釚著，王百里校箋，北京，人民文學出版社，2005 年。

23. 《詞別是一家》，蔣哲倫，上海，上海社會科學院出版社，2005 年。

24. 《唐詩宋詞的十五堂課》，葛曉音，台北，五南圖書出版公司，2007 年。

五、經部、史部

（一）經　部

1. 《易經集成》，王弼，台北，成文出版社，1976 年。

2. 《詩經集註》，朱熹，台北，群玉堂出版事業公司，1991 年。

3. 《十三經注疏》·周易，阮元，台北，藝文印書館，1997 年。

4. 《十三經注疏》·左傳，阮元，台北，藝文印書館，1997 年。

5. 《說文解字》，許慎，台北，書銘出版社，1994 年。

（二）史　部

1. 《四庫全書總目提要》，紀昀總纂，石家莊，河北人民出版社，2000年。
2. 《史記會注考證》，瀧川龜太郎，台北，文史哲出版社，1993年。
3. 《晉書》，房玄齡、褚遂良等撰，台北，鼎文書局，1987年。
4. 《南史》，李延壽撰，萬承蒼考證，台北，臺灣商務印書館，1985年《景印文淵閣四庫全書》本。
5. 《舊唐書》，劉昫奉敕撰，沈德潛等考證，台北，臺灣商務印書館，1985年《景印文淵閣四庫全書》本。
6. 《宋史》，脫脫，台北，鼎文書局，1983年。
7. 《宋史資料萃編》，台北，文海出版社，1968年。
8. 《金史》，脫脫，台北，鼎文書局，1983年。

六、集　部
（一）總　集

1. 《楚辭章句》，王逸，台北，臺灣商務印書館，1985年，《景印文淵閣四庫全書》本。
2. 《先秦漢魏晉南北朝詩》，逯欽立輯校，台北，木鐸出版社，1983年。
3. 《文選》，蕭統編，李善注，台北，華正書局，1995年。
4. 《全唐詩》，清聖祖御編，北京，新華書店，1992年。
5. 《全唐五代詞》，曾昭岷等編，台北，中華書局，1999年。
6. 《全宋詩》，傅璇琮等編，北京，北京大學出版社，1995年。
7. 《全宋詞》，唐圭璋編纂、王仲聞參訂、孔凡禮補輯，北京，中華書局，1999年。
8. 《中華歷代詠花卉詩詞選》，趙慧文編北京，學苑出版社，2005年。

（二）別　集

1. 《陸士衡文集》，陸機，北京，中華書局，1985年。
2. 《陶淵明集》，逯欽立校注，台北，里仁書局，1982年。
3. 《周濂溪集》，周敦頤，台北，台灣商務印書館，1966年。

（三）詩文評

1. 《詩品》，鍾嶸，台北，臺灣商務印書館，1985年。

2. 《文心雕龍》，劉勰，范文瀾註，香港，商務印書館，1960 年。

3. 《須溪集》，劉辰翁，台北，台灣商務印書館，1985 年《景印文淵閣四庫全書》本。

4. 《中州集》，元好問，台北，台灣商務印書館，1985 年《景印文淵閣四庫全書》本。

5. 《歷代詩話》，何文煥，台北，藝文印書館，1974 年。

6. 《甌北詩話》，趙翼，台北，廣文書局，1991 年。

7. 《詩藪》，胡應麟，台北，廣文書局，1973 年。

8. 《藝概》，劉熙載，台北，廣文書局，1974 年 10 月。

9. 《宋詩話輯佚》，郭紹虞，台北，華正書局，1981 年。

七、文學專著

1. 《中國文學發展史》，劉大杰，台北，華正書局，1998 年。

2. 《文學論》，韋勒克・華倫著，王夢鷗、許國衡譯，台北，志文出版社，1976 年。

3. 《中國文學論集》，徐復觀，台北，台灣學生書局，1976 年。

4. 《中國古典文學研究叢刊》，詩歌之部，柯慶明、林明德編，台北，巨流圖書公司，1977 年。

5. 《雞肋編》，莊綽，北京，中華書局，1983 年。

6. 《范村梅譜》，范成大，台北，台灣商務印書館，1985 年《景印文淵閣四庫全書》本。

7. 《中國文學講話（七）兩宋文學》，黃錦鋐等，台北，巨流圖書公司，1988 年。

8. 《中國詩歌藝術研究》，袁行霈，台北，五南圖書出版公司，1989 年。

9. 《古代詩歌鑑賞辭典》，王洪主編，北京，北京燕山出版社，1989 年。

10. 《宋代文學與思想》，台北，學生書局，1989 年。

11. 《詩歌意象論》，陳植鍔，北京，中國社會科學出版社，1990 年。

12. 《文學概論》，張健，台北，五南圖書出版公司，1992 年。

13. 《中國古代文學十大主題——原型與流變》，王立，台北，文史哲出版社，1994 年。

14. 《中國古代心理詩學與美學》，童慶炳，台北，萬卷樓出版公司，1994 年。

15. 《南宋四大家詠花詩研究》，蕭翠霞，台北，文津出版社，1994 年。

16. 《中國文學理論與實踐》，王夢鷗，台北，時報文化出版公司，1995 年。

17. 《語文、情性、義理——中國文學的多層面探討國際學術會議論文集》，台北，台灣大學中文系，1996 年。

18. 《中國古典美學史》，陳望衡，長沙，湖南教育出版社，1998 年。

19. 《中國詩文中的情感》，黃文吉，台北，台灣書店，1998 年。

20. 《中國詩學·考據篇》，黃永武，台北，巨流圖書公司，1999 年。

21. 《中國詩學·思想篇》，黃永武，台北，巨流圖書公司，1999 年。

22. 《中國詩學·設計篇》，黃永武，台北，巨流圖書公司，1999 年。

23. 《中國詩學·鑑賞篇》，黃永武，台北，巨流圖書公司，1999 年。

24. 《中國文學的美感》，柯慶明，台北，麥田出版社，2000 年。

25. 《百花百話》，高世良，天津，百花文藝，2007 年。

貳、學位論文

一、李清照

1. 《南渡詞人李清照——其詞作與詞學主張研究》，郭曉菁，清華碩論，2002 年。

2. 《易安詞中的愁》，郭錦蓉，南華大學碩論，2002 年。

3. 《性別與書寫——以周邦彥與李清照詞爲例》，楊靜宜，彰師大碩論，2003 年。

4. 《李清照性格思想及生活情趣探究》，陳怡君，彰師大碩論，2004 年。

5. 《李清照詞篇章意象析論》，程汶宣，臺師大在職進修碩論，2005 年。

6. 《漱玉詞藝術探究》，張美智，玄奘大學碩論，2005 年。

7. 《李清照詩詞中的譬喻運作：認知角度的探討》，林增文，東海碩論，2005 年。

8. 《易安詞前後期詞彙句法特點研究》，曾文琪，中山碩論，2005 年。

二、辛棄疾

1. 《稼軒詞用典分類研究》，陳淑美，台大碩論，1967 年。

2. 《稼軒詞研究》，柯翠芬，東海碩論，1982 年。

3. 《稼軒詞之內容及其藝術成就》，林承坯，師大國研碩論，1986 年。

4. 《稼軒信州詞研究》，何湘瑩，東吳碩論，1993 年。

5. 《辛稼軒詠物詞研究》，林承坯，師大國研博論，1993 年。

6. 《辛稼軒山水田園詞研究》，郭靜慧，師大國研碩論，1998 年。

7. 《稼軒詞用典研究》，段致平，師大國研碩論，1999 年。

8. 《辛稼軒豪放詞風之美學研究》，王翠芳，高師大博論，2001 年。

9. 《稼軒詞的風格與寫作手法之研究》，嚴婉月，彰師大碩論，2003
年。

10. 《稼軒帶湖、瓢泉兩時期詞析論》，李佩芬，臺北師範學院碩論，2004
年。

三、詠花詞

1. 《兩宋詠物詞研究》，馬寶蓮，師大國文碩論，1983 年。

2. 《南宋遺民詠物詞研究》，宋彩玲，政大碩論，1984 年。

3. 《宋代詠花詞研究》，俞玄穆，政大碩論，1985 年。

4. 《南宋四大家詠花詩研究》，蕭翠霞，成大碩論，1992 年。

5. 《宋代梅花詞研究》，廖雅婷，中正大學碩論，2002 年。

6. 《唐宋牡丹詞研究》，楊小鈴，彰師大教學碩論，2006 年。

7. 《中國文學中的桂花意象研究》，董麗娜，南京師大碩論，2006 年。

8. 《宋代海棠詞研》究，蔡雅慧，彰師大教學碩論，2007 年。

參、期刊論文

一、李清照

1. 《此花不與群花比，自是花中第一流——淺談李清照詠花詞的獨特
風格》，夏青，曲靖師專學報，1988 年 1 期，頁 50～53。

2. 《李清照——中國文學史上的寫情聖手——中國女性文學史話之
一》，任一鳴，新疆師範大學學報哲社版，1994 年第 1 期。

3. 《李清照詩詞新論》，高志忠，求是學刊，1994 年第 4 期。

4. 《此花不與群花同——從李清照的創作看其形象》，余軒宇，景德鎮
高專學報哲學社會科學版，1994 年第 1 期。

5. 《一切景語皆情語——談李清照筆下的「愁」，》魯兵，天津化工 1997
年第 3-4 期。

6. 《李清照詞中的「花」意象》，岳毅平，淮南師專學報綜合版第 1 卷，

1999 年第 2 期。

7. 《從詠花詞看李清照創作的憂鬱特性》，成明明，甘肅教育學院學報（社會科學版）1999 年 1 期。

8. 《李清照的女性自我意識》，楊賽，大理師專學報，2001 年 3 月第 1 期。

9. 《李清照之女性自我意識》，徐翠華，新疆教育學院學報第 17 卷，2001 年 9 月 3 期。

10. 《李清照詞中所展現的自我形象》，陽利平，中國文學研究，2002 年第 4 期。

11. 《李清照詠花詞情感探微》，胡春玲、王妍，北方論叢，2003 年第 3 期。

12. 《此花不與群花比——試論李清照的詠梅詞》，周生杰，欽州師範高等專科學校學報，2003 年 1 期。

13. 《李清照詠花詞特色之分析》，李先秀，襄樊職業技術學院學報第 4 卷，2005 年 10 月第 5 期。

14. 《「不知蘊藉幾多香，但見包藏無限意」——李清照詞中「花」意象的解讀》，李平陝西師範大學繼續教育學報（西安）第 22 卷增刊，2005 年 11 月。

15. 《花：李清照自我定位的意象分析，田恩銘，湖北師範學院學報（哲學社會科學版）2005 年 2 期。

16. 《〈鷓鴣天・桂花〉的精神世界，莊海志，文學教育，2007 年 1 月。

17. 《此花不與群花比，自是花中第一流——從《漱玉詞》中的梅、菊、桂情結品讀李清照的人生與心靈》，呂佳，牡丹江師範學院學報（哲學社會科學版）2005 年 3 期。

18. 《百花叢中最鮮艷——談李清照的幾首詠花詞》，宮紅英，邯鄲學院學報第 17 卷，2007 年 6 月第 2 期。

19. 《自是花中第一流——「花」意象與女詞人李清照的寫意人生》，夏彩玲，延河文學月刊，2007 年第 9 期。

20. 《易安詠花詞簡論》，何紅梅，山東文學，2007 年第 3 期。

21. 《李清照詠物詞論略》，王英志，古典文學知識，2007 年第 5 期。

二、辛棄疾

1. 《辛棄疾的詠花詞》，鄭魁英，文學遺產，1996 年第 3 期。

2. 《論稼軒詞典故意象的組構方式》，陳學祖、何詩海，柳州師專學報第 14 卷，1999 年 3 月第 1 期。

3. 《典故內涵之重新審視與稼軒詞用典之量化分析》，陳學祖，柳州師專學報第 15 卷，2000 年 9 月第 3 期。

4. 《論稼軒詞剛柔相濟的審美個性》，吳帆、趙彥，吉林大學社會科學學報，2000 年 3 期。

5. 《辛棄疾詞的藝術技巧》，張景豔、鞠振永，語文學刊，2001 年第 2 期。

6. 《論辛棄疾的詠物詞》，焦顏成、路成文，江漢論壇，2002 年第 9 期。

7. 《論辛詞用典的美學特徵》，白福才，延安教育學院學報，2002 年第 4 期。

8. 《試論稼軒式用典的美學意蘊》，李定慶、陳學祖，江淮論壇，2003 年第 2 期。

9. 《辛棄疾愛情詞的比興與寄託》，洪林霞、王金星，遼寧師專學報，2003 年第 3 期。

10. 《論稼軒詞用典所表達的情感意蘊》，范進軍，株州師範高等專科學校學報第 9 卷，2004 年 6 月第 3 期。

11. 《辛棄疾生平三個時期及其詞簡論》，吳在慶、楊瑩，廈門教育學院學報，2004 年 12 月第 4 期。

12. 《淺論辛棄疾詠花詞的寫作藝術》，杜松柏，廣西社會科學，2005 年第 9 期。

13. 《論辛棄疾詞中的梅意象》，郝秀榮，語文學刊，2006 年第 16 期。

三、二安詞

1. 《易安、稼軒詞花卉意象比較》，黃世民，廣西教育學院學報，2002 年第 6 期。

2. 《略論稼軒詞對「易安體」表現手法的繼承與發展》，劉喻，安順師專學報第 4 卷，2002 年 6 月第 2 期。

3. 《李清照與辛棄疾詞體文學比較》，康麗雲，宜春學院學報（社會科學）第 27 卷，2005 年 6 月第 3 期。

4. 《讀稼軒詞與漱玉詞》，徐培均，北京大學學報（哲學社會科學版）第 42 卷，2005 年 7 月第 4 期。

5. 《李清照詞與辛棄疾詞之比較》，黃芸珠，陝西師範大學繼續教育學報（西安）第 22 卷增刊，2005 年 11 月。

6. 《賞宋詞中的情與景，感作者的心與志——讀李清照辛棄疾詞有感》，濮宏，遼寧行政學院學報第 8 卷，2006 年第 11 期。

四、詩　詞

1. 《唐宋詞中的富貴氣》，楊海明，文學遺產，1995 年第 5 期。

2. 《愛國情與相思淚——兼談詩歌的比興寄託手法》，杜勝韓，鷺江大學學報，1996 年第 4 期。

3. 《略論古典詩歌用典的文化內因》，萬秀鳳，上海金融學報，1998 年第 4 期。

4. 《唐宋詞的審美層次及其嬗變》，王兆鵬，漳州師院學報，1999 年第 3 期。

5. 《試論唐宋詞的審美特性及其文化意蘊》，劉尊明，漳州師院學報，1999 年第 3 期。

6. 《唐宋詩詞色彩美例談》，曲辭，北京交通管理幹部學院學報第 10 卷，2000 年第 2 期。

7. 《唐宋詩用典摭談》，朱瑜章，內蒙古社會科學第 5 卷，2000 年 3 月第 3 期。

8. 《略論比興的審美特徵》，薛勝男、張軍才，長沙大學學報第 16 卷，2002 年 9 月第 3 期。

9. 《唐宋詞中的模糊美》，李聞，濟南大學學報第 13 卷，2003 年第 6 期。

10. 《試論用典與唐宋詞的發展》，陳福升，內蒙古社會科學第 24 卷，2003 年 5 月第 3 期。

11. 《談古詩詞的用典》，張輝，襄樊職業技術學院學報第 2 卷，2003 年 6 月第 3 期。

12. 《唐宋詞中的審美距離》，王基林，金陵科技學院學報第 19 卷，2005 年 3 月第 1 期。

五、意　象

1. 《古典詩詞中水月花意象淺析》，趙惠霞，寶雞文理學院學報（社會科學版）20 卷，2000 年 12 月第 4 期。

2. 《古典詩詞中的月意象》，林聆慈，國文天地 17 卷，2002 年 3 月 10 期。

3. 《宋代詠物詞的創作姿態》，路成文，南京師範大學文學院學報，2002 年 12 月第 4 期。

4. 《梅花意象人格象徵意義的形成》，杜勍妹，語文學刊，2003 年第 6 期。

5. 《「花」的意象與女性美的追求》，胡克儉，中山大學學報論叢第 23 卷，2003 年 2 期。

6. 《中國古代文學中的梅意象》，趙麗，長春師範學院學報第 23 卷，2004 年 9 月第 5 期。

7. 《辭章意象論》，陳滿銘，師大學報，第 50 卷，2005 年 4 月第 1 期。

8. 《「似花還似非花」——淺析花在中國傳統文化中的象徵》，田雪梅、董傳超，設計藝術（山東工藝美術學院學報）2005 年第 4 期。

9. 《唐宋詞「花」意象符號研究》，辛衍君，蘇州大學學報（哲學社會科學版） 2006 年 9 月第 5 期。

10. 《中國古典詩詞中「桃花」意象解析》，林雪華，閱讀與鑒賞（教研版）2007 年 5 期。

肆、電子網站

1. 網路展書讀
   網站：http://cls.admin.yzu.edu.tw

2. 全宋詞計算機檢索系統
   網站：http://202.119.104.80/Scxxk/Qtwdc/Zp_.htm

附錄一　李清照詞主要花意象相關詞句

梅					
	詞　牌	詞題	首句	詞文	頁碼
1	菩薩蠻		風柔日薄春猶早	梅花鬢上殘	13
2	蝶戀花		暖雨晴風初破凍	柳眼梅腮	29
3	小重山		春到長門春草青	江梅些子破	31
4	臨江仙		庭院深深深幾許	柳梢梅萼漸分明	32
5	訴衷情		夜來沈醉卸妝遲	梅萼插殘枝	40
6	孤雁兒		藤床紙帳朝眠起	（全詞）藤床紙帳朝眠起。說不盡、無佳思，沈香斷續玉爐寒，伴我情懷如水。笛裡三弄，梅心驚破，多少春情意。　　小風疏雨蕭蕭地。又催下千行淚。吹簫人去玉樓空，腸斷與誰同倚。一枝折得，人間天上，沒個人堪寄。	42
7	滿庭芳		小閣藏春	手種江梅更好	43
8	漁家傲		雪裡已知春信至	（全詞）雪裡已知春信至。寒梅點綴瓊枝膩。香臉半開嬌旖旎。當庭際。玉人浴出新妝洗。　　造化可能偏有意。故教明月玲瓏地。共賞金尊沈綠蟻。莫辭醉。此花不與群花比。	46

	詞牌	詞題	首句	詞文	頁碼
9	清平樂		年年雪裡	（全詞）年年雪裡。常插梅花醉。挼盡梅花無好意。贏得滿衣清淚。 今年海角天涯。蕭蕭兩鬢生華。看取晚來風勢，故應難看梅花。	47
10	鷓鴣天		暗淡輕黃體性柔	梅定妒	47
11	蝶戀花	上巳召親族	永夜厭厭歡意少	酒美梅酸	60
12	攤破浣溪沙		揉破黃金萬點輕	梅蕊重重何俗甚	72
13	生查子		年年玉鏡臺	梅蕊宮妝困	81
14	點絳脣		蹴罷秋千	卻把青梅嗅	83
15	臨江仙	梅	雲窗霧閣春遲	（全詞）庭院深深深幾許？雲窗霧閣春遲。爲誰憔悴損芳姿。夜來清夢好，應是發南枝。　玉瘦檀輕無限恨，南樓羌管休吹。濃香吹盡又誰知。暖風遲日也，別到杏花肥。	87
16	殢人嬌	後庭梅花開有感	玉瘦香濃	探梅又晚	88
17	浣溪沙		髻子傷春慵更梳	晚風庭院落梅初	90

菊

	詞　牌	詞　題	首　　句	詞　　文	頁碼
1	多麗	詠白菊	小樓寒	（全詞）小樓寒，夜長簾幕低垂。恨蕭蕭、無情風雨，夜來揉損瓊肌。也不似、貴妃醉臉，也不似、孫壽愁眉。韓令偷香，徐娘傅粉，莫將比擬未新奇。細看取、屈平陶令，風韻正相宜。微風起，清芬醞藉，不減酴醾。　漸秋闌、雪清玉瘦，向人無限依依。似愁凝、漢皋解佩，似淚灑、紈扇題詩。朗月清風，濃煙暗雨，天教憔悴度芳姿。縱愛惜、不知從此，留得幾多時。人情好，何須更憶，澤畔東籬。	11

2	鷓鴣天		寒日蕭蕭上鎖窗	莫負東籬菊蕊黃	30
3	醉花陰		薄霧濃雲愁永晝	人似黃花瘦	34
4	鷓鴣天		暗淡輕黃體性柔	菊應羞	47
5	聲聲慢		尋尋覓覓	滿地黃花堆積	64
桂					
	詞　牌	詞　題	首　句	詞　文	頁碼
1	鷓鴣天		暗淡輕黃體性柔	（全詞）暗淡輕黃體性柔。情疏跡遠只香留。何須淺碧輕紅色，自是花中第一流。　梅定妒，菊應羞。畫欄開處冠中秋。騷人可煞無情思，何事當年不見收。	47
2	攤破浣溪沙		病起蕭蕭兩鬢華	終日向人多醞藉，木犀花	72
3	攤破浣溪沙		揉破黃金萬點輕	（全詞）揉破黃金萬點輕。剪成碧玉葉層層。風度精神如彥輔，大鮮明。梅蕊重重何俗甚，丁香千結苦麤生。熏透愁人千里夢，卻無情。	72

附錄二　辛棄疾詞主要花意象相關詞句

<table>
<tr><td colspan="6" style="text-align:center">梅</td></tr>
<tr><td></td><td>詞　牌</td><td>詞　　題</td><td>首　　句</td><td>詞　　文</td><td>頁碼</td></tr>
<tr><td>1</td><td>漢宮春</td><td>立春日</td><td>春已歸來</td><td>便薰梅染柳</td><td>5</td></tr>
<tr><td>2</td><td>一翦梅</td><td></td><td>獨立蒼茫醉不歸</td><td>探梅踏雪幾何時</td><td>28</td></tr>
<tr><td>3</td><td>鷓鴣天</td><td></td><td>樽俎風流有幾人</td><td>庾嶺逢梅寂寞濱</td><td>54</td></tr>
<tr><td>4</td><td>滿江紅</td><td>再用前韻</td><td>照影溪梅</td><td>照影溪梅</td><td>57</td></tr>
<tr><td>5</td><td>水調歌頭</td><td>和趙景明知縣韻</td><td>官事未易了</td><td>詩興未關梅</td><td>81</td></tr>
<tr><td>6</td><td>西河</td><td>送錢仲耕自江西漕赴婺州</td><td>西江水</td><td>對梅花更消一醉</td><td>88</td></tr>
<tr><td>7</td><td>沁園春</td><td>帶湖新居將成</td><td>三徑初成</td><td>莫礙觀梅</td><td>92</td></tr>
<tr><td>8</td><td>沁園春</td><td>送趙景明知縣東歸，再用前韻</td><td>佇立瀟湘</td><td>為我攀梅</td><td>93</td></tr>
<tr><td>9</td><td>滿江紅</td><td>送李正之提刑入蜀</td><td>蜀道登天</td><td>正梅花萬里雪深時</td><td>147</td></tr>
<tr><td>10</td><td>鷓鴣天</td><td>用前韻，和趙文鼎提舉賦雪</td><td>莫上扁舟訪剡溪</td><td>且與梅成一段奇</td><td>152</td></tr>
<tr><td>11</td><td>菩薩蠻</td><td>乙巳冬南澗舉似前作，因和之</td><td>錦書誰寄相思語</td><td>梅花入夢來</td><td>155</td></tr>
<tr><td>12</td><td>虞美人</td><td></td><td>夜深困倚屏風後</td><td>卻道小梅搖落</td><td>157</td></tr>
<tr><td>13</td><td>江神子</td><td>和人韻</td><td>梅梅柳柳鬥纖穠</td><td>梅梅柳柳鬥纖穠</td><td>166</td></tr>
</table>

14	江神子	博山道中書王氏壁	一川松竹任橫斜	雪後疏梅	168
15	點絳唇	留博山寺，聞光風主人微恙而歸，時春漲斷橋。	隱隱輕雷	落梅如許	173
16	滿江紅	病中俞山甫教授訪別，病起寄之	曲几蒲團	對梅花一夜苦相思	190
17	鷓鴣天	元溪不見梅	千丈冰溪百步雷	點綴風流卻欠梅	192
18	清平樂	檢校山園，書所見	斷崖脩竹	（全詞）斷崖脩竹。竹裡藏冰玉。路繞清溪三百曲。香滿黃昏雪屋。　　行人繫馬疎籬。折殘猶有高枝。留得東風數點，只緣嬌嬾春遲。	194
19	滿江紅	送信守鄭舜舉被召	湖海平生	看野梅官柳	195
20	洞仙歌	紅梅	冰姿玉骨	（全詞）冰姿玉骨，自是清涼〔態〕。此度濃妝爲誰改。向竹籬茅舍，幾誤佳期，招伊怪，滿臉顏紅微帶。　　壽陽妝鑑裡，應是承恩，纖手重勻異香在。怕等閒春未到，雪裡先開，風流曬、說與群芳不解。更總做北人未識伊，據品調難作，杏花看待。	196
21	江神子	和陳仁和韻	寶釵飛鳳鬢驚鸞	梅著子	221
22	臨江仙	探梅	老去惜花心已懶	（全詞）老去惜花心已懶，愛梅猶遶江村。一枝先破玉溪春。更無花態度，全是雪精神。　　膌向空山餐秀色，爲渠著句清新。竹根流水帶溪雲。醉中渾不記，歸路月黃昏。	226

23	滿江紅	餞鄭衡州厚卿席上再賦	莫折荼䕷	青梅如豆	232
24	賀新郎	陳同父自東陽來過余，留十日，與之同游鵝湖，且會朱晦菴於紫溪，不至，飄然東歸。既別之明日，余意中殊戀戀，復欲追路。至鷺鷥林，則雪深泥滑，不得前矣。獨飲方村，悵然久之，頗恨挽留之不遂也。夜半投宿泉湖吳氏泉湖四望樓，聞鄰笛悲甚，為賦乳燕飛以見意。又五日，同父書來索詞。心所同然者如此，可發千里一笑	把酒長亭說	被疏梅料理成風月	236
25	卜算子		脩竹翠羅寒	只共梅花語	252
26	念奴嬌	瓢泉酒酣，和東坡韻	倘來軒冕	有梅花爭發	272
27	念奴嬌	再用前韻，和洪莘之通判丹桂詞	道人元是	（全詞）道人元是，道家風、來作煙霞中物。翠幰裁犀遮不定，紅透玲瓏油壁。借得春工，惹將秋露，薰做江梅雪。我評花譜，便應推此為傑。　　憔悴何處芳枝，十郎手種，看明年花發。坐對虛空香色界，不怕西風起滅。別駕風流，多情更要，簪滿姮娥髮。等閑折盡，玉斧重倩修月。	273
28	念奴嬌		洞庭春晚	應是梅花發	274
29	沁園春	答余叔良	我試評君	梅花開後	291
30	沁園春	答楊世長	我醉狂吟	梅間得意	292

31	江神子	賦梅，寄余叔良	暗香橫路雪垂垂	（全詞）暗香橫路雪垂垂。晚風吹。曉風吹。花意爭春，先出歲寒枝。畢竟一年春事了，緣太早，卻成遲。　未應全是雪霜姿。欲開時。未開時。粉面朱脣，一半點胭脂。醉裡謗花花莫恨，渾冷澹，有誰知。	293
32	生查子	重葉梅	百花頭上開	（全詞）百花頭上開，冰雪寒中見。霜月定相知，先識春風面。　主人情意深，不管江妃怨。折我最繁枝，還許冰壺薦。	298
33	浣溪沙	漫興作	未到山前騎馬回	風吹雨打已無梅	300
34	鷓鴣天	黃沙道中即事	句裡春風正剪裁	句裡春風正剪裁	301
35	好事近	席上和王道夫賦元夕立春	綵勝鬥華燈	惟有前村梅在	302
36	滿江紅	盧憲移漕見寧，陳端仁給事同諸公餞別。余爲酒困，臥清涂堂上，三鼓方醒。盧賦詞留別，席上和韻。清涂，端仁堂名也。	宿酒醒時	紙帳梅花歸夢覺	306
37	鷓鴣天		指點齋尊特地開	卻喜重尋嶺上梅	322
38	定風波	送盧國華提刑	少日猶堪話別離	梅花也解寄相思	323
39	菩薩蠻		旌旗依舊長亭路	詩句到梅花	323
40	鷓鴣天	用前韻賦梅。三山梅開時猶有青葉甚盛，余時病齒	病繞梅花酒不空	（全詞）病繞梅花酒不空。齒牙牢在莫欺翁。恨無飛雪青松畔，卻放疏花翠葉中。　冰作骨，玉爲容。當年宮額鬢雲鬆。直須爛醉燒銀燭，橫笛難堪一再風。	327

41	鷓鴣天		桃李漫山過眼空	（全詞）桃李漫山過眼空。也宜惱損杜陵翁。若將玉骨冰姿比，李蔡爲人在下中。　尋驛使，寄芳容。壟頭休放馬蹄鬆。吾家籬落黃昏後，剩有西湖處士風。	327
42	瑞鶴仙	賦梅	雁霜寒透幙	（全詞）雁霜寒透幙。正護月雲輕，嫩冰猶薄。溪奩照梳掠。想含香弄粉，艷妝難學。玉肌瘦弱。更重重、龍綃襯著。倚東風，一笑嫣然，轉盻萬花羞落。　寂寞。家山何在？雪後園林，水邊樓閣。瑤池舊約。鱗鴻更仗誰托。粉蝶兒只解，尋桃覓柳，開遍南枝未覺。但傷心，冷落黃昏，數聲畫角。	335
43	念奴嬌	題梅	疎疎淡淡	（全詞）疎疎淡淡，問阿誰堪比，天眞顏色。笑殺東君虛占斷，多少朱朱白白。雪裡溫柔，水邊明秀，不借春工力。骨清春嫩，迥然天與奇絕。　嘗記寶釵寒輕，瑣窗人睡起，玉纖輕摘。漂泊天涯空瘦損，猶有當年標格。萬里風煙，一溪霜月，未怕欺他得。不如歸去，閬苑有箇人憶。	336
44	江神子	送元濟之歸豫章	亂雲擾擾水潺潺	野梅殘	363
45	浣溪沙		百世孤芳肯自媒	若無和靖即無梅	366
46	臨江仙		冷雁寒雲渠有恨	相次有梅來	371
47	添字浣溪沙	答傅巖叟酬春之約	豔杏夭桃兩行排	春意才從梅裡過	374
48	漢宮春	即事	行李溪頭	梅花正自不惡	400

49	驀山溪	趙昌父賦一丘一壑，格律高古，因效其體	飯蔬飲水	春事梅先覺	403
50	清平樂	呈趙昌甫，時僕以病止酒，昌甫日作詩數篇，末章及之	雲煙草樹	梅花可曬摧殘	404
51	沁園春	和吳尉子似縣尉	我見君來	要得詩來渴望梅	431
52	念奴嬌	賦傅巖叟香月堂兩梅	未須草草	（全詞）未須草草，賦梅花，多少騷人詞客。總被西湖林處士，不肯分留風月。疏影橫斜，暗香浮動，把斷春消息。試將花品，細參今古人物。　看取香月堂前，歲寒相對，楚兩龔之潔。自與詩家成一種，不係南昌仙籍。怕是當年，香山老子，姓白來江國。謫仙人，字太白，還又名白。	449
53	念奴嬌	余既為傅巖叟兩梅賦詞，傅君用席上有請云：家有四古梅，今百年矣，未有以品題，乞援香月堂例。欣然許之，且用前篇體製戲賦	是誰調護	（全詞）是誰調護，歲寒枝、都把蒼苔封了。茆舍疏籬江上路，清夜月高山小。摸索應知，曹劉沈謝，何況霜天曉。芬芳一世，料君長被花惱。　惆悵立馬行人，一枝最愛，竹外橫斜好。我向東鄰曾醉裡，喚起詩家二老。拄杖而今，婆娑雪裡，又識商山皓。請君置酒，看渠與我傾倒。	450
54	滿江紅	和傅巖叟香月堂韻	半山佳句	（全詞）半山佳句，最好是、吹香隔屋。又還怪冰霜側畔，蜂兒成簇。更把香來薰了月，卻教影去斜侵竹。似神清骨冷住西湖，何由俗。　根老大，穿坤軸，枝夭嬌，蟠龍斛。快酒兵長俊，詩壇高築，一再人來風味惡，兩三杯後花緣熟。記五更聯句失彌明，龍喞燭。	451

55	最高樓	客有敗棋者，代賦梅	花知否	（全詞）花知否，花一似何郎。又似沈東陽。瘦稜稜地天然白，冷清清地許多香。笑東君，還又向，北枝忙。 著一陣霎時間底雪。更一箇缺些兒底月。山下路，水邊牆。風流怕有人知處，影兒守定竹旁廂。且饒他，桃李趁，少年場。	461
56	最高樓	用韻答趙晉臣敷文	花好處	（全詞）花好處，不趁綠衣郎。縞袂立斜陽。面皮兒上因誰白，骨頭兒裡幾多香。儘饒他，心似鐵，也須忙。 甚喚得雪來白倒雪。更喚得月來香殺月。誰立馬，更窺牆。將軍止渴山南畔，相公調鼎殿東廂。忒高才，經濟地，戰爭場。	462
57	江神子	別吳子似，末章寄潘德久	看君人物漢西都	一自梅花開了後	482
58	生查子		漫天春雪來	纔抵梅花半	495
59	粉蝶兒	和趙晉臣敷文賦落梅	昨日春如	（全詞）昨日春如，十三女兒學繡。一枝枝不教花瘦。甚無情，便下得，雨僝風僽。向園林鋪作地衣紅縐。 而今春似，輕薄蕩子難久。記前時送春歸後。把春波，都釀作，一江醇酎。約清愁楊柳岸邊相候。	495
60	鷓鴣天	和趙晉臣敷文春韻	綠鬢都無白髮侵	更把梅花比那人	506
61	永遇樂	賦梅雪	怪底寒梅	（全詞）怪底寒梅，一枝雪裡，直恁愁絕。問訊無言，依稀似妒，天上飛英白。江山一夜，瓊瑤萬頃，此段如何妒得。細看來風流添得，自家越樣標格。　曉來樓上，對花臨鏡，學作半妝宮額。著意爭妍，那知卻有，人妒花顏色。無情休問，許多般事，且自訪梅踏雪。待行過溪橋夜半，更邀素月。	526

62	醜奴兒		年年索盡梅花笑	（全詞）年年索盡梅花笑，疏影黃昏。疏影黃昏。香滿東風月一痕。　清詩冷落無人寄，雪豔冰魂。雪豔冰魂。浮玉溪頭煙樹村。	532
63	念奴嬌	贈夏成玉	妙齡秀發	雪裡疏梅	570
64	念奴嬌	謝王廣文雙姬詞	西真姊妹	江梅影裡	570
65	惜奴嬌	戲同官	風骨蕭然	一枝梅秀	581
66	蘇武慢	雪	帳暖金絲	探梅得句	585

牡　丹

	詞　牌	詞　題	首　句	詞　文	頁碼
1	滿庭芳	和洪丞相景伯韻，呈景盧內翰	急管哀絃	恨牡丹多病	84
2	念奴嬌	賦白牡丹，和范廓之韻	對花何似	（全詞）對花何似，似吳宮初教，翠圍紅陣。欲笑還愁羞不語，惟有傾城嬌韻。翠蓋風流，牙籤名字，舊賞那堪省。天香染露，曉來衣潤誰整。　最愛弄玉團酥，就中一朵，曾入揚州詠。華屋金盤人未醒，燕子飛來春盡。最憶當年，沈香亭北，無限春風恨。醉中休問，夜深花睡香冷。	182
3	最高樓	和楊民瞻席上用前韻，賦牡丹	西園買	（全詞）西園買，誰載萬金歸。多病勝遊稀。風斜畫燭天香夜，涼生翠蓋酒醺時。待重尋，居士譜，謫仙詩。　看黃底御袍元自貴。看紅底狀元新得意。如斗大，笑花癡。漢妃翠被嬌無奈，吳娃粉陣恨誰知。但紛紛，蜂蝶亂，笑春遲。	202
4	菩薩蠻	雪樓賞牡丹，席上用楊民瞻韻	紅牙籤上群仙格	（全詞）紅牙籤上群仙格。翠羅蓋底傾城色。和雨淚闌干。沈春亭北看。　東風休放去。怕有流鶯訴。試問賞花人。曉妝勻未勻。	203

5	滿江紅	餞鄭衡州厚卿席上再賦	莫折荼蘼	恨牡丹	232
6	柳梢青	和范先之席上賦牡丹	姚魏名流	（全詞）姚魏名流。年年攬斷，雨恨風愁。解釋春光，剩須破費，酒令詩籌。　玉肌紅粉溫柔。更染盡天香未休。今夜簪花，他年第一，玉殿東頭。	260
7	杏花天		牡丹昨夜方開徧	（全詞）牡丹昨夜方開徧。畢竟是今年春晚。荼蘼付與薰風管。燕子忙時鶯懶。　多病起日長人倦。不待得酒闌歌散。副能得見荼甌面。卻早安排腸斷。	367
8	杏花天	嘲牡丹	牡丹比得誰顏色	（全詞）牡丹比得誰顏色。似宮中太眞第一。漁陽鼙鼓邊風急。人在沈香亭北。　買栽池館多何益。莫虛把千金拋擲。若教解語應傾國。一箇西施也得。	368
9	臨江仙	昨日得家報，牡丹漸開。連日少雨多晴，常年未有。僕留龍安蕭寺，諸君亦不果來，豈牡丹留不住爲可恨耶？因取來韻，爲牡丹下一轉語。	祇恐牡丹留不住	（全詞）祇恐牡丹留不住，與春約束分明。未開微雨半開晴。要花開定準，又更與花盟。　魏紫朝來將進酒，玉盤盂樣先呈。鞓紅似向舞腰橫。風流人不見，錦繡夜間行。	398
10	鷓鴣天	祝良顯家牡丹一本百朵	占斷雕欄只一株	（全詞）占斷雕欄只一株。春風費盡幾工夫。天香夜染衣猶溼，國色朝酣酒未蘇。　嬌欲語，巧相扶。不妨老幹自扶疎。恰如翠幙高堂上，來看紅衫百子圖。	507
11	鷓鴣天	賦牡丹。主人以謗花，索賦解嘲	翠蓋牙籤幾百株	（全詞）翠蓋牙籤幾百株。楊家姊妹夜游初。五花結隊香如霧，一朵傾城醉未蘇。　閒小立，困相扶。夜來風雨有情無。愁紅慘綠今宵看，卻似吳宮教陣圖。	508

12	鷓鴣天	再賦	濃紫深黃一畫圖	（全詞）濃紫深黃一畫圖。中間更有玉盤盂。先栽翡翠裝成蓋，更點胭脂染透酥。香瀲灩，錦模糊。主人長得醉工夫。莫攜弄玉欄邊去，羞得花枝一朵無。	508
13	鷓鴣天	再賦牡丹	去歲君家把酒杯	雪中曾見牡丹開	509
14	臨江仙	簪花屢墮，戲作	鼓子花開春爛漫	爲看牡丹忙	520

<table>
<tbody>
<tr><td colspan="6" align="center">桂</td></tr>
</tbody>
</table>

	詞　牌	詞　題	首　句	詞　　文	頁碼
1	滿江紅	中秋	美景良辰	桂花堪折	15
2	聲聲慢	嘲紅木樨。余兒時嘗入京師禁中凝碧池，因書當時所見	開元盛日	（全詞）開元盛日，天上栽花，月殿桂影重重。十里芬芳，一枝金粟玲瓏。管絃凝碧池上，記當時風月愁濃。翠華遠，但江南草木，煙鎖深宮。只爲天姿冷澹，被西風醖釀，徹骨香濃。枉學丹蕉，葉底偷染妖紅。道人取次束妝，是自家香底家風。又怕是，爲淒涼長在醉中。	24
3	太常引	建康中秋爲呂叔潛賦	一輪秋影轉金波	斫去桂婆娑	33
4	一翦梅	中秋無月	憶對中秋丹桂叢	憶對中秋丹桂叢	165
5	念奴嬌	賦雨巖，效朱希眞體	近來何處	松梢桂子	174
6	鷓鴣天	送廓之秋試	白苧新袍入嫩涼	月殿先收桂子香	185
7	最高樓	醉中有索四時歌者，爲賦	長安道	桂枝風澹小山時	201
8	西江月	賦丹桂	宮粉厭塗嬌額	（全詞）宮粉厭塗嬌額，濃妝要壓秋花。西眞人醉憶仙家。飛佩丹霞羽化。　十里芬芳未足，一亭風露先加。杏腮桃臉費鉛華。終慣秋蟾影下。	204

9	御街行		闌干四面山無數	木樨開後	251
10	踏莎行	賦木樨	弄影闌干	（全詞）弄影闌干，吹香岩谷。枝枝點點黃金粟。未堪收拾付熏爐，窗前且把離騷讀。　奴僕葵花，兒曹金菊。一秋風露清涼足。傍邊只欠個姮娥，分明身在蟾宮宿。	265
11	清平樂	賦木樨詞	月明秋曉	（全詞）月明秋曉。翠蓋團團好。碎剪黃金教恁小。都著葉兒遮了。　折來休似年時。小窗能有高低。無頓許多香處，只消三兩枝兒。	265
12	清平樂		東園向曉	（全詞）東園向曉。陣陣西風好。喚起仙人金小小。翠羽玲瓏裝了。　一枝枕畔開時。羅幃翠幕垂低。恁地十分遮護，打窗早有蜂兒。	266
13	念奴嬌	再用前韻，和洪莘之通判丹桂詞	道人元是	（全詞）道人元是，道家風、來作煙霞中物。翠幰裁犀遮不定，紅透玲瓏油壁。借得春工，惹將秋露，薰做江梅雪。我評花譜，便應推此為傑。　憔悴何處芳枝，十郎手種，看明年花發。坐斷虛空香色界，不怕西風起滅。別駕風流，多情更要，簪滿常娥髮。等閒折盡，玉斧重倩修月。	273
14	東坡引	閨怨	玉纖彈舊怨	但桂影	281
15	朝中措	九日小集，時楊世長將赴南宮	年年團扇怨秋風	只今丹桂香濃	294
16	清平樂	憶吳江賞木樨	少年痛飲	（全詞）少年痛飲。憶向吳江醒。明月團圓高樹影。十里水沉煙泠。　大都一點宮黃。人間直恁芳芬。怕是九天風露，染教世界都香。	295
17	臨江仙		手撚黃花無意緒	捲簾芳桂散餘香	392

18	沁園春	壽趙茂嘉郎中，時以置兼濟倉賑濟里中，除直祕閣	甲子相高	是幾枝丹桂	430
19	水調歌頭	題吳子似縣尉瑱山經德堂，堂，陸象山所名也	喚起子陸子	聞道千章松桂	435
20	西江月	木樨	金粟如來出世	（全詞）金粟如來出世，蕊宮仙子乘風。清香一袖意無窮。洗盡塵緣千種。　　長為西風作主，更居明月光中。十分秋意與玲瓏。拚卻今宵無夢。	444
21	水調歌頭	即席和金華杜仲高韻，併壽諸友，惟醽乃佳耳	萬事一杯酒	問丹桂	452
22	行香子	雲巖道中	雲岫如簪	萬桂千杉	510
23	感皇恩	壽鉛山陳丞及之	富貴不須論	當年仙桂	531
24	綠頭鴨	七夕	歎飄零	桂花散采	575
25	水調歌頭	鞏采若壽	泰嶽倚空碧	一舉手攀丹桂	582